Gerd Beckmann

Tod am Sperrwerk

Kriminalroman

Impressum

(Medien Contor Elbe)
Sietwender Straße 73, D-21706 Drochtersen, Tel. 0162 / 34 820 34
Internet: www.mce-verlag.de, Mail: info@mce-verlag.de
1. Auflage November 2025

Titelentwurf und Satz: Medienzentrum Stade
Druck: Clausen & Bosse, Leck
ISBN: 978-3-938097-66-3

Das Buch

Wir schreiben das Jahr 1996: Zwei Jungen finden beim Angeln am Sperrwerk der Wischhafener Süderelbe eine Wasserleiche. Oberkommissarin Birte Langphal und ihr Team von der Stader Kripo ermitteln, legen aber den Fall später zu den Akten.

Drei Jahre danach wird auf einem Spielplatz nahe dem Elbdeich bei Abbenfleth eine 16-jährige Schülerin ermordet aufgefunden. Sie wurde offensichtlich erwürgt, ihr Mund, in den Essensreste gestopft waren, zugeklebt. Die junge Staderin ist magersüchtig und drogenabhängig gewesen. Ermittlungen im Drogenmilieu führen nicht weiter.

Am Ende ergeben sich ganz andere Zusammenhänge. Auch die Wasserleiche am Sperrwerk spielt wieder eine Rolle …

Der Autor

Gerd Beckmann, Jahrgang 1958, ist in Wischhafen im Kehdinger Land geboren und wohnt auch dort. Der Autor hat über 40 Jahre bei der Hansestadt Stade in der Kommunalverwaltung gearbeitet, zuletzt als Fachbereichsleiter für Personal. Als Pensionär hat Gerd Beckmann seine Liebe zum Schreiben von Krimis entdeckt. Sein Debütroman „Braunes Glück hinterm Deich“ erschien 2022. Jetzt legt er seinen zweiten Krimi vor.

1.

1996

„Wer zuerst da ist! Auf los, geht's los!"

Staub wirbelte auf, als Marcel und Angelo von der Glückstädter Straße abbogen und auf dem Schotterweg Richtung Wischhafener Sperrwerk ein kurzes Fahrradrennen veranstalteten. Ziel war die Süderelbe, die auch an diesem Vormittag den beiden Jungen als Ziel für ihre Angelleidenschaft dienen sollte. Die Angelruten waren sicher verstaut auf den Gepäckträgern. Auch ein Angelkoffer mit Ersatzsehne, verschiedenen Posen, Angelhaken und den üblichen Anglerutensilien fand dort noch Platz. Den kurzen Sprint gewann Marcel, der den Startschuss für diesen kleinen Wettkampf gegeben hatte.

Als Angelplatz hatten Marcel und Angelo vor einiger Zeit den Platz am Sperrwerk auserkoren. Bei der Flut beförderte die Elbe nicht nur reichlich Wasser in die Süderelbe bei Wischhafen, sondern als Beigabe auch noch verlockende Süßwasserfische. Das Sperrwerk wurde 1978 in Betrieb genommen und schützte das Hinterland vor Überschwemmungen. Bei den Sturmfluten 1962 und 1976 hatte es erhebliche Schäden hinnehmen müssen. Die Öffnung für die Schifffahrt betrug etwa 20 Meter. Eine Klappbrücke, die im Regelfall hochgeklappt war, konnte im Bedarfsfall aber zur Überquerung heruntergelassen werden und verband dadurch Wischhafen mit der Elbinsel Krautsand. Zu festgelegten Zeiten im Sommerhalbjahr war die Brücke am Wochenende heruntergelassen, um insbesondere Fahrradtouristen eine Tour über die Elbinsel zu ermöglichen.

Am heutigen Samstag versprachen sich die beiden einen guten Fang, hatten sie doch ihre Angelausrüstung auf den neuesten Stand gebracht. Insbesondere die neuen Angelrollen sollten ihren Beitrag zu einem erfolgreichen Angelerlebnis leisten.

„Hast du Metten mit dabei? Ich möchte versuchen, ob wir hier nicht endlich auch Aale angeln können."

Marcel war wie immer gut ausgestattet und hatte Regenwürmer dabei, die er am frühen Morgen mit Hilfe einer Mistforke aus dem Rasen herauslocken konnte.

„Na klar, kannst du gerne haben. Du weißt aber doch, dass Aale am besten nachts oder bei Regenwetter beißen. Heute ist nicht das Wetter dafür. Ich nehme erstmal Teig und versuche, Weißfisch oder Zander zu fangen."

Das Wetter war in der Tat nicht für ein Angeln auf Aale geeignet. Die Sonne schien jetzt im Spätsommer am Vormittag schon sehr ausgiebig. Nur ein leichter Wind war zu spüren, der durchaus eine willkommene Kühlung brachte.

Die Angeln waren schnell vorbereitet und wurden ausgeworfen, nachdem ein langsam vorbeituckerndes Sportboot, bezeichnenderweise mit dem Namen „Schnecke", vorbeigefahren war.

„Hast du eigentlich schon deine Matheaufgaben gemacht? Die Rudolph nimmt das ja echt sehr genau und haut uns jede Menge Aufgaben rein, sogar über das Wochenende!"

„Wieso? Ich habe gar nicht mitgekommen, dass wir Aufgaben aufgebrummt bekommen haben."

„Nee, echt jetzt? Sag mal Angelo, du musst ja wohl total verknallt sein in die Alte. Das ist mir letzte Woche schon aufgefallen, als du immer auf ihre Beine gestiert hast."

Marcel und Angelo, beide 12 Jahre alt, gingen zur Orientierungsstufe an der Realschule Kehdingen in Freiburg und wollten nach dem Schuljahr zum Gymnasium nach Hemmoor überwechseln. Die neue Lehrerin für Mathematik und Sport, Doris Rudolph, 28 Jahre, liebte es durchaus, in kurzen Röcken zum Unterricht zu erscheinen. Angelo antwortete jetzt lieber nichts auf die von Marcel geäußerte Vermutung. Allerdings musste er zugeben, dass sich bei ihm ganz unbekannte Gefühle einstellten, als Frau Rudolph sich einmal zu ihm hinunterbeugte und den Blick auf ihre Brüste freigab.

Das spätsommerliche Wetter entwickelte sich weiterhin prächtig. Lediglich einige spärliche Zirruswolken waren am Himmel zu erblicken. Das gute Wetter machte allerdings wohl auch die Fische etwas träge, Bisse waren jedenfalls an den Angeln noch nicht zu spüren. Eine einzelne Möwe näherte sich und kreiste über die beiden Angler, zunehmend auch mit einem heiseren Kreischen versehen.

„Was will das Mistvieh hier? Die wartet wohl nur darauf, dass wir hier etwas an Land ziehen. Meinen Fisch bekommt sie nicht."

Marcel war bereits leicht genervt von der Möwe, nahm einen in der Nähe liegenden Kieselstein und versuchte, mit einem gezielten Wurf die Möwe zu vertreiben. Erwartungsgemäß verfehlte er allerdings sein Ziel. Er erreichte lediglich, dass die Möwe noch lauter schrie und nun auch noch weitere Möwen dadurch anlockte.

„Ist etwa ein Sturm im Anmarsch oder was soll hier diese Vollversammlung?"

Die Möwen kreisten um die Angler herum, allerdings schien sich das Interesse nicht auf die erhofften Fangerfolge zu richten. Eine erste Möwe ließ sich jetzt in 30 Meter Entfernung am Ufer nieder und fing an, auf etwas herum zu picken. Weitere Möwen kamen hinzu; das Kreischen verstärkte sich, ganz so, als ob die Möwen sich um den Fund streiten würden.

Marcel konnte sich mittlerweile gar nicht mehr auf das Angeln konzentrieren. Zu sehr lenkten ihn die Möwen ab, die jetzt in großer Anzahl und fast gierig am Ufer herumpickten.

„Haben die was entdeckt? Das kann man ja nicht mehr aushalten, und die Fische vertreiben sie uns auch noch mit ihrem Geschrei. Ich geh da mal hin. Passt du bitte auf meine Angel auf?"

Marcel sprang auf und pirschte sich direkt am Ufer zwischen hohem Gras und Schilf entlang Richtung Yachthafen, dessen Schlengelanlage – etwas entfernt – hier endete. Die Flut hatte bereits fast den Höchststand erreicht, so dass Marcel aufpassen musste, um nicht in übertretendes Wasser hinein zu geraten. Die Möwen waren über diesen ungebetenen Besuch weniger erfreut und stiegen auf, mit lautem Geschrei kurvten sie um Marcel herum. Nach dem kurzen Gang erblickte er etwas Graubraunes am Ufer, das im leichten Wellengang der Süderelbe vor sich hin dümpelte. Es sah aus wie ein Stoff, vielleicht eine alte Jacke. Marcel konnte jedenfalls etwas Blankes darauf ausmachen. Es könnten Knöpfe sein, dachte er. Oberhalb des Stoffes konnte Marcel einen Kadaver erkennen, den die Möwen bereits kräftig bearbeitet hatten. Der Kadaver war unter der Wasseroberfläche und nur undeutlich zu erkennen. Es sah aus, als ob der Kadaver von zahlreichen Fäden umgeben war.

Marcel bückte sich nieder, um zu erkunden, um welche Art von Fisch es sich wohl handeln könnte. Als er dabei in ein glasiges Auge blickte, schrie er auf und fiel vor Schreck rücklings in das feuchte Schilf.

Angelo hörte den markerschütternden Schrei seines Freundes und ließ augenblicklich seine Angelrute ins Wasser fallen. Der erste Biss eines Fisches an seiner Angel interessierte ihn jetzt nicht mehr.

*

Werner Meinke kämpfte mit leichtem Schädelbrummen. Am gestrigen Abend hatte er, wie üblich, seine Skatrunde im Gasthaus „Drei Eichen“ in der Ortsmitte von Wischhafen. Das Ratsherrn-Pils schmeckte wieder zu gut und die Steinhäger leider auch. Als Sperrwerkswärter hatte er am heutigen Samstag die Brücke um 9.00 Uhr heruntergelassen, damit die Fahrradtouristen von Wischhafen aus die Elbinsel Krautsand erkunden konnten. Er musste jetzt nur noch Segler im Blick behalten, die die Süderelbe bei dem herrlichen Wetter verlassen wollten, um einen Törn auf der Elbe zu unternehmen. In dem Fall musste er die Brücke wieder hochfahren, damit die Segler passieren konnten. Weil einige Segler schon durchgefahren waren, hoffte er, eine kleine Pause einlegen zu können. Er hatte es sich in seinem Wärterhäuschen bequem gemacht, seine Arbeitsschuhe ausgezogen und die Füße auf einen Stuhl gelegt. Die Augen hielt er geschlossen. Er lauschte dabei einer Sendung auf NDR II, in der über die erfolgreiche Teilnahme der deutschen Olympia-Mannschaft in Atlanta berichtet wurde: „Isabell Werth wurde ihrer Favoritenstellung gerecht und hat gezeigt, dass Deutschland nach wie vor im Dressurreiten eine Spitzenstellung im Reitsport einnimmt. Auch im Springreiten …“

„Herr Meinke, Herr Meinke! Kommen Sie schnell! Da ist …, da ist …, da liegt jemand am Ufer. Ich glaub, der ist tot!“

Werner Meinke, der mit seinem Stuhl bereits in Kippstellung übergegangen war, fiel nun gänzlich nach hinten um und schlug mit dem Brummschädel auf dem Fußboden auf. Zwar wachgeworden, aber nun völlig verärgert ob dieser unerwünschten Störung, raunzte er Marcel an: „Sag mal, hat man Dir keine Manieren beigebracht? Erst mal wird angeklopft und wenn ich herein sage, dann darfst du reinkommen!“

Nachdem er das Gestammel von Marcel allerdings realisiert und verstanden hatte, sprang er auf und lief nur mit Socken dem Jungen hinterher, der sich schon wieder auf den Weg hinunter zur Süderelbe gemacht hatte.

2.

„Hubert, willst du dich nicht auch endlich passend für deine Verabschiedung anziehen? Um 11 Uhr soll es doch losgehen. Und binde bitte auch deinen Schlips um. Kannst ihn ja nach dem offiziellen Teil gleich wieder ablegen."

Ingeborg Grothmann musste ihren Mann Hubert ein wenig drängeln, damit er sich für seine Verabschiedung im Gebäude der Polizeiinspektion Stade in der Teichstraße zurechtmachte. Er sollte am heutigen Samstag seine Entlassungsurkunde erhalten und in den Ruhestand verabschiedet werden. Ihm lagen solche offiziellen Veranstaltungen nicht und mit ihm als Hauptperson schon gar nicht. Im Anschluss waren dann die Nachbarn zum Grillen im Garten ihres Reihenhauses in der Stockholmstraße eingeladen. Das Wetter war für den Außentermin wie bestellt, der Sommer war Ende September noch einmal zurückgekehrt.

Hubert Grothmann war erkennbar lustlos und überließ das Binden der Krawatte seiner Frau. Der anstehende Ruhestand rief bei ihm auch keine Jubelstürme hervor. Wie würde sein Tagesablauf künftig aussehen? Angeln und Gartenarbeit waren als Hobbys gesetzt, und sonst?

Die Feier sollte im Schulungsraum des Gebäudes der Polizeiinspektion Stade stattfinden. Der dreigeschossige Klinkerbau wurde in den 1960er Jahren von der Polizei übernommen; er beherbergte vormals das städtische Krankenhaus. Der Schulungsraum lag im 1. Stock und war für diesen festlichen Anlass entsprechend vorbereitet worden – mit Rednerpult und einer Bestuhlung für die Gäste. Neben dem Rednerpult war ein riesiger Blumenstrauß in einer Vase dekorativ platziert. Auch das kalte Buffet für das zwanglose Beisammensein nach dem offiziellen Teil war vorbereitet. Wegen des herrlichen Wetters waren die Fenster zum Hof hin geöffnet, damit die Temperaturen im Raum erträglich bleiben konnten. Angesagt hatte sich sogar Kriminaldirektor Meyerhofer von der Polizeidirektion Lüneburg, der die Abschiedsrede halten sollte. Hubert Grothmann kannte ihn gar nicht.

Die kurze Fahrt zur Polizeiinspektion mit dem neuen Golf war schnell zurückgelegt. Ingeborg fuhr, damit Hubert ein Gläschen Sekt trinken konnte. „Was willst du eigentlich in deiner Rede sagen, Hubert? Komme ich auch darin vor?" Daran hatte er noch gar nicht gedacht. Oh Gott, ich muss ja auch noch was sagen. Hoffentlich geht das alles so schnell wie möglich vorbei, dachte er.

Bei der Ankunft in der Teichstraße waren alle vertrauten Kollegen schon da. Oberkommissarin Birte Langphal, die seine Stelle einnehmen würde. Kriminalkommissar Fredi Marx, der nach seiner erfolgreich durchlaufenen Ausbildung übernommen worden war. Spusi-Bernd und auch Kriminalkommissar-Anwärterin Leni Oberdiek, die zusammen mit der Bürokraft für alles, Mendi Kistner, für die Versorgung der Gäste sorgen sollten. Kriminalhauptkommissar Dollhaus hatte sich wegen einer Erkältung entschuldigen lassen. Das Fehlen seines Chefs bedauerte Hubert Grothmann allerdings nicht. Zu häufig hatte Dollhaus ihm ein eigensinniges Verhalten und Vorgehen vorgeworfen. Den Saal füllten auch noch zahlreiche Streifendienstkollegen, die mit ihm in den letzten Jahrzehnten durch dick und dünn gegangen waren.

Nachdem Hubert und Ingeborg Grothmann in der ersten Reihe Platz genommen hatten, eröffnete Birte Langphal die Veranstaltung und übergab das Wort schließlich an Festredner Meyerhofer. Er hatte schon die Entlassungsurkunde parat gelegt.

„Lieber Herr Grothmann, liebe Frau Grothmann. Liebe Kolleginnen und Kollegen der Polizeiinspektion Stade. Heute verabschieden wir mit Hubert Grothmann einen verdienten Kollegen in den Ruhestand, der mehr als 45 Jahre im Polizeidienst des Landes Niedersachsen tätig war und für Recht und Ordnung gesorgt hat ..."

Die Etappen und Beförderungen seiner langen Dienstzeit wurden von Kriminaldirektor Meyerhofer ausgiebig geschildert. Auch den Beginn der Laufbahn von Grothmann, als er durch einen unfreiwilligen Sturz in eine Klärgrube einen Mordfall aufklären konnte, ließ er nicht aus. Hubert Grothmann wusste in diesem Moment immer noch nicht, was er in seiner Dankesrede sagen sollte und hoffte, dass er davon durch einen glücklichen Umstand doch noch befreit würde.

Die Befreiung schien tatsächlich einzutreten und zwar in Form des Hausmeisters Heinz Dankert. Dankert hatte sich für den Vormittag an diesem Samstag vorgenommen, die Geranien, die vor den Fenstern im 1.Stock hingen, zu gießen. Dafür hatte er sich extra einen Hubsteiger besorgt, um die Blumen von außen mit Wasser versorgen zu können. Er fuhr jetzt mit gefüllter Gießkanne mit dem Hubsteiger in die Höhe, um die Blumen vor dem Schulungsraum zu gießen. Er wunderte sich noch, dass die Fenster geöffnet waren und vermutete, dass die Reinigungskräfte an diesem Tag im Gebäude waren. Als er in Höhe des Schulungsraumes angekommen war, erblickte er die festliche Gesellschaft. Kriminaldirektor Meyerhofer, der an seinem Rednerpult mit dem Rücken zu ihm stand, bemerkte diese Störung nicht. Die Gäste staunten, als sie in das Gesicht des Hausmeisters sahen.

„Moin!“ Hausmeister Heinz Dankert wusste sich nicht anders zu helfen, als höflich zu grüßen, um dann seinem eigentlichen Anliegen nachzugehen und die Blumen zu gießen. Dies war dann der Moment, in dem die versammelte Gesellschaft nicht mehr an sich halten konnte und lauthals losprustete. Meyerhofer blickte sich um und war völlig konsterniert. An eine ernsthafte Rede zur Verabschiedung konnte nun nicht mehr gedacht werden. Immer, wenn Meyerhofer wieder mit seinen Worten ansetzen wollte, lachte jemand los. Daher entschloss er sich, das Ganze einfach abzukürzen und die Entlassungsurkunde auszuhändigen: … und nun ist es soweit, mein lieber Herr Grothmann. Ich darf Ihnen nun im Namen des Landes Niedersachsen …“

In diesem Moment wurde die Tür des Versammlungsraumes aufgerissen. Ein junger Mitarbeiter, der in der Polizeiwache Stellung halten musste, kam hereingestürzt. „Wir haben einen Leichenfund in Wischhafen in der Süderelbe am Sperrwerk. Ein Gewaltverbrechen kann wohl nicht ausgeschlossen werden. Wir haben eben diese Meldung vom Sperrwerkswärter erhalten.“

Es wurde still im Saal. Oberkommissarin Birte Langphal und Fredi Marx sprangen auf. „Hubert, es tut mir so leid. Aber wir müssen da jetzt sofort hin. Fredi, du besorgst ein Fahrzeug und Spusi-Bernd, du kommst am besten auch gleich mit.“

„Wartet, ich komme natürlich auch mit. Bin ja bis Montag immer noch im Dienst. Ingeborg, nimmst du dann die Urkunde mit nach Hause? Ja, Herr Meyerhofer, vielen Dank auch, dass Sie da waren. Aber Sie sehen ja. Ich muss los!“

„Aber Herr Grothmann, so warten Sie doch! Das geht nun

wirklich nicht. Ich muss Ihnen doch noch die Urkunde persönlich aushändigen."

Kriminaldirektor Meyerhofer war nun völlig von der Rolle. Er hielt mit hochrotem Kopf die Entlassungsurkunde in den Händen. Eine derartige Feierstunde hatte er noch nicht erlebt. Ingeborg wusste sich auch nicht mehr zu helfen. Sie stand auf und ging an das duftende Buffet und vertilgte einige Hackbällchen …

3.

Wischhafen lag im Herzen von Kehdingen zwischen der Kreisstadt Stade und dem Flecken Freiburg. Mit 3.000 Einwohnern hatte der Ort eine überschaubare Größe. Im Osten grenzte der Ort an die Süderelbe, einem kleinen Nebenarm der Elbe. Während der Ort selbst auf Marschboden gebaut war, begann im Hinterland der Moorboden. In früheren Jahren lebten viele Bewohner Wischhafens von der Schifffahrt und besaßen ein eigenes Schiff, mittlerweile war jedoch die Küstenschifffahrt nicht mehr rentabel und fast ausgestorben. Arbeitsorte waren zumeist im Industriegebiet der knapp 30 Kilometer entfernten Hansestadt Stade oder in der deutlich weiter entfernten Großstadt Hamburg.

Die überschaubare Strecke von Stade nach Wischhafen legten die Stader Polizisten mit dem Dienst-Passat relativ schnell zurück. Fredi Marx ließ es sich nicht nehmen und fuhr in raschem Tempo mit Blaulicht und Martinshorn durch das kurvenreiche Kehdingen. Streifenpolizisten aus Drochtersen, die von Stade aus informiert wurden, hatten den asphaltierten Platz am Fuße des Sperrwerkes mit Flatterband abgesperrt, damit keine Neugierigen den Weg und die Zufahrt versperren konnten. Bei Ankunft der Stader Polizei hielten sich lediglich die beiden jungen Angler und der Sperrwerkswärter nahe des Fundortes auf. Diese recht großzügig abgesperrte Fläche diente im Normalfall Wartungsfahrzeugen, die an den Sperrwerkstoren oder an der Klappbrücke des Sperrwerkes Arbeiten durchzuführen waren.

Marcel und Angelo hatten sich mittlerweile wieder etwas beruhigt. Sie spürten, dass sie am heutigen Tage die Hauptpersonen sein würden. Angeln war an diesem Samstag nun nicht mehr so wichtig, in der Schule konnten sie am Montag dann ihr aufregendes Erlebnis schildern.

Der Dienst-Passat wurde mittig auf der großen Fläche abgestellt. Die Polizisten gingen gemeinsam mit ihrem Spezialisten für Spurensicherung, Spusi-Bernd, zum Fundort der Leiche. Recht bald registrierten sie, dass sie für diesen feuchten Weg durch Schilf und Gras nicht das richtige Schuhwerk dabeihatten. Schließlich waren sie auf eine Feierstunde eingerichtet. Insbesondere Oberkommissarin Birte Langphal versank auf ihren Stöckelschuhen im morastigen Boden. Waren Wasserleichen generell schon kein schöner Anblick, war doch der Zustand des Leichenfundes an der Süderelbe erschreckend. Der gesamte Körper der Leiche war leicht aufgequollen. Soweit auf den ersten Blick erkennbar, hatte die Wasserleiche eine graubraune Jacke an, eine dunkle Jeans schimmerte aus dem tieferen Wasser hervor. Der Kopf bot dann einen grauenvollen Anblick. Ein Auge war von den Möwen bereits herausgehakt, das andere Auge war leicht geöffnet und wies eine deutliche Trübung auf. Um den Kopf herum schwebten lange Haare im Wasser, es handelte sich wohl um eine weibliche Leiche. Nach einer ersten Einschätzung war es eine junge Frau.

Spurenexperte Bernd kniete nieder und versuchte, erste Spuren, sofern noch vorhanden, im Umfeld der Leiche zu sichern. Auch nahm er eine Einschätzung zum Zustand der Leiche vor und untersuchte diese nach äußeren Gewalteinwirkungen.

Hubert Grothmann und Birte Langphal ließen sich von den jungen Anglern und Werner Meinke den Ablauf zum Auffinden der Leiche schildern. Fredi Marx setzte sich derweil wieder in den Dienstwagen und gab eine erste Rückmeldung zur Zentrale in Stade durch.

„Also, ich habe hier heute Morgen bei Dienstbeginn nichts weiter gemerkt. Es war alles wie immer. Auch die letzten Tage gab es nichts Besonderes." Werner Meinke hatte immer noch Schädelbrummen vom Skatabend gestern. Leicht gerötete Augen verrieten auch den Umstehenden, dass er einen anstrengenden Abend hinter sich hatte. Er hoffte, dass die Befragung möglichst schnell zu Ende ginge.

„Und Sie sind immer auf Strumpfsocken unterwegs, wenn Sie hier ihren Dienst am Sperrwerk versehen?" Hubert Grothmann ließ es sich nicht nehmen, Werner Meinke auf seine ungewöhnliche Fußbekleidung anzusprechen. Er hatte daran in der Aufregung gar nicht mehr gedacht. Die Wollsocken waren durch den Fußmarsch am Ufer der Süderelbe durchnässt. Bevor Meinke darauf antworten konnte, kam Spusi-Bernd mit ersten Erkenntnissen vom Leichenfundort zurück. Die Polizisten stellten sich etwas abseits auf, damit die Jungen und auch Werner Meinke die Einschätzung des Spurenspezialisten nicht mitbekommen konnten. Auch Fredi Marx gesellte sich hinzu.

„Tja. Wie das bei Wasserleichen so ist. Unappetitlich. Äußere Verletzungen, die auf eine Gewalteinwirkung schließen lassen, konnte ich bei meiner ersten Inaugenscheinnahme nicht feststellen. Wenn ich den Verwesungszustand einschätzen soll, dann ist der Tod vor drei bis vier Tagen eingetreten. Im Wasser liegend, verwest eine Leiche deutlich langsamer. Die Möwen haben im Gesicht ganze Arbeit geleistet. Ihr habt das ja selbst gesehen …"

Fredi Marx, der bislang noch keine Wasserleiche gesehen hatte, war schon die ganze Zeit bleich im Gesicht und musste sich nun abwenden. Nach wenigen Schritten hatte er das Ufer der Süderelbe erreicht, gerade noch rechtzeitig, um sich dort zu übergeben. Die jungen Angler registrierten das mit einem schelmischen Grinsen und konnten ihren Bericht am Montag in der Schule noch mit diesem weiteren Detail ergänzen.

„Wie dem auch sei. Was ich sagen kann, ist, dass es sich um eine junge Frau handelt. Besondere Spuren am Ufer konnte ich nicht feststellen. Das spricht eher dafür, dass die Leiche hier angeschwemmt wurde. Gestorben ist die junge Frau hier jedenfalls nicht. Eine Sache ist allerdings auffällig. Sie hat eine starke Rötung um das linke Handgelenk herum, wodurch das auch immer verursacht wurde. Sichergestellt habe ich dann noch diese Halskette hier. Die war schon etwas mit Schlamm überzogen und erst beim Herausziehen der Leiche aus dem Wasser sichtbar. Alles weitere muss die Rechtsmedizin in Stade dann klären." Der Spurensicherer hielt die Kette hoch, die er schon in einen kleinen Plastikbeutel gelegt hatte und übergab diese an Birte Langphal.

„Bernd, vielen Dank. Viel mehr können wir hier heute nicht herausfinden. Wir müssen uns nun um die Überführung der Leiche kümmern und fahren dann zurück. Die Identität sollten wir in Kürze herausbekommen können."

Birte Langphal, die die Leitung des Einsatzes übernommen hatte, blickte auf die Süderelbe und sah auf ein Motorboot, das das Sperrwerk passierte. Die „Schnecke" kehrte wieder zurück in die Süderelbe und hatte bei dem einsetzenden ablaufenden Wasser Mühe, überhaupt voranzukommen. Die Besatzung hatte sich auf die Steuerbordseite gestellt und verfolgte interessiert das Geschehen am Ufer. Werner Meinke, der bislang etwas abseits gestanden hatte, konnte nun doch noch einen Hinweis geben. „Die fahren zum Liegeplatz des Yachtclubs in Wischhafen. Die Schlengelanlage mit den Segelbooten und Sportbooten beginnt hier gleich. Der Yachtclub ist ja von hier aus auch fast zu sehen. Vielleicht fragen Sie da mal nach, ob die etwas in den letzten Tagen gesehen haben. Hafenmeisterin ist Hertha Knabbe. Die ist eigentlich fast immer da und gewöhnlich gut informiert."

*

Spusi-Bernd informierte den örtlichen Bestatter und fuhr mitsamt der weiblichen Leiche zum Institut für Rechtsmedizin in Stade, damit dort der Leichenfund eingehender untersucht werden konnte. Die drei Polizisten folgten dem Rat des Sperrwerkswärters und suchten das Gelände des Yachtclubs in Wischhafen auf. Die kurze Strecke war in dem Dienst-PKW schnell zurückgelegt. Es ging es zunächst in die Ortschaft hinein, um dann nach links in die Fährstraße einzubiegen. Hier war bis Ende der 1960er Jahre der Fähranleger der Elbfähre nach Glückstadt auf der andere Elbseite. Aufgrund der starken Zunahme des Verkehrs war seit dieser Zeit der Fährkopf nach außerhalb an das Ende der Glückstädter Straße verlegt worden.

Fredi Marx steuerte den Passat über die Deichüberfahrt hinüber, am Ende der Straße begann dann das Gelände des Yachtclubs. Der Yachtclub Wischhafen wurde in den 1960er Jahren gegründet und lag sehr idyllisch an dem Nebenarm der Elbe, der Süderelbe. Der Yachtclub war deshalb ein beliebter Anlaufpunkt für Segler und Sportboote, die teilweise von weit weg herkamen, um einige Zeit hier zu verbringen. Die Schlengelanlage wurde wegen des guten Zulaufs nach und nach erweitert und das ansprechende Sanitärgebäude konnte kostenfrei genutzt werden. Lediglich für das Duschen wurde eine geringe Gebühr erhoben.

Bei der Ankunft der Stader Polizei flatterten Fahnen an den im Uferbereich aufgestellten Fahnenmasten im sanften Wind. Überwiegend Fahnen skandinavischer Nationen waren gehisst worden. Das spätsommerliche Wetter rief viele Segler und Sportbootnutzer auf den Plan. Einheimische Bootsinhaber und Gästesegler zeigten ein reges Treiben. Boote wurden geputzt oder Vorbereitungen für ein zweites Frühstück getroffen.

Die unmittelbar am Wasser stehende Bank war von drei älteren Seemännern besetzt, die sich die Zeit mit alten Geschichten aus der Seefahrt vertrieben. Die Ankunft der Stader Polizei erzeugte natürlich die Aufmerksamkeit der Wassersportfreunde, auch die Unterhaltung der drei Seefahrer wurde nun unterbrochen. Sie blickten sich neugierig um und warteten das weitere Geschehen ab. Polizeipräsenz auf dem Yachtclubgelände war sehr selten. Streitigkeiten, sollten sie mal vorkommen, regelten die Segler im Regelfall unter sich.

„Kann ich Ihnen weiterhelfen? Einen Liegeplatz für Ihr Polizeiboot suchen Sie ja sicher nicht, oder?“ Hafenmeisterin Hertha Knabbe hatte ebenso die Ankunft der Stader Polizisten bemerkt und kam eiligen Schrittes von der Schlengelanlage. Hertha war mittleren Alters und zeigte unter ihrem leicht ergrauten Lockenkopf eine gesunde rosafarbene Gesichtsfarbe. Den häufigen Aufenthalt an der frischen Luft sah man ihr an. Sie genoss ihre Tätigkeit als Hafenmeisterin und war jeden Tag vor Ort. Ankommende Boote wurden von ihr immer persönlich begrüßt. Nachdem sie das moderate Liegegeld kassiert hatte, wurden die Gästesegler mit ersten Informationen über touristische Möglichkeiten in der Nähe versorgt. Nicht selten kam es auch zu einem gemeinsamen Kaffeetrinken und Klönschnack an Bord.

Birte Langphal und Hubert Grothmann stellten sich kurz vor. Fredi Marx blieb derweil im Passat, um möglichen Funkverkehr mitzubekommen. Er ließ es sich nicht nehmen, auf NDR 2 die Berichterstattung der 2. Bundesliga zu verfolgen. Sein Herz schlug für den VFL Wolfsburg, der sich anschickte, in die Bundesliga aufzusteigen. Zumindest die ersten Spiele waren für den VfL erfolgreich verlaufen.

„Als Hafenmeisterin sind Sie ja bestimmt häufig hier. Ist Ihnen in den letzten Tagen etwas aufgefallen? Gab es vielleicht an Bord irgendwo Streit und wird vielleicht sogar jemand vermisst?"

Hertha Knabbe, die erkennbar sehr kontaktfreudig war, musste nicht lange überlegen, um auf die Frage von Birte Langphal zu antworten. „Streitigkeiten kennen wir hier nicht. Hier sind alle friedlich beisammen. Und wenn doch mal jemand etwas lauter wird, bin ich ja auch noch da und regle das. Also, Polizei brauchen wir beim Yachtclub normalerweise nicht. Vermisst? Nein, nicht dass ich wüsste. Warum fragen Sie überhaupt?"

„Wir haben die Leiche einer jungen Frau da vorn am Sperrwerk gefunden. Noch können wir sie nicht zuordnen und wissen nicht, wer sie ist. Der Sperrwerkswärter gab uns den Tipp …"

„Ach, der Werner, das war ja klar. Dass der nichts mitbekommt, wundert mich nicht."

„Sind Sie denn jeden Tag hier beim Yachtclub?"

„Jeden Tag, davon können Sie ausgehen. Ich muss doch gucken, ob neue Boote angekommen sind. Nicht, dass die sich verabschieden, ohne zu bezahlen. Und die Schlengelanlage gehe ich auch jeden Tag bis zum Ende ab, um zu kontrollieren, ob auch alles in Ordnung ist. Will mir ja nicht nachsagen lassen, dass ich meinen Job nicht richtig mache. Aber gesehen habe ich wirklich nichts. Am Ende der Schlengelanlage kann ich ja praktisch auch fast schon das Sperrwerk sehen."

„Hubert, lass uns mal die Schlengelanlage runtergehen. Es sind ja viele Segler an Bord. Vielleicht hat ja jemand nachts etwas bemerkt oder gehört."

Die Segler und Sportbootfreunde hatten natürlich längst die Wissbegierde der Polizei mitbekommen und gaben bereitwillig Auskunft. Ein solcher Polizeieinsatz war eine willkommene Abwechslung. Allerdings ergab die Befragung der Wassersportfreunde nichts Neues. Entweder waren sie erst gestern oder vorgestern angekommen und konnten einen möglichen Vorfall beim Sperrwerk gar nicht mitbekommen haben. Aber auch die Gäste, die bereits längere Zeit im Sportboothafen lagen, hatten keine ungewöhnlichen Vorkommnisse bemerkt.

Fredi Marx, der im Streifenwagen dem Ende der Fußballberichterstattung entgegenfieberte, nahm derweil einen Funkspruch der Zentrale entgegen. Überstürzt, und ohne sich um die Endergebnisse zu kümmern, verließ er das Polizeiauto und lief Birte Langphal und Hubert Grothmann entgegen. Sie waren wieder von der Schlengelanlage zurückgekehrt und wollten sich von Hertha Knabbe verabschieden. „Die in der Wache haben wieder mal gepennt. Da ist vor drei Tagen schon eine Vermisstenmeldung eingegangen. Eine Familie aus dem Moor vermisst ihre Tochter, 16 Jahre alt. Von der Beschreibung der Kleidung könnte es passen. Ich glaube, das heißt dort Neulandermoor, Birkenstraße."

„Dann müssen wir da sofort hin. Hubert, dich bringen wir aber vorher noch nach Hause. Du hast doch Besuch eingeladen. Und jetzt bitte keine Widerrede."

Das war's dann wohl für mich, dachte Hubert Grothmann und versuchte erst gar nicht zu widersprechen. 45 Jahre Polizeiarbeit sind damit für mich Geschichte. Na ja, die werden künftig auch ohne mich klarkommen müssen. Ein wenig blass um die Nase stieg er in den Passat auf den Rücksitz.

Hertha Knabbe, die sich schon verabschiedet hatte, eilte nun doch noch den Polizisten hinterher, um noch eine Information loszuwerden.

„Ach ja, mir fällt da doch noch etwas ein. Da, wo die drei Alten sitzen auf der Bank, habe ich letzte Woche mehrfach ein junges Mädchen gesehen. Die sah gar nicht gut aus. Irgendwie traurig. Ich dachte noch: Liebeskummer oder so. Das ist bei den jungen Dingern ja besonders schlimm. Aber vielleicht hat das ja auch nichts zu sagen."

4.

Auf der Rückfahrt von Wischhafen nach Stade saß Hubert Grothmann gedankenverloren auf der Rückbank. Seine wohl letzte dienstliche Tätigkeit am Sperrwerk ging ihm nun doch immer wieder durch den Kopf, obwohl er mit den weiteren Ermittlungen nichts mehr zu tun haben würde. Am Montag im Büro müsste er noch aufräumen. Dann war auch wohl sein Chef, Hauptkommissar Dollhaus, wieder da. Dessen Karriere ging auch nicht so recht voran. Aber einen Anruf aus Lüneburg von der Polizeidirektion oder gar aus der Landeshauptstadt gab es bisher nicht. Das war wahrscheinlich auch ein Grund für die ständige schlechte Laune, die er häufig an Hubert ausgelassen hatte.

Ein so junger Mensch lag da nun im Wasser. Was mag da wirklich passiert sein? Hatte das Mädchen nicht mehr weiter gewusst und selbst dem Leben ein Ende gesetzt? Aber was hatte dann die Rötung am Handgelenk zu bedeuten? Das würde möglicherweise die Rechtsmedizin herausfinden.

„Hubert, was ist mit dir? Du bist so still. Das kennen wir ja gar nicht von dir. Du kannst doch gleich den Grillmeister spielen und die Gäste versorgen."

„Ja, aber ich denke grad an das arme Mädchen da an der Süderelbe. Was ist da nur passiert?"

„Hubert. Du bist jetzt Pensionär. Lass es dir und deiner lieben Ingeborg gut gehen und denke nicht mehr an die ganzen Verbrecher, die du hinter Gitter gebracht hast. Die Sache in Wischhafen werden Fredi und ich sicher klären können. War vielleicht ja auch nur ein Unglücksfall."

Fredi Marx hatte jetzt die Stockholmstraße erreicht und hielt vor dem Haus von Hubert. „So Hubert. Das Taxi hat dich sicher hergebracht. Feier nun noch schön. Birte und ich fahren jetzt mal nach Neulandermoor. Das wird bestimmt nicht so schön. Die Halskette von dem Mädchen ist ja schon recht auffällig. Wenn es die Eltern sind, dann müssen wir uns auf einen schlimmen Nachmittag einstellen."

„Hubert, da bist du ja endlich. Sag mal, musstest du wirklich da noch hinfahren? Heinz und Ilse sind schon da und warten auf dich."

Hubert und Ingeborg wohnten in einem Mittelreihenhaus. Den kleinen Garten hinter dem Haus hielt Ingeborg piekfein in Ordnung. Jetzt im Spätsommer blühte alles noch in voller Pracht. Dahlien und auch die Rosen waren ihr ganzer Stolz. Und vor den Fenstern im Erdgeschoss hingen Blumenkästen mit Hängegeranien.

Heinz und Ilse Kamp waren die Nachbarn zur Linken. Ein Rentnerehepaar aus Hamburg, die schon seit einigen Jahren in Stade lebten. Sie wollten so gern aufs Land, wie sie damals sagten. An die aus Sicht von Ingeborg mangelhafte Gartenpflege hatte sie sich mittlerweile gewöhnt. Ansonsten waren sie sehr verträglich und ruhige Nachbarn.

„Na Hubert. Jetzt hast du es ja geschafft. Herzlichen Glückwunsch und alles Gute im Ruhestand."

Hubert wusste zwar nicht, was er geschafft haben sollte, nahm aber den Blumenstrauß von Nachbarin Ilse entgegen.

„Ach Hubert. Bevor ich es vergesse. Dein Chef, der Dollhaus, hat angerufen. Hörte sich schlimm an. Ist wohl wirklich stark erkältet. War ziemlich sauer, dass du heute einfach weggefahren bist. Er gibt dir deine Entlassungsurkunde am Montag um 9.00 Uhr. Du sollst pünktlich sein!"

Daran hatte Hubert gar nicht mehr gedacht. Diese blöde Urkunde! Und dann noch von dem Dollhaus. Na ja, danach habe ich ja Ruhe vor ihm.

„Hallo Grothmanns. Wir kommen auch endlich!"

Die Nachbarn zur rechten Seite, Lydia und Bernhard Stormann, erschienen nun auch im Garten. Familie Stormann war zusammen mit den Kindern Lena und Alicia vor kurzem eingezogen. Bislang wohnten sie in Freiburg. Der Weg zu Airbus in Finkenwerder, dem Arbeitgeber von Bernhard Stormann, war ihm auf Dauer zu weit. Die Kinder fanden es auch cool, gab es doch hier viel mehr zu unternehmen als im öden Nordkehdingen. Lena hatte ohnehin gerade die Realschule in Freiburg beendet und ging nun zum Wirtschaftsgymnasium. Auch deshalb war der Umzug von Vorteil.

Und wieder gab es einen Blumenstrauß. Lydia Stormann war natürlich wieder sehr wissbegierig. Das kannte Hubert bereits. Daher berichtete er kurz über den Unglücksfall an der Süderelbe, während er zeitgleich die Holzkohlen auf dem Grill zum Glühen brachte.

Lena wurde ganz blass, als Hubert über das Auffinden des jungen Mädchens berichtete.

„Lena, was ist mit dir? Geht es dir nicht gut? Du musst gleich ein bisschen was essen, dann wird es bestimmt besser." Lydia war die Veränderung bei Lena natürlich aufgefallen.

„Nein, nein, das ist es nicht. Ich glaub …, also ich denke, ich weiß, wer das Mädchen ist."

Hubert ergänzte seinen Bericht um die Beschreibung der Kleidung und der Halskette des Mädchens.

„Ja das ist sie bestimmt … Bärbel, Bärbel Eilert. Die wohnt auch in Neulandermoor. Ich habe von den alten Klassenkameraden gehört, dass sie seit ein paar Tagen gesucht wird. Sie ist mit mir in eine Klasse gegangen und musste aber jetzt die 10. wiederholen."

„Ich gebe das gleich mal an die Dienstelle durch. Die Kollegen sind ja schon auf dem Weg dahin. Aber das sollten sie vielleicht noch wissen. Aber dann sollten wir auch wirklich essen. Ingeborg hat wieder ihren leckeren Kartoffelsalat gemacht."

Nach dem kurzen Telefongespräch begann Hubert, die Nackensteaks zu grillen. So rechte Stimmung wollte aber bei den Gästen nicht aufkommen. Lena konnte keinen Bissen herunterbekommen. Das Schicksal von Bärbel Eilert war bei allen gegenwärtig und kam immer wieder zur Sprache.

„Das arme Mädchen. Wer weiß, was sie erlitten hat und durchmachen musste." Lydia Stormann, die gedanklich auch bei dem Mädchen war, wusste in diesem Moment nicht, dass auch auf ihre Familie noch eine harte Prüfung zukommen sollte.

5.

1992

„Wann kommt Papa denn endlich nach Hause?“

„Ach Frank. Du kannst es wohl gar nicht mehr aushalten, was? Schichtende ist jetzt gleich. Und dann braucht er noch eine halbe Stunde, bis er hier ist.“

Beate Eilert konnte ihren Sohn nur zu gut verstehen. Schließlich hatte er heute Geburtstag und hoffte, dass er zu seinem 14. nun endlich sein Erwachsenenfahrrad, 28er Reifengröße, erhalten würde. Das stand jedenfalls ganz oben auf seiner Wunschliste. Familie Eilert hatte sich vor einigen Jahren ein altes Fachwerkhaus in Neulandermoor gekauft und mit viel Liebe saniert. Neulandermoor gehörte zur Gemeinde Wischhafen. Die Moorgebiete in Kehdingen waren über Jahrhunderte hinweg landwirtschaftlich geprägt. Das Aussterben insbesondere der kleineren Höfe hatte schon vor vielen Jahren eingesetzt, da sie nicht mehr rentabel waren. Nur noch die großen Landwirte konnte bestehen und das auch nur, wenn sie ständig modernisierten und sich auch um Erweiterung der Flächen bemühten. So standen immer mal wieder kleinere Fachwerkhäuser zum Verkauf. Hans und Beate Eilert hatten dann die Gelegenheit ergriffen und das leerstehende Häuschen günstig erworben. Das Reetdach wurde neu eingedeckt und das Fachwerk in Eigenleistung mit frischer Farbe versehen. Die Inneneinrichtung war dann die Aufgabe von Beate Eilert, die sehr stilsicher alte Bauernmöbel mit moderner Einrichtung kombinierte. Der Außenbereich war sehr großzügig bemessen. Neben einer kleinen Scheune umfasste das Grundstück eine Fläche von rund 1,5 Hektar. Tochter Bärbel träumte mit ihren zwölf Jahren von einem eigenen Pferd, das auf einer Pferdekoppel entsprechenden Auslauf haben könnte und auch in der Scheune genügend Platz finden würde. Aber der Pferdetraum war zunächst vom Familienrat zurückgestellt worden. Hans Eilert arbeitete im Bützflether Industriegebiet bei der DOW Chemical, einem der großen Arbeitgeber der Region, im Schichtsystem. Der Verdienst bei dem amerikanischen Chemie-Unternehmen war überdurchschnittlich gut, so dass der Wunsch nach einem eigenen Heim im Moorgebiet keine allzu große Hürde darstellte. Beate hatte sich für heute freigenommen. Sie arbeitete bei einer Bäckerei in Drochtersen als Verkäuferin. Für den Nachmittagskaffee hatte sie selbst gebacken. Sie wollten dann im Anschluss alle gemeinsam die Geschenke an das Geburtstagskind überreichen.

Frank war schon den ganzen Tag aufgeregt und konnte es kaum noch abwarten, mit seinem neuen Rad eine erste Runde auf der Birkenstraße zu drehen. Endlich ein Rad mit Dreigangschaltung und rot musste es sein, natürlich. Rot war seine Lieblingsfarbe. Am liebsten hätte er alles in Rot. Pullover, Hemden, Bettwäsche, einfach alles. Schließlich war es ja auch die Farbe seines Lieblingsvereins, Bayern München.

Bärbel war mit ihrem Rad noch ganz zufrieden. Sie konnte aber die Aufregung ihres Bruders verstehen und freute sich einfach auf das gemeinsame Kuchenessen.

Vater Hans schien sich aber am heutigen Tag doch etwas zu verspäten. Ausgerechnet heute. Frank lief immer wieder zur Birkenstraße, aber beschleunigen konnte er die Ankunft seines Vaters dadurch nicht. Dann endlich sah er am Horizont die Umrisse des grauen VW Passat Kombi, der dann Augenblicke später auf den Hof der Familie einbog.

„Ist leider etwas später geworden. Unser Schichtleiter ist befördert worden und hat noch einen ausgegeben. Da konnte ich nicht einfach so vorzeitig abhauen. Aber jetzt bin ich ja da."

Beate betrachtete ihren Mann und nahm dabei deutlich eine Alkoholfahne wahr. Auch die Augen schienen eine leichte Rötung aufzuweisen. Ohne, dass die Kinder es mitbekamen, nahm sie ihn vorsichtig zur Seite.

„Trink bitte nicht, wenn du noch mit dem Auto fahren musst. Du weißt doch, wie gefährlich das sein kann. Und auf den Führerschein bist du ja auch angewiesen."

„Ja, Beate, du hast ja Recht. Es waren aber auch nur zwei Bier und es hätte nicht gut ausgesehen, wenn ich das abgeschlagen hätte. Aber jetzt wollen wir doch mal sehen, was unser Großer zum Geburtstag bekommen soll."

Das Fahrrad für Frank hatte Hans vor einigen Tagen bei einem Fahrradhändler in Assel besorgt und zunächst in der Scheune eingeschlossen. Frank hatte sich schon gewundert, dass der Zugang zur Scheune versperrt war, konnte sich aber schon denken, dass das mit der Geburtstagsüberraschung zusammenhing.

„So, jetzt Augen zu. Und dann eins, zwei, drei: Und jetzt Augen auf!"

Hans hatte die Scheune geöffnet und das Fahrrad direkt vor Frank platziert und wartete jetzt auf seine Reaktion.

„Das ist ja blau!" Das war das Einzige, was Frank herausbringen konnte.

„Ja, Frank. Aber sieh mal. Blau ist doch auch ganz schick. Und rot war nun einmal nicht lieferbar. Aber sonst hat das Fahrrad alles, was es haben soll. Drei Gänge und natürlich von Victoria."

Die Enttäuschung stand Frank deutlich ins Gesicht geschrieben. Das bislang vor Aufregung rote Gesicht hatte sämtliche Farbe verloren. Sein Blick wanderte erkennbar traurig zwischen den Eltern hin und her.

Beate hatte ihren Mann schon vorher auf die falsche Farbe hingewiesen. Hans, sonst die Ruhe in Person, wollte davon aber nichts hören und geriet jetzt leicht aus der Fassung.

„Wir hätten uns früher über so ein Geschenk wie verrückt gefreut. Nun probiere es doch einmal aus. Das fährt sich bestimmt ganz toll. Der Fahrradhändler hat jedenfalls gesagt, das ist das Beste, was es auf dem Markt gibt."

Frank nahm das Fahrrad vom Ständer und schob es fast ein wenig widerwillig vom Hof auf die Birkenstraße. Als er dann die ersten Fahrversuche auf der Birkenstraße unternahm, liefen ihm Tränen über die Wangen. Es kann doch nicht so schwer sein, ein rotes Fahrrad zu besorgen. Sein Vater hat es sich wieder mal zu einfach gemacht.

Der Geburtstag war ihm jedenfalls gründlich verdorben. An Kuchenessen war auch nicht mehr zu denken, der Appetit war ihm gründlich vergangen. Nach der Erprobungsrunde auf der Birkenstraße stellte er sein Fahrrad an die Hauswand und ging wortlos in sein Zimmer.

„Ach Frank. Nun komm schon. Ich habe doch extra für dich deinen Lieblingskuchen gebacken. Du magst doch so gern meinen Apfelkuchen. Willst du nicht wenigstens probieren?"

Eine Antwort kam nicht aus dem Zimmer von Frank. Bärbel versuchte es auch noch einmal und ging zu ihm ins Zimmer. Das Gesicht hatte Frank im Kopfkissen seines Bettes vergraben und rührte sich nicht. Sie setzte sich zu ihm und streichelte ihm über seinen Lockenkopf und wartete auf eine Reaktion.

„Vielleicht kannst du das Rad ja noch durchtauschen. Das kannst du doch mal probieren."

„Nein."

„Aber wenn Papa sagt, es gab kein rotes Rad, dann war das doch sicher auch so. Ich finde, das Rad sieht toll aus."

„Nein."

„Hör doch mal, Frank. Unsere Eltern machen doch immer alles für uns. So schlimm ist das mit der blauen Farbe nun auch nicht!"

„Warte mal ab, bis du Geburtstag hast. Glaub' doch nicht, dass du dein dämliches Pferd bekommst."

6.

1994

„Hey Bärbel, wo bleibst du denn? Bist du schon wieder auf Toilette gewesen? Die Pause ist gleich vorbei und wir wollten doch eigentlich doch ein bisschen quatschen."

Bärbel Eilert hatte in der letzten Zeit deutlich zugelegt und wurde von den Jungen in ihrer Klasse an der Realschule in Freiburg schon als Moppelchen aufgezogen. Tanja, ihre beste Freundin, hielt allerdings immer zu ihr. Im Gegensatz zu Bärbel war sie der Schwarm der Jungs. Das Essverhalten von Bärbel gab ihr schon zu Denken. Wenn an Geburtstagen in der Klasse ein Kuchen ausgegeben wurde, konnte es für Bärbel gar nicht genug geben.

„Sag mal. Ist mit dir alles in Ordnung? Du bist so immer so abwesend und beteiligst dich auch nicht mehr an unseren Treffen mit den anderen Mädels. Heute Nachmittag wollen wir in Wischhafen am Yachthafen etwas abhängen. Da ist doch immer was los."

„Nee, lass mal. Mir geht es irgendwie nicht so gut. Und ich muss meiner Mama zu Hause auch etwas helfen."

Tanja fand in der letzten Zeit keinen richtigen Zugang mehr zu Bärbel. Alle ihre Versuche, sie aufzumuntern, scheiterten. Einen Grund dafür konnte sie nicht ausmachen.

„Hi Tanja. Wie sieht's aus? Wollen wir am Wochenende grillen? Das Wetter soll ja ganz geil werden. Ich besorge auch Nackensteaks und Bratwurst vom Schlachter. Frank ist auch dabei."

Arne war ziemlich verknallt in Tanja und versuchte erneut, sie zu einem Treffen zu überreden. Mit dem Bruder von

Bärbel im Schlepptau schlenderten sie gemeinsam dem Eingang der Schule entgegen.

„Nur, wenn Bärbel auch dabei sein kann!"

„Ach, lass Moppelchen mal lieber zu Hause. Die ist doch nur ein Spaßverderber."

Frank, der mittlerweile die 10. Klasse besuchte und in Kürze die Realschule verlassen konnte, nahm sie auch schon länger nicht mehr in Schutz. Seine Schwester war ihm einfach zu zickig geworden. Und mit ihr sehen lassen konnte man sich auch nicht mehr.

Den Weg zur Schule und zurück nahmen beide mit dem Fahrrad. Auch wenn Frank und Bärbel zeitgleich Schulschluss hatten, wie jetzt am Freitag, fuhren sie nie gemeinsam. In vier Wochen gab es Sommerferien und Frank freute sich schon darauf, dann im Anschluss zur Höheren Handelsschule nach Stade zu gehen.

Zu Hause hing erkennbar der Haussegen schief. Beate Eilert hatte rote Augen und wischte sich die Tränen aus dem Gesicht, als Frank als Erster auf den Hof der Familie einbog. Hans Eilert lag auf dem Sofa im Wohnzimmer und hatte den Kopf Richtung Rückenlehne gewendet.

„Hat Papa schon Urlaub oder ist heute schichtfrei für ihn?"

„Lasst Papa mal lieber etwas in Ruhe. Er hat Ärger bei der Arbeit und ..."

Beate stand mit ihrem Sohn in der Küche, flüsterte fast und versuchte, ihren Mann nicht weiter zu stören. Frank spürte allerdings, dass es zuvor wohl Knatsch zwischen den Eltern gegeben haben musste.

„Ihr könnt ruhig lauter reden! Ich schlafe nicht. Mein blöder Schichtleiter meint, es geht auch ohne mich. Na ja, die werden schon sehen, was sie davon haben."

Frank machte kommentarlos eine Bewegung zum Mund, als wenn er etwas trinken würde und sah seine Mutter dabei fragend an. Beate nickte nur und hielt sich dann ein Taschentuch vor die Augen. Hans Eilert kam in diesem Moment aus dem Wohnzimmer in die Küche und bekam das stumme Einvernehmen zwischen Beate und seinem Sohn mit.

„Was soll das? Ich darf ja wohl mal ein Bier trinken, wenn ich schon so einen Mist an den Hacken habe und die DOW-Leute meinen sowieso, sie wissen alles besser. Aber ich werde mir jetzt einen besseren Job suchen. Mit meiner Ausbildung wird das kein Problem sein."

„Aber in Urlaub fahren wir doch im Sommer, oder? Ihr habt doch gesagt, dass wir ein Ferienhaus in Dänemark buchen wollen."

Bärbel war jetzt auch zu Hause angekommen und bekam die Auseinandersetzung mit. Ihr Vater machte einen fast apathischen Eindruck, er hatte wohl mehr als ein Bier getrunken. In der letzten Zeit hatten sich die Verspätungen nach der Arbeit gehäuft, verbunden war dies immer mit einer deutlich wahrnehmbaren Alkoholfahne.

„Und wer soll das alles bezahlen? Es reicht ja, wenn ich euch hier immer durchfüttern muss. Guck dich doch mal an! Du siehst doch aus wie eine Drangtonne. Vielleicht solltest du mal eine Diät einlegen!"

„Lass Bärbel doch in Ruhe und trinke lieber nicht so viel! Dann hättest Du auch keinen Ärger bei der Arbeit!"

Frank konnte nun doch nicht umhin, seine Schwester in Schutz zu nehmen. Auch wenn er in der letzten Zeit für alles die Schuld von seinem Vater bekam und seine Mutter ihm nicht beistand, musste er auch mal seinem Vater die Meinung sagen.

„Ach, sieh an, der feine Herr Sohn. Hat nichts zu Hause nötig und streckt nur die Füße unter den gedeckten Tisch! Pass du lieber besser auf deine Schwester in der Schule auf. Die scheint ja alles in sich hineinzufressen."

„Papa, ich glaube, es reicht jetzt. Leg Dich lieber hin und schlafe deinen Rausch aus."

„Was sagst du da? Du wagst es, so mit mir zu reden?"

Eine heftige Ohrfeige beendete das Streitgespräch zwischen Vater und Sohn. Der Schlag von Hans Eilert war so heftig, dass er selbst dabei ins Torkeln kam. Es war das erste Mal, dass Hans Eilert handgreiflich wurde. Umso entsetzter war Frank. Er befühlte seine Wange, die sofort rot anlief und sah seine Mutter an, die nur nach unten blickte. Sie hatte wohl Angst vor einem weiteren gewalttätigen Ausbruch ihres Mannes. So hatte sie ihn noch nie erlebt. Bärbel war fassungslos, dass in ihrer bisher so heilen Welt etwas zu Bruch gegangen war.

Das ist mal wieder typisch. Das, was ich möchte, spielt hier nie eine Rolle. Und natürlich bekomme ich immer die Schuld, wenn hier alles den Bach runter geht. Mutter sagt wieder mal nichts. Und Bärbel? Die könnte doch auch mal etwas sagen und mich in Schutz nehmen! Die ist aber auch dick geworden. Kein Wunder, wenn die Jungens mit ihr nichts zu tun haben wollen. Ich freue mich schon darauf, wenn ich 18 bin und hier ausziehen kann. Dann brauche ich mich nicht mehr mit der Familie herumzuärgern und kann meinen eigenen Weg gehen.

„Oh Frank. Das … also das wollte ich wirklich nicht. Das war nicht so gemeint." Hans Eilert war selbst erschrocken, dass ihm seine Hand ausgerutscht war. Frank sah ihn nur stumm an und blickte traurig und wütend zugleich auf seine Mutter und Bärbel. Dann ging er in sein Zimmer.

7.

1996

Benno Martens, der neue Lehrer für Mathe und Sport, sammelte bei der Abschlussklasse der Realschule weitere Pluspunkte. An seinem Geburtstag vier Wochen vor Beendigung der Schule gab es in seinem Unterricht ein von ihm vorbereitetes Buffet mit Frikadellen, selbst gebackenem Kuchen und Cola. Die 10 a hatte alle Abschlussarbeiten geschrieben und bereitete sich auf das Ende der Schulzeit vor. Das Geburtstagsbuffet kam den Schülern daher sehr gelegen.

Tanja saß mit Bärbel in der letzten Reihe. Beide hatten ihren Teller zum zweiten Mal gefüllt. Bei Bärbel quoll er fast über. Tanja erwartete einen guten Realschulabschluss und wollte eine Ausbildung bei einem Steuerberater beginnen. Bärbel hingegen, die sich in der letzten Zeit mehr und mehr zurückgezogen hatte, musste damit rechnen, die 10. Klasse zu wiederholen. Bärbel war die meiste Zeit in sich gekehrt und hatte auch kein Interesse mehr, zu Partys zu gehen oder sich auch nur einfach so zu treffen. Ihre Schulleistungen ließen deutlich nach, so dass es im nächsten Jahr einen erneuten Versuch des Schulabschlusses geben musste. Auch äußerlich waren die Veränderungen bei Bärbel sichtbar. Obwohl sie immer noch übermäßigen Appetit hatte, wurde sie dünner und dünner. Nachdem Tanja sie zunächst wegen ihrer schlanken Figur bewundert hatte, beschlich sie mehr und mehr das Gefühl, dass Bärbel krank sei. Auch jetzt verließ Bärbel vorzeitig den Unterricht bei Benno Martens und meldete sich zur Toilette ab. Tanja, die ihren Teller auch vollständig verputzt hatte, folgte ihr wenige Augenblicke später, weil sie sich Sorgen um ihre Mitschülerin machte.

„Bärbel, bist du das?“

Tanja hörte ein deutlich wahrnehmbares Würgegeräusch aus der Kabine, in der sie Bärbel vermutete.

„Was willst du denn? Spionierst du mir schon hinterher? Ich habe, glaube ich, was Verkehrtes gegessen. Die Frikadellen waren etwas zu fettig und mussten wieder raus. Lass mich einfach in Ruhe. Ich komme gleich wieder in die Klasse.“

„Bärbel, so kann es doch nicht weitergehen. Irgendwas ist doch mir dir los. Ich merke das doch schon die ganze Zeit, dass es dir nicht gut geht. Willst du nicht darüber sprechen?“

„Nein. Mir geht es gut. Und nun verschwinde endlich und gehe zu deinem Benno. Den magst du doch so gern.“

So schnell wollte Tanja aber nicht aufgeben. Ihrer besten Freundin wollte sie so gern beistehen und ihr, wenn irgend möglich, helfen.

„Ist bei euch zu Hause denn alles o.k.? Hat dein Papa wieder Arbeit gefunden? Und was macht eigentlich Frank? Den habe ich ewig nicht mehr gesehen.“

„Zu Hause ist nichts mehr in Ordnung. Und Frank, diesen Blödmann, kann man auch vergessen. Der ist wohl nicht mehr lange bei uns. Will wohl zur Bundeswehr oder so. Und nun hau endlich ab, hab’ ich gesagt. Ich komm schon alleine klar!“

*

„Was willst du denn schon zu Hause? Arbeiten die bei Fricke in Dornbusch nur noch bis mittags?“

Frank Eilert hatte nach der Höheren Handelsschule eine Ausbildung zum Kfz-Mechaniker bei einem Autohändler in Dornbusch aufgenommen und befand sich noch im ersten

Lehrjahr. Obwohl ihm die Arbeit sehr zusagte, war er mit sich und der Welt nicht zufrieden. Zu Hause gab es ständig Streit mit seinem Vater, der nach seiner Entlassung bei der DOW keine Arbeit gefunden hatte. Der Alkohol war sein ständiger Begleiter, so dass die Vorstellungsgespräche bei anderen Firmen immer sehr schnell beendet waren. Seine Mutter war häufig nicht da und vernachlässigte die Hausarbeit, so dass es oftmals keine warme Mahlzeit gab und auch im Kühlschrank Ebbe war. Besonders nervte ihn, dass sein Vater ihn für die schulischen und gesundheitlichen Probleme seiner Schwester mit verantwortlich machte. Er würde sich nicht kümmern und sie vernachlässigen. Dabei sah doch jeder, dass sie magersüchtig war. Als er einmal diesen Verdacht äußerte, bekam er wieder eine Standpauke von seinem angetrunkenen Vater.

Auch jetzt lag Hans Eilert, wie fast üblich, auf dem Sofa im Wohnzimmer. Da er noch nicht mit seinem Sohn gerechnet hatte, stand eine fast leer getrunkene Flasche Korn mitten auf dem Tisch. Die Begrüßung seines Vaters mit erkennbar schwerer Zunge überraschte Frank daher nicht.

„Ich höre auf bei Fricke. Ich habe eine Zusage von der Bundeswehr bekommen und werde zum 1.7. Zeitsoldat. Dann seid Ihr mich los."

Die Entscheidung aufzuhören, war bei Frank in den letzten Monaten gereift. So konnte er, gerade volljährig geworden, endlich ausziehen und würde als Zeitsoldat auch etwas Kohle verdienen.

„Ach, der feine Herr Sohn möchte sich aus dem Staub machen. Das hätte ich mir ja denken können. Zu Hause hast du ja auch nichts mehr nötig gehabt und überlässt alles deiner Schwester. Kein Wunder, dass sie so klapperdürr geworden ist. Und deine Mutter …"

In diesem Moment guckte Beate, die gerade zurückgekommen war, ins Wohnzimmer und bemerkte die lautstarke Auseinandersetzung zwischen ihrem Mann und Frank.

„... deine Mutter vögelt mit dem Nachbarn herum!"

„Warum bin ich immer an allem schuld? Das war doch schon immer so. Bärbel wird ständig in Schutz genommen, egal, was sie macht. Es wird echt Zeit, dass ich hier abhauen kann. Sag mal Mama, stimmt das etwa? "

„Ich habe ..., also was soll das jetzt? Ich war gerade in der Schule. Ich glaube, wir müssen uns Sorgen um Bärbel machen. Sie wird die Klasse wiederholen müssen und auch sonst gibt es ein Problem."

8.

„Wo ist denn der verdammte Wagenheber schon wieder hin? Wer hat den verschlampt? So komme ich hier auch nicht weiter!“

Hans Eilert hatte seinen alten VW Passat in die Scheune gefahren und wollte sich daran machen, einen defekten Reifen zu wechseln. Der Wagenheber war aber nicht aufzutreiben, so dass er sein Vorhaben aufgeben musste. Er lehnte sich an die Werkbank, die er schon mehrfach durchwühlt hatte auf der Suche nach dem notwendigen Werkzeug. Er griff daher ersatzweise zu einer bereits halb geleerten Flasche Korn, die er auf der Werkbank deponiert hatte. Hans war immer noch arbeitslos und hatte die Hoffnung aufgegeben, eine feste Arbeitsstelle zu finden. Er nahm hier und da Gelegenheitsjobs an und erhielt ansonsten Arbeitslosenhilfe. Außerdem hatte seine Frau Beate ja einen Teilzeitjob beim Bäcker. Damit kamen sie insgesamt halbwegs über die Runden. Das meinte er jedenfalls.

„Frank, dieser Nichtsnutz, muss ihn mit zur Bundeswehr genommen haben. Gut, dass der endlich aus dem Haus ist.“

Das war letztlich seine Erklärung für das Verschwinden des Wagenhebers. Frank war seit dem 1.7. bei der Bundeswehr. Nach absolvierter Grundausbildung verblieb Frank bei der Panzerbrigade 9 in Lüneburg. Selten fand er den Weg zurück zu seinem Elternhaus. Und jedes Mal, wenn er kam, musste er sich Vorwürfe anhören. Insbesondere die gesundheitlichen Probleme seiner Schwester wurden ihm angelastet. Und wenn er dann das Alkoholproblem seines Vaters ansprach, war es ganz vorbei mit dem Familienfrieden.

„Und wo ist eigentlich meine Göttergattin? Wahrscheinlich wieder beim Nachbarn. Na, der scheint es ihr wohl gut zu besorgen!"

Mit steigendem Alkoholpegel redete sich Hans Eilert so richtig in Rage. Von einem üblichen familiären Zusammenleben konnte bei Familie Eilert schon lange Zeit nicht mehr gesprochen werden. Beate war in der Tat häufig beim Nachbarn, einem alleinstehenden Landwirt, der sich beim Schützenball in Beate verliebt hatte. Beate hatte zunächst nur Hausarbeiten bei ihrem Nachbarn angeboten. Dem Werben nach mehr konnte sie dann irgendwann nicht mehr widerstehen. Sie wurde von ihm mit Komplimenten nur so überschüttet, während sie zu Hause mit Hans nur streiten konnte. Arbeitslosigkeit, Alkohol, Gründe für einen Streit gab es eigentlich immer. Eine Trennung von ihrem Mann war eigentlich nur noch eine Frage der Zeit.

Während Frank das Weite gesucht hatte, war Bärbel mit ihren Problemen noch zu Hause und besuchte nach den Sommerferien erneut die 10. Klasse. Die schulischen Probleme waren aber nicht die einzige Sorge. Sie war erkennbar magersüchtig. Versuche, mit ihr darüber zu reden, waren regelmäßig gescheitert. Ihr Vater war dazu ohnehin nicht in der Lage. Und zu ihrer Mutter hatte sie auch kein Vertrauen mehr, seitdem sie offensichtlich mit dem Nachbarn fremdging.

Das zuvor so gepflegte Anwesen der Familie machte auch mittlerweile einen arg vernachlässigten Eindruck. Im Garten wuchs der Rasen regelmäßig fast kniehoch, bevor sich Hans dazu durchringen konnte, mit dem Aufsitzmäher zumindest die Rasenfläche wieder in einen vernünftigen Zustand zu bringen. Die Randbereiche oder gar die Beete wurden überhaupt nicht mehr gepflegt. Das Unkraut konnte sich ausbreiten. Auch im Haushalt war eine deutliche Vernachlässigung festzustellen. Das Geschirr türmte sich hier in der Küche, nachdem der Geschirrspüler seinen Dienst aufgegeben hatte. Geld für einen neuen war nicht vorhanden. Betten wurden nur noch unregelmäßig gemacht und der Staub war im ganzen Haus verteilt. Beate hatte das Interesse an einem gemütlichen Heim verloren. Zu sehr trieb sie der Gedanke um, ein neues Leben anzufangen.

Bärbel kam nach der Schule mit ihrem Fahrrad nach Hause und sah in der Küche die Geschirrberge. Mittagessen war nicht vorbereitet. Von der Mutter war nichts zu sehen. Ihren Vater hörte sie in der Scheune fluchen. Sie ging nach draußen, um zumindest ihren Vater kurz zu begrüßen. Ein Blick in die Scheune genügte und zeigte ihr, wie es wieder um ihn stand.

„Da bist du ja endlich! Hast du deine Mutter gesehen? Die treibt sich wohl wieder herum. Scheiß Weiber …"

Was soll ich hier noch? Das ist doch alles so sinnlos. Mein Vater trinkt und pöbelt herum. Meine Mutter ist kaum noch hier, mit der kann ich auch nicht reden. Und Frank? Wenn wir uns sehen, dann zoffen wir auch nur noch herum. Und in der Schule ist auch alles Mist. Seitdem Tanja von der Schule gegangen ist, habe ich da keine Freundin mehr. Erst war ich das Moppelchen, jetzt sagen sie Klapperstange zu mir. Es ist alles nur noch Scheiße …

Bärbel ging in ihr Zimmer und nahm die Leinentasche an sich, die sie am Tag zuvor gepackt hatte. Sie hatte ein erkennbar ordentliches Gewicht. Sie legte die Tasche draußen auf den Gepäckträger und schaute noch kurz in die Scheune. „Ich bin bei der Sport-AG."

Hans Eilert hatte sich mittlerweile in den Wagen gesetzt und dämmerte vor sich hin. Er konnte nur noch lallen.

„Was …, was hast du da gesagt? Kaum da und schon wieder weg. Ach haut doch alle ab und lasst mich hier alleine."

Bärbel schob ihr Fahrrad auf die Birkenstraße, warf noch einen traurigen Blick zurück auf das Elternhaus und fuhr mit Tränen in den Augen Richtung Wischhafen.

9.

Fredi Marx steuerte den Polizeiwagen auf den Hof der Familie Eilert in der Birkenstraße. Auf der Fahrt dahin überlegte Birte Langphal schon, wie sie die schlimme Nachricht überbringen könnte. Die Halskette der Toten betrachtete sie dabei nachdenklich. Bevor sie aussteigen konnten, kam noch eine Meldung von der Dienststelle. Die Tochter des Nachbarn von Hubert Grothmann hatte mitgeteilt, dass es sich aufgrund der Beschreibung des Leichnams und der Halskette um Bärbel Eilert handeln müsste. Sie musste die 10. Klasse wiederholen und wurde seit Mittwoch vermisst. Auch konnte die Nachbarstochter über die offensichtlichen Probleme einer Magersucht berichten.

Beim Aussteigen wunderten sich Fredi und Birte über den verwilderten Zustand des Grundstückes der Familie Eilert, eher ungewöhnlich für die Kehdinger Landbevölkerung, die ihre Eigenheime gut pflegten.

Hans und Beate Eilert hatten sich in den letzten Tagen den Kopf darüber zerbrochen, wo Bärbel wohl abgeblieben sei. Auch die Nachfragen bei Bekannten und Freunden hatten zu keinem Ergebnis geführt. So rechneten sie schon mit dem Schlimmsten. Als Beate die Tür des Wohnhauses öffnete, ahnte sie sofort, dass es sich um Polizeibeamte handeln würde, obwohl beide wegen der Verabschiedung von Hubert Grothmann sehr festlich gekleidet waren. Birte hatte immer noch ihre Stöckelschuhe an, die allerdings aufgrund der Besichtigung der Leiche am Elbufer arg in Mitleidenschaft gezogen waren.

Beate Eilert fing sofort an zu weinen, noch bevor Birte sich überhaupt vorstellen konnte. Sie ging mit den beiden

Polizeibeamten in das Wohnzimmer, wo Hans Eilert mit rotem Gesicht und einem verschmutzten T-Shirt auf dem Sofa saß. Auch Frank war nach dem Verschwinden seiner Schwester aus Lüneburg angereist und lehnte sich am Wohnzimmerfenster an.

„Was ist mit Bärbel? Haben Sie sie gefunden? Oh bitte, sagen Sie uns, dass ihr nichts passiert ist!"

Beate Eilert konnte die Spannung nicht mehr aushalten. Obwohl sie jetzt mit der schlimmsten Nachricht rechnen musste, sträubte sich alles noch dagegen und sie hoffte auf ein Wunder.

Birte berichtete über den Fund einer jungen weiblichen Leiche am Ufer der Süderelbe in der Nähe des Sperrwerkes in Wischhafen, die jetzt auf dem Weg in die Rechtsmedizin nach Stade sei.

„Wir können leider noch nichts Genaueres sagen. Nur, dass sie wohl einige Tage im Wasser gelegen haben muss. Sie vermissen Ihre Tochter seit Mittwoch, ist das richtig?"

„Sie wollte zum Sport, hatte sie noch gesagt. Und dann war sie weg."

Hans Eilert wirkte schwer angeschlagen und konnte nur mit schwerer Zunge über die letzte Begegnung mit seiner Tochter berichten. Frank Eilert hatte bisher noch nichts gesagt und blass am Fenster gestanden.

„Und Sie sind?" Birte versuchte, Frank Eilert mit in das Gespräch einzubeziehen. Bevor er antworten konnte, kam ihm sein Vater zuvor: „Das ist mein missratener Sohn. Der hat es vorgezogen, hier abzuhauen und uns im Stich zu lassen. Der schießt lieber in der Gegend herum, als etwas Vernünftiges zu machen. Um seine Schwester hat er sich jedenfalls nie gekümmert!"

„Hans, nun lass das doch mal. Das bringt doch nichts. Bitte sagen Sie uns endlich, ist das unsere Tochter, die Sie da gefunden haben?“ Die Stimme von Beate zitterte und bebte förmlich.

„Von der Beschreibung her und der Kleidung könnte es leider wirklich Ihre Tochter sein. Und wir haben dies hier noch bei der Leiche sichergestellt.“

Birte zog die Plastiktüte mit der Halskette aus ihrer Umhängetasche und zeigte sie Bärbel Eilert. An der Halskette war ein großer Stern mittig angebracht und daneben jeweils zwei kleine Sterne. Mit der Gewissheit, dass es sich um die Kette ihrer Tochter handelte, brach Beate zusammen und sank auf den hinter ihr stehenden Sessel. Für sie war in diesem Moment eine Welt zusammengebrochen. Wimmernd hielt sie ihren Kopf gesenkt. Hans Eilert hielt ebenfalls den Kopf gesenkt und versuchte etwas unbeholfen, den Kopf seiner Frau zu streicheln.

Frank sagte jetzt zum ersten Mal etwas: „Das, das ist die Halskette von Bärbel. Die hat sie letztes Jahr von meinen Eltern zu Weihnachten bekommen.“

Birte und Fredi warteten, ab, bis ein weiteres Gespräch möglich war. Unvermittelt stand jetzt Hans Eilert auf, schwankte auf seinen Sohn zu und baute sich fast bedrohlich dicht vor ihm auf. „So, das weißt du sogar noch. Interessierst dich doch sonst für nichts hier und bist einfach abgehauen. Um deine Schwester hast du dich jedenfalls nicht gekümmert. Wegen dir ist doch alles so gekommen. Und dann brauchst du hier nicht mehr rumzuhängen. Verschwinde von hier und lass dich hier nie mehr blicken!“

Frank warf nur einen wütenden Blick auf seinen Vater, die Hände fest zusammengeballt, blieb aber stumm.

„Hans, um Gottes Willen. Was soll das denn jetzt? Wenn du so weitermachst, verlieren wir auch noch unseren Sohn!"

Birte gelang es, die Situation nach kurzer Zeit etwas zu beruhigen und versuchte, noch an weitere Informationen zu gelangen: „Ihre Tochter ist also am Mittwoch noch zum Sport gegangen? Wo ist das denn? Gehört das noch zum Schulsport?"

„Ja. Bärbel hat sich ja in der letzten Zeit sehr verändert. Wir konnten mit ihr aber nicht darüber reden. An vielen Dingen hatte sie auch kein Interesse mehr. Aber den Sportunterricht und die Sport-AG mochte sie sehr. Da ist dieser neue Lehrer für Mathe und Sport, Benno Martens. Den mochte sie sehr. Aber …, sie kam dann nicht mehr wieder. Eine Klassenkameradin hat uns auch gesagt, sie wäre gar nicht da gewesen. Wir sind dann den Weg dorthin abgefahren, um zu gucken, ob ihr etwas passiert ist. Auch die Nachbarn und die Freunde, die sie noch hatte, wussten nichts. Und dann haben wir uns schon gedacht, dass …"

Weiter kam Bärbel Eilert nicht. Wieder überfiel sie ein Weinkrampf, der ein weiteres Reden unmöglich machte.

„Hatte sich Bärbel in den letzten Tagen vor ihrem Verschwinden verletzt? Wir haben da so eine Rötung am linken Handgelenk festgestellt." Fredi Marx übernahm jetzt die Gesprächsführung, während Birte den Bruder Frank im Blick hatte, der einen abwesenden Eindruck machte.

„Verletzung? Nein. Das ist mir nicht aufgefallen. Es war eigentlich alles wie immer. Nun sagen Sie uns doch bitte. Wie geht es denn weiter? Wo ist Bärbel jetzt? Wir müssen sie doch sehen."

„Ihre Tochter ist jetzt auf dem Weg in die Rechtsmedizin nach Stade. Sie werden dann Nachricht bekommen, um zu bestätigen, dass es sich wirklich um Bärbel handelt. Haben Sie da noch bitte etwas Geduld. Wir würden uns noch gerne heute mit dem Sportlehrer unterhalten. Benno Martens, sagten Sie, heißt der? Wo können wir den finden?“

10.

Benno Martens lief mehrmals wöchentlich seine Runden quer durch Freiburg. Er liebte es, zu joggen und sich dabei etwas auszupowern. Jetzt am Samstag lief er wie üblich seine längste Strecke und bog gerade in die Siedlung in der Nähe der Fischteiche ein. Mit seinen 32 Jahren versuchte er, sich topfit zu halten. Auf sein Äußeres achtete er dabei ohnehin sehr penibel. Er trug immer Markenklamotten. Das schwarze Tank-top von Calvin Klein ließ seinen braun gebrannten Oberkörper gut zur Geltung kommen. Dazu trug er eine knapp geschnittene schwarze Turnhose und, wie immer, seine teure Armbanduhr von Hilfiger. Am liebsten hätte er auch noch seine Ray Ban-Sonnenbrille getragen, aber die würde durch den Schweiß, der ihm von der Stirn lief, ständig verrutschen.

Birte und Fredi warteten schon vor dem Mehrfamilienhaus im Fasanenweg in Freiburg und sahen den hochaufgeschossenen blonden Jogger auf sich zu rennen. Sie hatten in der Nachbarschaft gefragt und erfahren, dass sich Benno Martens auf die Laufrunde begeben hatte.

„Das muss er sein." Fredi bemerkte den athletischen Sportler als erster und konnte bei einem Seitenblick auf Birte erkennen, dass sie durchaus beeindruckt war von dem durchtrainierten Sportlehrer.

„Na Birte. Du hast doch einen Freund, oder?"

„Ja, Fredi, keine Angst. Im Übrigen kann ich Arbeit und Freizeit gut unterscheiden. Und jetzt ist Arbeit angesagt."

„Benno Martens?"

„Oh, welch seltener Besuch in Freiburg. Sind Sie von der Polizei oder wollen sie zu einer Party?"

Die beiden Polizisten kamen zwar mit einem Polizeifahrzeug, hatten aber natürlich noch ihre festliche Kleidung an. Die Frage von Benno Martens war also durchaus begründet. Jetzt, wo er vor ihnen stand, konnte man sehen, wie der Schweiß vom Gesicht und vom Oberkörper an ihm herunterlief.

„Birte Langphal und Friedrich Marx von der Kripo Stade. Wir müssten uns mal kurz mit Ihnen unterhalten. Es geht um eine Ihrer Schülerinnen, Bärbel Eilert. Könnten wir vielleicht kurz mit reinkommen?"

Fredi Marx verdrehte kurz die Augen. Mit seinem richtigen Vornamen mochte er nur ungern angesprochen oder vorgestellt werden.

„Bärbel Eilert? Ja, ich habe davon gehört. Die ist seit einigen Tagen nicht mehr zur Schule erschienen. Kommen Sie doch gern herein, aber …", mit einem Blick auf die verschmutzten Schuhe von Birte fuhr er fort: „… vielleicht könnten Sie Ihre Schuhe vor der Wohnung ausziehen. Sie haben wohl einen schweren Tag gehabt."

Benno Martens führte die beiden Polizisten in das sehr modern eingerichtete Wohnzimmer der Zwei-Zimmer-Wohnung im 1. Stock. Helle Buchenholzmöbel und eine dazu passende Schrankwand aus Vollholz gaben einen Hinweis darauf, dass der Wohnungsinhaber auf Qualität achtete. An dem großen Fernsehgerät war eine Videokamera angeschlossen.

„Ja, ich bin der Klassenlehrer von Bärbel. Ich kenne sie aber erst seit einem Jahr. Bin aus Hannover hierher gezogen und unterrichte Mathe und in Sport. Ich weiß also nicht, wie sie vorher war. Seitdem ich sie kenne, ist sie sehr ruhig, eigentlich zu ruhig. Und sie hat gesundheitliche Probleme. Ich denke

Magersucht, habe auch mit den Eltern darüber gesprochen. Die schulischen Leistungen in Mathe, aber auch in anderen Fächern, waren einfach nicht gut genug. Und sie musste daher die 10. Klasse wiederholen. Was ist denn mit ihr?"

Birte berichtete von dem Fund der weiblichen Leiche am Ufer der Süderelbe in Wischhafen.

„Oh, das ist ja furchtbar! Wie konnte das denn passieren? Wissen Sie schon genaueres?"

„Nein, wir sind noch dabei herauszufinden, was am Mittwoch, dem Tag ihres Verschwindens, passiert ist. Sie waren vorher in Hannover tätig und sind jetzt in die tiefste Provinz gezogen?"

„Wissen Sie, ich komme aus dem Harz und bin nicht für das Leben in der Großstadt gemacht. Hab mich da einfach nicht so wohl gefühlt. Und hier in Freiburg werden eigentlich immer Lehrer gesucht. Es ist wirklich ganz nett hier."

„Und Sie wohnen hier allein?"

Fredi Marx konnte nicht umhin, diese Frage von Birte mit einem grinsenden Blick auf seine Chefin zu quittieren.

„Ja, ich bin noch zu haben, wenn Sie das meinen."

Birte lief leicht rot an, ärgerte sich selbst darüber und wechselte lieber das Thema.

„Sie haben am Mittwoch eine Sport-AG an der Schule. Was machen Sie da mit den Schülern?"

„Ja, die Sport-AG am Mittwochnachmittag als freiwilliges Angebot für die 10. Klasse habe ich eingeführt. Im Sommer bei gutem Wetter biete ich Leichtathletik auf dem Sportplatz an. Im Winter oder bei schlechtem Wetter gehen wir in die Halle. Dann turnen wir oder spielen Handball."

„Ist Bärbel am Mittwoch noch mit dabei gewesen?"

„Leider habe ich sie nur kurz gesehen. Ich war eine Stunde eher da, also schon um 14 Uhr. Ich war gerade dabei, die Hürden auf dem Sportplatz aufzustellen. Bärbel kam viel zu früh und sagte, sie könnte nicht teilnehmen, ihr wäre etwas dazwischen gekommen. Ich hatte mich noch gewundert, weil die Sport-AG ihr immer Spaß gemacht hat."

„Hat Bärbel nicht gesagt, wo sie hin wollte oder weshalb sie nicht teilnehmen konnte? Wirkte sie irgendwie krank oder verändert? Wir müssen im Augenblick davon ausgehen, dass Sie der Letzte waren, der sie gesehen hat."

„Nein, nein. Mir ist nichts Besonderes aufgefallen. Dass sie so still und in sich gekehrt war, das kannte ich ja schon. Wenn ich gewusst hätte, dass so etwas Schreckliches passiert, aber wie sollte ich das ahnen …"

„War Bärbel mit dem Rad da?"

„Ja, sie wohnt in Neulandermoor, und kommt bei gutem Wetter immer mit dem Fahrrad zur Schule oder zur Sport-AG. Kam …, muss ich wohl sagen."

„Herr Martens, danke. Wir wollen Sie nicht weiter stören, Sie aber bitten, uns zu informieren, wenn Ihnen noch etwas einfällt."

Beim Herausgehen aus der Wohnung warf Fredi Marx noch einen Blick auf die angeschlossene Videokamera.

„Oh, so eine hatte ich auch mal. Die ist mir aber leider kaputt gegangen. Hab im Urlaub nicht aufgepasst und mir ist die Kamera auf einen Stein gefallen. Wollen Sie sich noch Urlaubsvideos ansehen?"

„Äh, ja. Ich schaue mir gern noch Videos vom Urlaub an. Dann kann man die schönen Tage noch einmal zurückholen."

Nachdem die beiden Polizisten die Wohnung verlassen hatten, schloss Benno Martens etwas nachdenklich die Tür. Nach dem ergiebigen Dauerlauf ließ er jetzt eine heiße Dusche über sich ergehen und setzte sich dann nur mit einem Badetuch bekleidet in seinen neuen ledernen Fernsehsessel und fuhr ihn in eine bequeme Stellung.

Kurz musste er noch einmal an das Gespräch mit den beiden Polizisten denken. Den interessierten Blick der Kommissarin hatte er sehr wohl registriert. Sie sah zwar recht nett aus für ihr Alter, aber sie fiel einfach nicht in sein Beuteschema. Dann startete er das Fernsehgerät und die Videokamera. Nach einem kurzen Flimmern kamen Schülerinnen und Schüler beim Sportunterricht ins Bild, insbesondere die Schülerinnen hatten es ihm beim Filmen angetan. Immer wieder waren auch Nahaufnahmen zu sehen.

Die Nahaufnahmen von Brüsten und von knackigen Hintern zeigten, dass die Mädchen schon deutliche weibliche Reize hatten. Mit einem Schmunzeln und leichten Schweißperlen auf der Stirn ließ er den Hürdenlauf von vorletzter Woche noch einmal durchlaufen. Seine rechte Hand bewegte sich dabei langsam in Richtung seines Schrittes. Eine leichte Erregung begann sich bemerkbar zu machen. Als Bärbel im Videoclip auftauchte, erfror sein Lächeln.

11.

Zum Wochenstart am Montag wurde das Vorzimmer des Kriminalhauptkommissars Dollhaus gerne genutzt, um die Wochenenderlebnisse Revue passieren zu lassen, aber auch, um die anstehenden Aufgaben der Polizisten des Fachkommissariats für Kapitaldelikte in der vor ihnen liegenden Woche zu erörtern. In den sehr hohen Räumen der Polizeiinspektion Stade war eine karge und triste Möblierung vorherrschend. Einfache Bürostühle mit teilweise abgestoßenem Stoffbezug und alte Holzschreibtische aus der Zeit, bevor die Computer und Drucker Einzug hielten, waren der Standard. Jeder Mitarbeiter versuchte auf seine Weise, durch Grünzeug, selbst gemalte Bilder oder Familienfotos den Büros eine persönliche Note zu geben. Im Vorzimmer von Dollhaus war es die neue Schreibkraft Mendi Kistner, die für eine Verschönerung des Umfeldes sorgte. Obwohl etwas zu füllig und zu klein geraten, verstand sie es, sich durch flotte Kleidung, Make Up und lackierte Fingernägel in Szene zu setzen. Sie war bei allen Kolleginnen und Kollegen sehr beliebt, konnte sie doch nicht nur perfekte Dienstberichte schreiben, sondern erfüllte viele weitere Wünsche, damit alle sich wohlfühlen sollten.

Kriminalhauptkommissar Dollhaus hüstelte nur etwas, als er in sein Büro kam. Die Erkältung sah man ihm noch deutlich an. Als Birte Langphal dann mit dem Bericht der Rechtsmedizin zum Tod von Bärbel Eilert in der Hand erschien, bat Dollhaus zu einer kleinen Lagebesprechung in den Besprechungsraum, der sich unmittelbar neben dem Büro von Dollhaus befand.

Zunächst berichteten Birte Langphal und Fredi Marx von den Gesprächen und Erkenntnissen vom Samstag. Bevor Birte zum Bericht der Rechtsmedizin vortragen konnte, steckte Hubert Grothmann den Kopf in das Besprechungszimmer.

„Moin, kann ich mit zuhören? Ich war ja am Samstag auch mit dabei."

„Ach, sieh mal an. Herr Grothmann! Wissen Sie eigentlich, dass Kriminaldirektor Meyerhofer ganz schön sauer war. Sie laufen ihm einfach weg, und ich bekomme dafür dann auch noch den Anschiss. Was wollen Sie denn noch hier?"

„Ich ..., ich sollte doch kommen. Sie müssen mir doch noch meine Entlassungsurkunde geben."

„Ja, stimmt. Na, meinetwegen. Setzen Sie sich mit dazu. Die Urkunde bekommen Sie dann gleich. Frau Langphal, was sagt denn nun die Rechtsmedizin?"

„Also, wir müssen nach dem Bericht von einem Tod durch Ertrinken ausgehen. Wenn jemand im Wasser untergeht, verhindert ein natürlicher Schutzmechanismus zunächst, dass Wasser in die Lungen gerät. Dann sterben nach kurzer Zeit erste Gehirnzellen ab und auch andere Organe, wie auch die Lunge, nehmen Schaden. Dann wird schließlich Wasser eingeatmet und der Tod tritt ein. Bei Bärbel Eilert ist Wasser in der Lunge, sie ist also ertrunken. Fremdverschulden konnte nicht festgestellt werden, also keine Würgemerkmale am Hals oder so. Nur die Rötung am linken Handgelenk ist merkwürdig. Rückschlüsse auf die Ursache können nach zwei Tagen im Wasser allerdings nicht mehr gezogen werden. Auch verwertbare Spuren von Fremd-DNA gibt es leider nicht."

„So, und was sagt uns das jetzt?"

„Also, für mich ist das eindeutig. Die wollte nicht mehr. Das Elternhaus scheint völlig in Unordnung. Und durch ihre Magersucht und die Probleme in der Familie war das junge Ding wohl depressiv geworden. Dann hat sie eben Schluss gemacht." Fredi Marx war der Erste, der seine Schlussfolgerung vortrug.

„Schon möglich, aber was ist mit der Rötung am Handgelenk? Die Familie sagt, ihr sei nicht bekannt gewesen, dass sie sich verletzt hätte."

„Kann sie jemand am Handgelenk unter Wasser gedrückt haben und, wenn ja, wer kommt dafür in Frage?"

„Am Handgelenk können Sie niemanden unter Wasser drücken. Dann müssten Sie ja selbst schließlich mit dem Kopf unter Wasser. Das macht kein normaler Mensch."

Hubert Grothmann meldete sich nun zur Theorie von Dollhaus zu Wort und erntete von seinem Dienstellenleiter dafür einen wütenden Blick. In diesem Moment blickte Mendi um die Ecke. „Die Hafenmeisterin vom Yachtclub Hertha Knabbe hat sich gemeldet. Dort ist ein Fahrrad stehengeblieben. Unsere Anwärterin Leni Oberdiek hat gleich mal bei der Familie angerufen. Nach der Beschreibung ist es das Fahrrad von dem toten Mädchen."

„Dann ist sie am Yachthafen in Wischhafen wohl zuletzt gewesen. Damit scheidet auch der Lehrer Benno Martens aus, etwas damit zu tun zu haben. Nach unseren Erkenntnissen hat er sie zuletzt lebend gesehen. Bei Benno Martens auf dem Sportplatz war sie gegen 14 Uhr. Zwischen 15 und 17 Uhr hat er nachweislich die Sport-AG durchgeführt. Bärbel ist alleine nach dem kurzen Besuch bei ihrem Lehrer nach Wischhafen zum Yachthafen geradelt. Vielleicht ist sie von der Schlengelanlage aus ins Wasser gegangen oder gestürzt und hat sich dabei dann noch eine Rötung am Handgelenk zugezogen."

Birte Langphal fasste damit die Erkenntnisse nochmals zusammen. Es blieb auch nach längerer Diskussion unklar, wie die letzten Stunden von Bärbel aussahen.

Auch die weiteren Gespräche mit Mitschülern und Bootsbesitzern im Yachthafen in den Tagen danach ergaben keine neuen Hinweise. Ein Fremdverschulden konnte nicht konstruiert werden. Nach drei Monaten wurden die Akten zum Tod von Bärbel Eilert geschlossen.

*

Das zunächst so liebevoll renovierte und gepflegte Reetdachhaus in Neulandermoor fiel in der folgenden Zeit in einen Dornröschenschlaf. Wilde Brombeerbüsche bemächtigten sich nach und nach des gesamten Grundstücks. Die ersten Scheiben gingen zu Bruch und wurden nicht mehr repariert.

Beate Eilert war bald nach der Beerdigung der Tochter ausgezogen und lebte mit ihrem Nachbarn zusammen. Hans Eilert verließ kaum noch das Haus und war schon bald auch nicht mehr in der Lage, sich selbst zu versorgen. Er wurde zwei Jahre später tot aufgefunden, der Alkohol hatte ihn fertiggemacht. Frank Eilert war nur noch zur Beerdigung seiner Schwester gekommen und kehrte danach nicht mehr ins Elternhaus zurück. Er hatte sämtliche Verbindungen nach Kehdingen abgebrochen.

12.

1999

Die Realschule Camper Höhe in Stade gehörte zu den ältesten Realschulen in Niedersachsen. Zentral im Stadtteil Campe gelegen, war sie in ihrem jetzigen Erscheinungsbild eines mächtigen Klinkerbaus seit den 1960er Jahren baulich nahezu unverändert. An der Timm-Kröger-Straße errichtet und in unmittelbarer Nähe des Sportplatzes Camper Höhe, auf dem sich die Fußballer des TuS Güldenstern Woche für Woche abmühten und blutige Knie holten. An der Timm-Kröger-Straße befand sich auch der Haupteingang des Schulzentrums. Zur Straße hin war ein durchgehendes Metallgeländer angebracht, damit die Schülerinnen und Schüler nicht vor lauter Freude über den Schulschluss direkt auf die Straße rannten.

Der Mann hatte sich auf der gegenüberliegenden Seite auf eine Parkbank gesetzt und konnte von hier aus den Eingang gut im Blick behalten. Zum Schutz vor der Frühlingssonne, aber auch, um nicht erkannt zu werden, hatte er sich seine Markensonnenbrille aufgesetzt. Nach nur kurzer Zeit ertönte die Schulglocke und die ersten Schüler eilten aus dem Schulgebäude, überwiegend in Richtung des Buswendeplatzes, um mit dem Bus nach Hause zu fahren. Der Mann beobachtete das Treiben vor dem Haupteingang genau und hatte sich hierzu etwas nach vorne gebeugt. Seine Augen verengten sich, als er das Mädchen erblickte, auf das er gewartet hatte.

Da ist sie ja, diese dumme, blöde Bohnenstange. Sieht ja echt krank aus, so dürr, wie sie ist. Als ich sie gestern in der Fußgängerzone in der Hökerstraße gesehen habe, ist mir fast schlecht geworden. Gut, dass deine Mitschüler gestern ausgeplappert haben, wo ich dich wiedersehen kann. Und worauf wartest du denn eigentlich? Willst du nicht mit den anderen zum Bus gehen?

Das Mädchen blieb vor dem Eingang stehen und sah sich suchend um. Offensichtlich wartete sie auf jemanden, der mit ihr nicht aus der Schule gekommen war, denn ihr Blick ging in Richtung Straße. Sie machte einen nervösen Eindruck und begann, sich an den Unterarmen zu kratzen. Dabei zog sie ihren blaugrünen Wollpulli etwas hoch und ihre dünnen, vom Kratzen bereits leicht blutigen Unterarme, kamen zum Vorschein. Die Schultasche hatte sie zwischen ihre Beine geklemmt. Aus der dem Buswendeplatz entgegengesetzten Richtung kam jetzt ein mit einem Parka und abgewetzten Jeans bekleideter langhaariger junger Mann und schlenderte auf den Eingang des Schulzentrums zu. Dem Alter nach zu urteilen, konnte er kein Schüler der Realschule mehr sein. Die dunkelbraunen Haare hingen fettig und ungepflegt an ihm herunter. Das pickelige Gesicht zeigte vereinzelt Bartstoppeln, zu einem echten Bartwuchs reichte es wohl noch nicht. Kurz vor dem Mädchen blieb er stehen, es war offensichtlich, dass die beiden sich kannten und sich hier wohl auch verabredet hatten.

Was will der Bombenleger denn hier? Hat Bohnenstange etwa schon einen Freund, den sie auch bald unglücklich machen wird? Was quatschen die denn so geheimnisvoll miteinander?

Bombenleger tippte auf seine Brusttasche und zeigte hinter sich. Das Mädchen deutete auf ihre Schultasche, nach kurzem Austausch gingen beide in die Richtung, aus der der Langhaarige gekommen war. Als sie das Ende des Schulgebäudes erreicht hatten, gingen sie um das mächtige Gebäude herum und steuerten auf das Sportgelände des TuS Güldenstern zu. Um das Sportgelände herum gab es einen kräftigen

Baum- und Buschbestand, der diesem Sportplatz fast einen parkähnlichen Charakter verlieh.

Der Mann verfolgte diesen Abgang, stand von der Parkbank auf und ging in sicherem Abstand hinterher. Als er um das Schulgebäude herumblickte, sah er, wie beide im Unterholz verschwanden und vor neugierigen Mitschülern oder Passanten geschützt waren.

Das muss ich mir mal etwas näher anschauen. Was haben die beiden denn da miteinander zu schaffen?

Der Mann nahm seine Sonnenbrille ab und verfolgte die beiden in das Buschwerk. Vorsichtig, um keine Geräusche zu verursachen, schlich er in den dicht bewachsenen Grüngürtel. Hinter einem großen Rhododendron blieb er stehen und konnte durch die Blätter hindurch sehen, womit Bombenleger und Bohnenstange beschäftigt waren.

13.

Die ersten warmen Tage des Frühlings lockten kurz vor dem Wochenende viele Familien mit ihren Kindern aus dem Haus. Entweder waren Spielplätze oder der Elbstrand das Ziel eines kleinen Ausflugs. An diesem Freitagnachmittag wollte auch Familie Scholz aus Bützfleth das Wochenende so einleiten. Bützfleth war bis Anfang der 1970er Jahre eine selbstständige Gemeinde und wurde dann, nach längeren Diskussionen und politischen Auseinandersetzungen, von der Stadt Stade eingemeindet und war nun eine Ortschaft der Stadt. Das Interesse der Stadt war nachvollziehbar, siedelten sich doch in dieser Zeit Industrieunternehmen an der Elbe an und lockten mit hohen zu erwartenden Gewerbesteuereinnahmen.

Fritjof und Christiane Scholz unternahmen mit ihrem Auto einen kleinen Ausflug in Richtung Abbenfleth mit ihren Kindern. Der kleine Ben war mit seinen sechs Monaten noch zu klein für einen Fahrradausflug. Die dreijährige Sophie hätte zwar gern schon ihren Roller genutzt, musste sich aber mit der Autotour zufrieden geben. Das Familienauto wurde an der Elbstraße in unmittelbarer Nähe des Spielplatzes in Abbenfleth abgestellt. Sophie liebte es zu schaukeln. Die große Schaukel auf dem Spielplatz kannte sie bereits, so dass sie nicht zu bremsen war und nach dem Aussteigen sofort zur Schaukel rannte. Während Christiane das Picknick auf der mitgebrachten Decke vorbereitete und den klein Ben schon mit etwas Milch versorgte, ging Fritjof durch die Deichlücke hindurch in Richtung der Bützflether Süderelbe, die in unmittelbarer Nähe in den großen Strom mündete. Fritjof war, wie fast immer bei den kleinen Familienausflügen, mit seinem Fernglas bewaffnet. Er liebte es, die großen Containerschiffe, die häufig den Hamburger Hafen anliefen oder umgekehrt auf große Fahrt wieder stromabwärts fuhren, zu beobachten. Hin und wieder konnte auch ein Kreuzfahrtschiff bestaunt werden. Das war ein bislang noch unerfüllter Traum der jungen Familie.

Jetzt zum Wochenende hin war der Schiffsverkehr auf der Elbe sehr überschaubar. Kleinere Frachter kämpften gegen die recht starke Strömung in diesem Bereich. Der Blick durch das Fernglas blieb hängen an einem Nassbagger, der stromabwärts fuhr und auf die Elbmündung zuhielt. Fritjof hatte gelesen, dass erneut ein Nassbagger in der Schwinge den Schlick aufspülen musste, der dann mit dem ablaufenden Wasser in die große Elbe befördert wurde. Die Verschlickung der Seitenflüsse der Elbe war in den letzten Jahren ein zunehmendes Problem geworden. Regelmäßig musste hier gespült werden, um die Befahrbarkeit der Fahrrinnen sicher zu stellen. So auch bei der Schwinge, die die wasserseitige Erreichbarkeit der Stadt Stade ermöglichte. Besonders für die Sportboote, aber auch einige größere Schiffe war dies unerlässlich. Als Bundeswasserstraße war dies eine Aufgabe des Bundes, die Kosten für die wiederkehrenden Baggerungen teilten sich dabei der Bund und die Stadt. Das hatte Fritjof in einem kleinen Artikel des Stader Tageblattes kürzlich gelesen. Die Arbeiten waren jetzt wieder beendet und der Nassbagger trat offensichtlich seine Heimreise an.

Das sind wieder mal die Holländer, dachte Fritjof noch. Die nehmen den deutschen Firmen mehr und mehr die Arbeit weg. Na ja, sind vielleicht auch billiger oder arbeiten schneller.

Sophie hatte sich mittlerweile schon etwas schwindelig geschaukelt und nahm jetzt, mit Schaufel und kleinem Eimer bewaffnet, Kurs auf die große Sandkiste, die ebenfalls magnetische Anziehungskraft auf das kleine Mädchen ausübte. Ein erster Eimer war schnell gefüllt und wieder ausgeschüttet. Sie backte dann kleine Kuchen; zu dem Picknick ihrer Mama wollte sie auch etwas beisteuern.

„Was machst du denn hier? Schläfst du noch? Sag mal, was ist denn mit deinem Mund? Darfst du nicht sprechen?"

„Hey Sophie, was ist mit dir? Führst du schon Selbstgespräche?"

„Mama, hier schläft eine Frau. Und ich glaube, die kann nicht sprechen. Die hat was auf dem Mund geklebt."

„Dann lass sie mal in Ruhe. Ich komme und gucke mir das selber an. Geht etwa deine Phantasie wieder mit dir durch?"

Christiane hatte die Vorbereitungen für das Picknick abgeschlossen und konnte ihren kleinen Ben auf der Decke auch kurz mit seinem Quietsche-Entchen alleine lassen. Am Rande der Sandkiste war eine große Buschreihe gepflanzt. Christiane ging ihrer Tochter hinterher um die Buschreihe herum. Sie erstarrte und schlug die Hände vors Gesicht.

Fritjof hörte, noch auf dem Deich stehend, den markerschütternden Schrei seiner Frau. „Fritjof, es ist so furchtbar! Komm bitte schnell. Hier liegt ein junges Mädchen. Die ist …, die ist tot!"

Fritjof ließ das Fernglas fallen und stolperte in der Eile fast vom Deich und hastete auf seine Frau und Sophie zu, die sich mittlerweile in den Arm genommen hatten. Ebenfalls bleich und mit Entsetzen im Gesicht, rief er nur: „Einen Rettungswagen und die Polizei, wir brauchen die Polizei hier!"

14.

Kurz vor dem bevorstehenden Wochenende war es am frühen Freitagabend noch recht ruhig rund um den alten Hansehafen der Kreisstadt Stade. Die Kneipenszene war hier sehr beliebt, reihte sich doch Gastwirtschaft an Gastwirtschaft, so dass die Auswahl für eine Stärkung oder ein kühles Getränk sehr beachtlich war. Obwohl das Wetter für Ende März schon erstaunlich frühlingshaft und sonnig war, war es doch für einen Aufenthalt im Freien noch zu frisch. Die meisten Gäste, die sich in Kürze in Richtung des ehemaligen Fischmarktes aufmachten, zog es dann auch in das Innere der Kneipen.

Auch die Bedienung der Gastwirtschaft „Zum Hafenmeister" war auf viele Gäste eingerichtet. Der „Hafenmeister" lag am Eingangsbereich des Hansehafens, direkt gegenüber dem Museum Schwedenspeicher auf der anderen Hafenseite. Der Schwedenspeicher war im 17. Jahrhundert von den schwedischen Besatzern als Proviantthaus gebaut worden und beherbergte seit den 1970er Jahren ein Regionalmuseum. Der alte Hansehafen mündete in den sehr viel größeren Stadthafen, der vor allem für Sportbootfahrer ein beliebtes Anlaufziel war. Der „Hafenmeister" war liebevoll, fast seemännisch eingerichtet mit Fischernetzen an der Decke und kleineren Schiffsmodellen in den Fenstern. Zu dem maritimen Flair passte auch die rustikal gehaltene Einrichtung. Betrieben wurde das Lokal seit vielen Jahren von Dieter, so nannten ihn alle nur. Mittlerweile schon etwas ergraut, hatte er seit einiger Zeit Unterstützung von einer dunkelhäutigen Kellnerin, die allein mit ihrem Aussehen und dem glockengleichen Lachen schon einen Besuch der Kneipe wert war. Ob allerdings Morena mehr als eine geschäftliche Beziehung zu ihrem

Dieter pflegte, so wie einige Stammgäste munkelten, darüber schwieg sie sich aus. Und Dieter sagte ohnehin nie sehr viel.

Die Besucherzahl im „Hafenmeister“ am frühen Abend war noch sehr überschaubar. Ein Pärchen hatte am Fenster mit Blick auf den Hansehafen Platz genommen, allerdings hatten die beiden Verliebten eigentlich nur Augen füreinander. Drei gut gelaunte junge Männer hatten ebenso einen Fensterplatz ergattert und ließen Morena schon mehrfach mit Bierbestellungen an den Tisch kommen. Dabei fiel der ein oder andere Anmachspruch, den Morena gekonnt überspielte. Ein einzelner Gast mit einem grünen Arbeitspullover hatte sich für einen Eckplatz entschieden und verzehrte seine Currywurst mit Pommes.

Birte Langphal hatte am Tresen Platz genommen. Etwas gedankenverloren spielte sie mit einer Hand in ihren schulterlangen Haaren und sah dabei auf das Glas Grauburgunder, an dem sie etwas nippte. Dieter kannte die Kommissarin von gelegentlichen Besuchen bereits und stand ihr hinter dem Tresen gegenüber. So in sich gekehrt hatte er sie bisher allerdings noch nicht erlebt. Er ließ sie daher lieber in Ruhe. Als guter Wirt wusste er, wann ein Gast lieber mit sich allein bleiben möchte. Birte hatte sich für den Start in das Wochenende für einen neuen dunkelblauen Wollpulli entschieden. Dazu trug sie, wie fast immer, eine hautenge Jeans und weiße Puma-Sneakers.

Die Skatrunde, die freitags immer im Hafenmeister zusammenkam, fiel an diesem Freitag aus. Vertreten dabei war sonst auch ihr ehemaliger Kollege Hubert Grothmann. Sie schätzte ihn zwar sehr und hatte ihn auch schon längere Zeit nicht mehr gesehen. Aber am heutigen Tag hatte sie keinen Bedarf an Konversation. Die Trennung von ihrem Freund Tobi hing ihr noch sehr nach. Dabei fing es so gut an. Im Fitness-Center hatten sie sich kennengelernt. Er war wie sie Anfang 30, sehr sportlich und immer für einen guten Spruch zu haben. Vielleicht waren sie auch zu schnell zusammengezogen in sein schickes Haus am Horstsee, das er sich als Versicherungsmakler natürlich leisten konnte. Es passte eigentlich alles. Er war immer sehr aufmerksam, Blumen am Wochenende waren die Regel. Er trank wenig Alkohol und rauchte nicht. Erstmals waren bei Birte auch Gedanken an eine Familienplanung gekommen. Vor ungefähr einem Jahr war es dann zu einer Veränderung in Tobis Verhalten gekommen. Sein Verständnis für die häufigen unregelmäßigen Feierabende von Birte ging gegen Null und er bat sie sogar, sich nach einer anderen Arbeit umzusehen. Erste Auseinandersetzungen zeigten, dass der Vorrat an Harmonie und Gemeinsamkeit aufgebraucht war. Und dann der Schock! Eine Fortbildung Birtes in Hannover vor einem halben Jahr war vorzeitig beendet. Birte freute sich darauf, Tobi mit einer Flasche Sekt zu überraschen. Und das gelang ihr dann auch. Tobi lag an dem betreffenden Nachmittag bereits im Bett und war mit einer rothaarigen Frau heftig beschäftigt, als Birte das Schlafzimmer betrat. Die Flasche Sekt als Wurfgeschoss verfehlte zwar ihr Ziel, aber mit der Flasche, die an der Wand zerschellte, war auch das Zusammenleben mit Tobi beendet.

Ihren Resturlaub Anfang des Jahres hatte sie genutzt und ihre neue Wohnung in der Bungenstraße in der Altstadt von Stade bezogen. Eigentlich war die sanierte Drei-Zimmerwohnung zu groß und zu teuer für sie, aber sie musste sich nach der Trennung von Tobi etwas gönnen. Die Nähe zur Fußgängerzone und zum Kneipenviertel entschädigte allerdings für die recht hohen Mietkosten.

Das Schicksal hielt dann noch eine weitere Prüfung für sie parat. Ihre Mutter war vor zwei Monaten überraschend gestorben. Ohne gesundheitliche Vorwarnung war sie morgens einfach nicht mehr aufgewacht. Birtes Eltern wohnten in Harburg in der Nähe des Bahnhofes. Der Vater Roland Langphal war als Investigativjournalist für die Harburger Rundschau tätig. Für Recherchen in Südamerika hatte er sich jetzt freiwillig bei seinem Arbeitgeber gemeldet und war zu einer mehrmonatigen Dienstreise aufgebrochen. Seit einiger Zeit hatte Birte nichts mehr von ihm gehört.

Die Geräuschkulisse im „Hafenmeister“ nahm allmählich zu. Insbesondere die drei jungen Männer verbreiteten gute Stimmung. Die Matjes mit Bratkartoffeln waren weggeputzt und neben den Bierrunden gab es jetzt auch noch jeweils einen Helbing, ein spezieller Hamburg Kümmel, als Zugabe. Über die anzüglichen Witze, die sie abwechselnd zum Besten gaben, mussten sie heftig prusten. Morena, die auch immer wieder Ziel ihrer Anmache war, konterte allerdings immer wieder geschickt.

„Ihr müsst erstmal erwachsen werden. Dann überleg ich mir, ob ich mich mit einem von euch einlasse. Solange Ihr nicht trocken hinter den Ohren seid, könnt Ihr bei Frauen ohnehin nicht landen.“

Der guten Laune bei den jungen Männern tat die deutliche Abfuhr durch Morena allerdings keinen Abbruch. Im Gegenteil, der Mut und der Ehrgeiz, noch etwas aufzureißen, waren jetzt erst recht entfacht.

„Hey, Robby und Markus. Die braune Schnecke da am Tresen, die mache ich heute noch klar.“

„Oh Gott Florian. Das wird doch nie was. Die sieht so stur aus und ist auch echt viel zu alt für dich.“

„Was gilt die Wette?“

„Natürlich eine Runde Bier und Helbing, wenn du gleich mit ihr hier zu uns an den Tisch kommst. Und sag ihr auch gleich, dass die besseren Typen hier am Tisch sitzen.“

Florian setzte mit einen achtzehn Lenzen sein charmantestes Lächeln auf und erhob sich leicht schwankend. Hoffnungsfroh und ermutigt durch den gestiegenen Alkoholpegel steuerte er auf den Tresen zu.

„Hey, meine Süße. So alleine an diesem schönen Tag?“

Florian nahm den Barhocker neben Birte, rückte ihn dicht an sie heran und beugte sich zu ihr. Birte vernahm den Dunst von Bier, Matjes und Helbing und sah kurz in die bereits leicht geröteten Augen des Jungspunds.

„Lass mich bitte in Ruhe und gehe wieder zu deinen Kumpels.“

Damit rückte sie ihren Barhocker noch etwas weiter nach links, um wieder etwas an Distanz zu dem jungen Verehrer zu bekommen. Florian gab aber noch nicht auf, rückte mit dem Barhocker hinterher und war wieder auf Tuchfühlung.

„Nun sei mal nicht so. Wenn du so traurig bist, dann weiß ich, was wir dagegen tun können.“

Ein grinsender Blick von Florian zu seinen Freunden sollte andeuten, dass er sich auf einem guten Weg wähnte.

„Geh bitte wieder zurück zu deinem Tisch. Ich habe keine Bespaßung nötig und möchte das nicht noch einmal sagen.“

Florian war aber noch in Angriffsstellung. Mit glasigen Augen legte er den Arm um Birtes Schulter und versuchte, sich mit dem Kopf anzulehnen.

„Das lässt du jetzt aber mal bleiben. Ich sage das nicht noch einmal.“

Mit einem kräftigen Griff befreite Birte sich von Florians Arm. Seine beiden Freunde feixten bereits, sie sahen sich schon auf der Gewinnerstraße bezüglich der Wette. Die eindeutige Abfuhr von Birte hinterließ bei Florian aber noch keine nachhaltige Wirkung. Mit kräftigem Nachdruck legte er seine Hand auf Birtes Oberschenkel und griente unverdrossen.

„Ich habe gesagt, du sollst das lassen und zu deinen Kumpanen zurück gehen. Ich sage das jetzt zum letzten Mal."

Dieter verfolgte das Drängen des jungen Mannes bislang mit stoischer Ruhe. Als erfahrener Gastwirt hatte er schon häufig solche Annäherungsversuche erlebt. Besser war es, sich zunächst rauszuhalten und abzuwarten. Für den Notfall hatte er aber einen Gummiknüppel unter der Theke liegen, ein Überbleibsel aus seiner Zeit in der Hamburger Davidwache. Jetzt fand er allerdings, es sei an der Zeit, sich einzumischen.

„Nun lass es mal sein, Jungchen, die Dame möchte nichts von dir wissen. Geh mal lieber wieder zu deinem Tisch zurück."

„Du bist jetzt aber mal ganz ruhig, Alter. Das geht nur meine Kleine hier und mich etwas an. Spendiere uns lieber mal was!"

Florian reagierte jetzt schon etwas gereizt. Es lief ganz und gar nicht so, wie er es sich gedacht hatte. Und nun musste sich auch noch der Wirt einschalten. Die Hand auf Birtes Oberschenkel wanderte mit Nachdruck etwas weiter nach oben. Dieter nahm schon mal, von den übrigen Gästen unbemerkt, den Gummiknüppel für alle Fälle in die rechte Hand. Birte war sich der deutlichen körperlichen Überlegenheit des Jungen zwar bewusst, aber mit ihrer Ausbildung bei der Kripo konnte sie dem Treiben schnell ein Ende setzen. Bevor sie noch ihre mögliche Reaktion umsetzen konnte, tippte der Mann mit dem grünen Arbeitspulli Florian von hinten auf die Schulter.

„Du hast doch gehört, dass du dich verpissen sollst. Lass jetzt endlich die Frau in Ruhe!"

„Was willst du denn von mir? Sieh zu, dass du zu deiner Currywurst kommst und mach 'ne Fliege!"

Weiter kam Florian allerdings nicht mehr. Der Mann legte seinen rechten Arm um den Hals von Florian, nahm ihn kräftig in den Schwitzkasten und zog ihn vom Barhocker herunter auf den Boden. Florian zappelte mit beiden Armen und versuchte vergeblich, den Angreifer von seinem Hals loszuwerden. Auf dem Boden liegend, ließ der Mann Florian aus dem Schwitzkasten. Bevor dieser jedoch reagieren konnte, hatte er sich zwei kräftige Kinnhaken mit der rechten und der linken Faust des Mannes eingefangen. Er richtete sich auf und beendete mit einem weiteren Tritt in die Magengegend den kurzen Kampf. Florian krümmte sich und schnappte heftig nach Luft.

Der Mann sah noch kurz sein auf dem Boden liegendes Opfer, das kampfunfähig vor sich hin wimmerte. Zu Dieter gerichtet sagte er nur: „Ich habe alles bezahlt. Schönen Abend noch."

Birte hatte sich schon auf die Abwehr des jungen Aufdringlings eingerichtet und sah nun verdutzt, dass ihr Retter das Lokal ohne weitere Worte verließ.

„Wer war das?"

Dieter, der in der rechten Hand immer noch den Gummiknüppel festhielt, breitete beide Arme aus und zuckte mit den Schultern.

„Keine Ahnung. Den habe ich hier noch nie gesehen. Kommt vielleicht auch nicht von hier. Der hatte so eine Aufschrift einer Firma auf dem Pulli, habe ich aber nicht so schnell lesen können."

„Ich hätte mich ja gern noch bedanken wollen, aber er hat ja leider ganz schnell das Weite gesucht."

Florian hatte sich mittlerweile aufgerappelt und ging mit schmerzverzerrtem Gesicht zu seinen Kumpanen zurück, die das kurze Spektakel mit offenem Mund mitverfolgt hatten. Sie feixten allerdings nicht mehr, sondern ließen Florian erstmal wieder zu Luft kommen und klopften ihm aufmunternd auf die Schulter.

Birtes Handy zeigte einen eingehenden Anruf an. Seit einiger Zeit waren die Stader Polizisten mit Diensthandys ausgestattet. Sie hatte zwar keine Bereitschaft, war aber dennoch immer für Notfälle über das Handy ansprechbar. Sie erkannte, dass Fredi Marx sie erreichen wollte. Birte hörte kurz den Bericht von Fredi, der an diesem Wochenende Dienst hatte und entgegnete nur: „Ich bin gleich da."

15.

Der großzügig angelegte Spielplatz in Abbenfleth war in ein gespenstisches Licht getaucht. Die Dunkelheit hatte sich zu dieser Jahreszeit frühzeitig über das Gelände gelegt, so dass Fredi Marx als diensthabender Kommissar auf die Idee gekommen war, die Ortswehr Bützfleth zu verständigen, um den Platz mit entsprechenden Scheinwerfern soweit aufzuhellen, dass erste Spuren gesichtet und sichergestellt werden konnten. Die Ortswehr hatte diesen ungewöhnlichen Einsatz mir ihren bewährten und engagierten ehrenamtlichen Kräften sehr professionell organisiert, so dass der Platz jetzt einem Fußballstadion vergleichbar mit Flutlicht erhellt war. Fredi Marx hatte den Passat-Kombi der Polizei mittig auf den Platz gestellt und das Blaulicht angeschaltet gelassen. Am Rande des Spielplatzes stand der Rettungswagen des DRK, ebenfalls mit angeschaltetem Blaulicht. Der Notarzt und die Sanitäter lehnten bei Ankunft von Birte Langphal allerdings bereits am Fahrzeug und rauchten eine Zigarette. Für sie gab es hier offensichtlich nichts mehr zu tun. Streifendienstbeamte der Stader Polizei hatten den gesamten Platz mit Flatterband abgesperrt. Zahlreiche Anwohner hatten sich bereits um die Absperrung herum versammelt und wollten sich das Spektakel nicht entgehen lassen. Fritjof und Christiane Scholz hatten sich auf eine Parkbank gesetzt und waren nach wie vor etwas bleich im Gesicht. Das Scheinwerferlicht der Feuerwehr verstärkte diesen Anblick noch. Die Kinder waren zwischenzeitlich nach Hause gebracht worden.

„Fredi, ist Dollhaus informiert worden?"

Birte Langphal hatte einen kurzen Überblick von ihrem Kollegen erhalten und stand in der Mitte des Platzes und blickte sich in alle Richtungen um, konnte aber die hochaufgewachsene Gestalt des Dienstellenleiters nicht entdecken.

„Habe ich versucht, mehrfach. Aber sein Handy ist ausgeschaltet. Und beim Festnetzanschluss nimmt niemand ab. Dann werden wir wohl wieder einen Einlauf bekommen, warum er nicht verständigt wurde."

„Na komm Fredi, mehr konntest Du ja nicht machen. Aber ich sehe Spusi-Bernd bei der Leiche. Lass uns mal sehen, ob er schon was sagen kann."

Spusi-Bernd war wie immer bei der Sichtung von Spuren mit seinem weißen Schutzanzug und Handschuhen bekleidet und hatte auch entsprechende Überzieher über seine Schuhe gestreift. Er kniete noch bei der weiblichen Leiche, sah sich kurz nach den ankommenden Kommissaren um und rief ihnen leicht verstimmt zu: „Schutzanzug anziehen! Das müsstet Ihr doch nun endlich mal gelernt haben."

„Ja, ja, Bernd. Hast ja recht. So, wir sind jetzt verkleidet. Was kannst du uns denn nun schon sagen?"

Bernd richtete sich etwas auf, nachdem er zuvor dicht über die Leiche gebeugt mögliche Spuren zu sichten versuchte. Er nahm den Mundschutz ab, atmete einige Male tief durch und kratzte sich dann, bevor er mit dem Bericht begann, am Hinterkopf.

„Also, so etwas merkwürdiges habe ich noch nicht gesehen. Bei der Toten handelt es sich um ein junges Mädchen, ich schätze, sie ist noch nicht volljährig. Der Mund ist mit einem schwarzen Tape zugeklebt. Ich habe den Klebestreifen vorsichtig abgezogen und habe in den Mund geschaut. Der Mund ist mit Essen gefüllt. Es sieht nicht so aus, dass es Erbrochenes ist, sondern es ist unverdaut, hatte also den Magen noch gar nicht erreicht. Schon komisch. Die Leichenstarre ist schon vollständig eingetreten. Das bedeutet, das Mädchen ist schon länger als 8 Stunden tot. Aber ich schätze, noch nicht länger als 48 Stunden."

Birte kniete sich jetzt auch nieder und beugte sich über den Körper des jungen Mädchens.

„Hast du besondere Auffälligkeiten am Körper festgestellt, die Rückschlüsse auf die Todesursache zulassen?"

„Ja, das habe ich in der Tat. Sie weist Würgemale am Hals auf. Das dürfte für einen Tod durch Erwürgen sprechen. Und auffällig sind auch Einstichstellen am linken Unterarm. Das könnte medizinisch bedingt sein oder auf Drogen, wie etwa auf das Spritzen von Heroin zurückzuführen sein. Ich tippe eher auf Drogen, so dürr und abgemagert, wie sie ist. Aber als Todesursache vermute ich eine Strangulation."

Fredi Marx, der zwischenzeitlich zu seinem Streifenwagen gegangen war, kam in diesem Moment zurück.

„Wir hatten vor zwei Tagen eine Vermisstenmeldung reinbekommen. Vermisst wird ein 16-jähriges Mädchen, Beatrice Holdorf, wohnhaft in der Frommholdstraße in Stade. Die Beschreibung passt. Halblange blonde Haare, grünblau karierte Jacke, Jeans und abgewetzte Turnschuhe. Die Eltern sind völlig verzweifelt und rufen fast stündlich im Polizeirevier an, weil sie keine Erklärung für das Verschwinden ihrer Tochter haben."

Birte atmete jetzt auch einmal kräftig durch. Die Familie würden sie in Kürze aufsuchen müssen. Eine Todesnachricht zu überbringen, das waren immer die schwierigsten Gespräche und verlangten auch altgedienten Polizeikräften alles ab. Auf der einen Seite Mitgefühl, auf der anderen Seite aber auch professionelle Distanz, damit sie das schreckliche Geschehen nicht mit nach Hause nehmen. Aber zunächst wollte

Birte noch etwas zum möglichen Hergang herausfinden, soweit Spusi-Bernd schon etwas sagen konnte.

„Sag mal, Bernd. Kannst du schon sagen, ob der Fundort hier auf dem Spielplatz auch der Tatort war? Gibt es dafür Hinweise?"

„Also, wie es auf einem Spielplatz zu erwarten ist, wimmelt es hier nur so von Spuren. Fußabdrücke, Fahrradspuren, Mofas. Unmöglich zu sagen, ob einige dieser Spuren mit der Leiche in Verbindung stehen. Kampfspuren im direkten Umfeld der Leiche habe ich allerdings nicht gefunden. Nach meiner Einschätzung wurde die Leiche hierher gebracht, der Tatort ist also woanders."

Fredi beugte sich jetzt auch nah zu dem Kopf des jungen Mädchens herunter.

„Und was sollte das mit dem Tape? Sollte vielleicht verhindert werden, dass sie um Hilfe schreit oder zumindest auf sich aufmerksam macht?"

„Ja, das wäre natürlich denkbar. Das Essen allerdings im Mund ist noch nicht verdaut. Sie hat also nichts erbrochen. Die Nahrung, was auch immer es war, das muss die Rechtsmedizin klären, ist wohl post mortem in den Mund gelangt, sonst hätte das Mädchen es wieder ausgespuckt, als es um Luft rang."

„Dann hat jemand das Mädchen erwürgt und dann nach ihrem Tod das Essen in den Mund geschoben und zum Schluss ein Tape darauf geklebt?"

„Ja, so sieht das aus. So krank, wie sich das anhört."

Birte und Fredi nahmen sich schließlich noch der Familie Scholz an. Fritjof berichtete ausgiebig von seinen Schiffsbeobachtungen auf der Elbe. Sogar das grüne Logo der holländischen Nassbaggerfirma hatte er sich gemerkt. Für die Stader

Kommissare waren seine Hinweise allerdings wenig hilfreich. Auch Christiane konnte nur über das geplante Picknick berichten. Insgesamt konnte die Familie aber auch keine Erkenntnisse liefern, da die Leiche sich wohl schon eine längere Zeit auf dem Spielplatz befunden haben musste. Ein denkbarer Kontakt mit dem Mörder konnte damit ausgeschlossen werden.

„Fredi, geh du doch schon mal zu den neugierigen Zaungästen da drüben. Das werden sicher einige Anwohner sein, aber vielleicht auch der Mörder, der sich das Geschehen noch einmal ansehen möchte. Vielleicht fällt dir dabei etwas auf."

Die Gespräche mit den Umstehenden waren zunächst wenig ergiebig. Es waren überwiegend Anwohner, die einfach nur neugierig waren und zum Wochenende hin eine spannende Geschichte zum Erzählen im Bekanntenkreis mitbekommen wollten. Gesehen oder mitbekommen hatte keiner der Anwohner etwas an diesem Tag, es war alles wie immer. Fredi wollte die Befragungen schon abbrechen, da meldete sich eine ältere Dame.

„Ich wohne hier direkt gegenüber vom Spielplatz an der Elbstraße und kann alles gut beobachten, was hier passiert. Also, die jungen Leute sind einfach unmöglich. Kommen mit ihren lauten Musikkästen hierher und machen einen Lärm, als wenn sie schwerhörig wären. Und ihren Abfall schmeißen sie auch einfach auf den Spielplatz, obwohl doch genügend Behälter da sind. Sogar im Dunkeln kommen welche mit ihrem Auto und entsorgen ihren Müll auf dem Spielplatz, so wie gestern Abend."

„Wann war denn das gestern genau? Und was wurde denn entsorgt?"

„Also, so genau weiß ich das auch nicht. Es war jedenfalls 21.45 Uhr. Die heute-Nachrichten hatten gerade begonnen.

Da kam so ein Auto auf den Spielplatz gefahren. Das weiß ich deswegen, weil der mit seinen Scheinwerfern in mein Stubenfenster leuchtete. Und dann klappte der Kofferraum auf und er hat etwas herausgetragen. Wie immer, dachte ich. Der entsorgt seinen Müll, und die Stadt hat die Arbeit davon."

„Konnten Sie denn genaueres erkennen? War es ein Mann? Und um welche Art von Fahrzeug handelte es sich?"

„Puh, junger Mann. Es war doch schon dunkel. Ich habe das Auto nicht erkannt, kenn mich damit auch nicht aus. Aber ich glaube, es war ein Mann, der etwas Schweres aus dem Kofferraum herausgeholt hat. Und dann war er ganz schnell wieder weg. Schweinerei, dachte ich noch. Da müsste man eigentlich die Polizei holen."

Das hätte sie mal machen sollen, dachte Fredi. Das könnte der Mörder mit seiner Leiche gewesen sein.

Fredi ging zu Birte zurück und berichtete von seinem Gespräch mit der Anwohnerin. Sie warf nochmals einen Blick über die mittlerweile beachtliche Ansammlung von Schaulustigen.

Der Mann hatte sich bisher schon im Halbdunkel aufgehalten. Die Scheinwerfer der Ortswehr, so gut sie auch waren, konnten nicht das gesamte Gelände in taghelles Licht verwandeln. Er stand halb verdeckt hinter einer neugierigen Frau und schob sich nun unbemerkt die Kapuze seiner Windjacke über den Kopf.

Das ist ja ein Ding. Da ist ja schon wieder die Kommissarin. Die sieht ja wirklich schnuckelig aus. Na, umso besser, dass ich vorhin in der Kneipe gleich abgehauen bin. Die muss mich hier nun wirklich nicht wieder erkennen. Dann wäre ich wohl gleich geliefert.

„Und, Fredi? Ist dir bei den ganzen Schaulustigen irgendetwas aufgefallen? Na ja, vielleicht kommt der Mörder doch nicht immer wieder an den Tatort zurück."

„Tja, Birte. Wie sieht denn der typische Mörder aus? Nein, ich habe nichts Besonderes bemerkt. Leider ist auch keiner aus Verzweiflung abgehauen. Das wäre er dann wohl gewesen."

„Okay Fredi. Hast ja recht. So einfach macht es uns ja leider keiner."

Da ihre Arbeit vor Ort auf dem Spielplatz keine weiteren Erkenntnisse bringen würden, machten sie sich auf den schweren Weg in die Frommholdstraße.

16.

Die Frommholdstraße lag im Stadtteil Kopenkamp, einem Stadtteil mit einer langen Tradition, entstanden zu Beginn der 1920er Jahre. Typisch für diesen Bereich, in dem die Wohnstätte als führender Wohnungsanbieter in Stade eine große Anzahl von Wohnhäusern besaß, waren Doppelhäuser und Mehrfamilienhäuser, zumeist als Backsteingebäude errichtet.

Fredi und Birte parkten vor einem dieser markanten Mehrfamilienhäuser und atmeten noch einmal tief durch, bevor sie sich auf den Weg zum Eingang machten. Es war mittlerweile 22 Uhr an diesem Freitagabend und in vielen Fenstern war Licht zu erkennen, teilweise flackerten auch die Fernseher. Die Bewohner freuten sich auf ein freies Wochenende, über eine Familie jedoch würde allerdings gleich ein Schicksalsschlag hereinbrechen.

Die Eingangstür des Mehrfamilienhauses war überraschenderweise nicht verschlossen, so dass Birte und Fredi ungehindert in den 1. Stock gelangen konnten. Schon nach dem ersten Klingeln durch Fredi wurde die Tür geöffnet, als wenn die Familie bereits auf die Ankunft der Polizei gewartet hätte. Der Hausherr Bernhard Holdorf, ein Mittvierziger, blickte die Polzisten mit müden Augen an. Auf sein zerknittertes Hemd zu schließen, hatte er es wohl schon eine Zeitlang nicht mehr gewechselt.

„Sie sind von der Polizei, stimmt's? Was ist mit unserer Tochter? Haben Sie sie endlich gefunden?"

Birte übernahm es, sich und Fredi vorzustellen.

„Herr Holdorf? Dürfen wir vielleicht hereinkommen? Hier im Eingang können wir darüber nicht sprechen."

Marika Holdorf schaute derweil aus dem Wohnzimmer heraus zum Wohnungseingang. Auch bei ihr schien es so, dass sie seit Tagen keinen Schlaf mehr gefunden hatte, sie wirkte übermüdet und hatte völlig verweinte Augen. An beiden Eheleuten haftete ein starker Körpergeruch, eine Mischung aus Schweiß und Angst.

„Oh nein, die Polizei. Wir haben es ja geahnt. Sagen Sie bitte, dass unsere Tochter gesund ist, dass sie lebt! Oh bitte, es darf doch nicht anders sein. Und wo ist sie?"

„Könnten wir vielleicht ins Wohnzimmer gehen und uns setzen?"

Das Wohnzimmer wirkte gut bürgerlich eingerichtet. Der Wohnzimmerschrank aus den 1970er Jahren war in dunkelbraun gehalten und bestand aus einem Eichenholzimitat. Der dazu passende Tisch hatte farbige Kacheln eingearbeitet. In den durchgesessenen Sesseln versanken die Stader Polizisten fast ein wenig. Herr Holdorf schaltete den in die Jahre gekommenen Fernseher aus, es lief ein Tatort auf NDR.

„Wir müssen Ihnen leider sagen, dass wir heute am späten Nachmittag ein junges Mädchen auf dem Spielplatz in Abbenfleth tot aufgefunden haben. Und die Beschreibung passt leider auf Ihre Tochter Beatrice, die seit Mittwoch vermisst und gesucht wird."

In den nächsten Minuten war es fast unheimlich still in der Wohnung der Familie Holdorf. Die beiden Eheleute saßen auf dem Sofa, hatten sich in den Arm genommen und weinten lautlos vor sich hin. Es schien fast so, als wenn sie mit dieser schlimmen Nachricht gerechnet hätten. Bernhard Holdorf war es, der dann die bedrückende Stille unterbrach.

„Sagen Sie uns bitte, was passiert ist. Und wo ist sie jetzt? Wie kommt sie denn auf den Spielplatz nach Abbenfleth?"

Birte übernahm es, die bisherigen Erkenntnisse zum Auffinden der Tochter der Familie Holdorf zu schildern. Als sie von dem Tape berichtete, konnte Marika Holdorf nicht mehr an sich halten und heulte laut auf.

„Können Sie uns bitte noch einmal sagen, was am Mittwoch passiert ist? Auch, wenn Sie es bereits auf der Polizeiwache getan haben."

Mit stockender Stimme berichtete Bernhard Holdorf, dass Beatrice am Mittwoch von der Realschule nicht nach Hause gekommen war. Das sei völlig untypisch für sie gewesen, sie war immer zuverlässig und kam nie zu spät nach Hause.

„Die Schwester, also Katrin, geht da auch zur Schule und hat sie nach Schulschluss auch nicht mehr gesehen. Die ist im Augenblick aber nicht da. Sie übernachtet bei einer Freundin. Braucht auch etwas Abwechslung und sollte auf andere Gedanken kommen."

„Könnten Sie uns vielleicht sagen, ob Beatrice krank war? Wir haben am linken Unterarm Einstichstellen gesehen."

Fredi schaltete sich jetzt auch in das Gespräch mit ein. Bernhard Holdorf antwortete zunächst nicht und schaute fast gedankenverloren auf den stummen Fernseher.

„Ja, sie ist in schlechte Gesellschaft geraten. Hat sich Heroin gespritzt. Das wird wohl leider an der Schule gehandelt. Sie hat in den letzten Monaten auch nicht mehr richtig gegessen und ist dürr geworden. Wir haben so sehr versucht, auf sie einzuwirken. Aber sie hat immer alles abgestritten oder ist uns ausgewichen. Dieser elende Drogenscheiß ist an allem Schuld."

„Gibt es Freunde, die uns da etwas weiterhelfen können? Die müssen doch auch etwas gewusst haben."

„Schulfreundinnen hatte sie, das schon. In der Freizeit war sie aber lieber für sich allein. In der Schule fühlte ich sich auch so wohl seit diesem Jahr. Mit der Klassenlehrerin Bartels, Sonja Bartels, kam sie gut zu recht. Und bitte: Wann können wir Beatrice sehen?"

„Ihre Tochter ist jetzt in der Rechtsmedizin und wird dort untersucht. Aber morgen Nachmittag können Sie zu ihr."

„Danke und finden Sie bitte den, der das gemacht hat. Dieses Schwein darf nicht davonkommen. Und jetzt müssen wir, glaube ich, erstmal zu Katrin. Die weiß ja noch gar nicht, was passiert ist."

17.

Mendi Kistner hatte an diesem Montag etwas verschlafen, nicht das erste Mal in letzter Zeit. Es war keine Möglichkeit mehr, noch zu Hause das Make Up zu gestalten, auf das sie immer großen Wert legte. So eilte sie etwas unsortiert in das Büro des Fachkommissariats für Kapitaldelikte – mit Lippenstift und Nagellack bewaffnet, um zumindest noch das Notwendigste aufzutragen. Es war noch still um diese Zeit im Vorzimmer vom Leiter des Kommissariats Raimund Dollhaus. Der kam ohnehin immer etwas später, die Tür zu seinem Büro war nur angelehnt. Mendi begann ihre optische Pflege mit dem Lippenstift. Für den heutigen Start in die Woche hatte sie einen knallroten Farbton ausgewählt.

„Können Sie das nicht zu Hause erledigen, oder beginnt Ihr Arbeitstag immer mit dem Bemalen Ihrer Lippen hier im Büro?"

Raimund Dollhaus stand unvermittelt in der Tür. Er war schon seit geraumer Zeit in seinem Büro und baute sich nun vor seiner Schreibkraft auf. Mendi war über den frühen Start ihres Chefs so überrascht, dass sie mit dem Kopf herumwirbelte, der angesetzte Lippenstift hinterließ über den Mund hinaus auf der Wange eine lange rote Linie.

„Oh, Mendi! Was ist denn mit dir passiert? Hast du heute die Kriegsbemalung aufgelegt?"

Fredi Marx kam gut gelaunt in das Vorzimmer des Fachkommissariats, um, wie üblich, gemeinsam mit den Kollegen das Wochenende Revue passieren zu lassen und sich den ersten Kaffee zu genehmigen.

„Ach, da ist ja der diensthabende Kommissar vom Wochenende. Herr Marx, wissen Sie eigentlich, was ich am Samstagvormittag bei einer Weinverkostung im Insel-Restaurant vom Leiter der Ortsfeuerwehr Bützfleth erfahren habe? Wir haben eine weibliche Leiche in Abbenfleth gefunden, offensichtlich ermordet. Und ich werde darüber nicht informiert?"

Die letzten Worte hatte Raimund Dollhaus, der erkennbar verärgert war, fast schon geschrien. Sein hochroter Kopf zeugte zumindest nicht nur vom erhöhten Blutdruck. Birte Langphal, die in diesem Moment ebenfalls das Büro betrat, nahm die angespannte Situation sofort wahr.

„Oh je. Ist hier heute schon schlechte Stimmung?"

„Frau Langphal! Und Sie hatten am Wochenende im Hafenmeister eine Auseinandersetzung mit einem Verehrer? Auch das habe ich am Samstag auf der Insel erfahren."

„Herr Dollhaus, vielleicht sollten Sie öfter mal Wein trinken gehen, um Neuigkeiten zu erfahren."

Fredi Marx war für seine flotten Sprüche bekannt. In diesem Moment überspannte er den Bogen allerdings wohl etwas. Die Gesichtsfarbe von Dollhaus ging in einen blassen Ton über und wechselte wieder in eine hochrote Farbe.

„Treten Sie etwa in die Fußstapfen von diesem Grothmann, den wir vor einigen Jahren endlich in den Ruhestand schicken konnten? Der hat mir auch nicht immer alles erzählt und einen dummen Spruch hatte er auch immer parat."

Dollhaus war bekannt dafür, dass er notorisch schlechte Laune hatte. Als Hauptkommissar hing er seit einigen Jahren in Stade fest und seine Karriere ging nicht so recht voran.

Birte Langphal konnte in der Dienstbesprechung, die jetzt folgte, allerdings versichern, dass Fredi Marx vergeblich versucht hatte, Dollhaus am Freitag zu erreichen. Das Gespräch, das nun zu Dritt im Büro von Dollhaus geführt wurde, konnte jedenfalls auf sachlicher Ebene fortgesetzt werden. Dollhaus wurde über die Erkenntnisse vor Ort und über das Gespräch mit den Eltern in Kenntnis gesetzt. Die Eltern hatten am Samstag gegen Abend in der Rechtsmedizin bestätigt, dass es sich bei der Toten um ihre Tochter Beatrice handelte. Aus dem Bericht der Rechtsmedizin ergab sich im Übrigen, wie schon vermutet, dass der Tod durch Erwürgen herbeigeführt wurde. Das Essen im Mund wurde nach dem Eintreten des Todes zugeführt, es war noch nicht verdaut. Bei den Einstichstellen im linken Unterarm handelte es sich um das Spritzen von Drogen, mutmaßlich Heroin. Die Blutuntersuchung konnte jedenfalls entsprechende Erkenntnisse liefern.

Die Zeugenaussage der älteren Anwohnerin konnte zwar keinen konkreten Hinweis auf den Mörder liefern. Allerdings musste man wohl davon ausgehen, dass die Leiche des jungen Mädchens abends im Dunkeln auf dem Spielplatz abgelegt wurde.

Das Zukleben des Mundes mit einem Tape, nachdem das Essen eingeführt wurde, blieb rätselhaft. Eine Erklärung hierfür konnte von den Kommissaren jedenfalls nicht gegeben werden. Auch ein Motiv konnte nicht hergeleitet werden.

„So, wie Sie es schildern, war das Mädchen stark abgemagert. Eine Drogenabhängigkeit kann wohl unterstellt werden. Da sie kaum Kontakte zu anderen in ihrem Alter hatte, gibt es vielleicht auch niemanden, der sie so sehr hasste, dass sie sterben musste. Auch die Art des Todes ist so rätselhaft, dass es sich nicht um das Ergebnis einer streitigen Auseinandersetzung handeln dürfte. Vielleicht sollten wir mal versuchen, im Drogenmilieu zu suchen."

Raimund Dollhaus hatte sich mittlerweile wieder beruhigt. Gemeinsam legten die Ermittler fest, zunächst die Schulklasse von Beatrice Holdorf mit der Klassenlehrerin Sonja

Bartels aufzusuchen, um mögliche Hinweise zu Dealern in Erfahrung zu bringen.

„Sie fahren da jetzt mal gemeinsam hin. Ich werde mir den Bericht der Rechtsmedizin in der Zwischenzeit genauer ansehen und auch mit Spusi-Bernd sprechen."

Fredi Marx nahm im Vorzimmer von Dollhaus den Schlüssel des Dienst-PKW an sich, nicht ohne einen grinsenden Seitenblick auf Mendi Kistner zu werfen, die die Zeit genutzt hatte, die Wange vom Lippenstift zu befreien.

18.

Fredi Marx parkte den Streifenwagen im Lönsweg, ganz in der Nähe des Schulzentrums, um keine zu große Aufmerksamkeit und Unruhe bei den Schülern zu erzeugen. Diese Überlegung war allerdings vergeblich, hatte sich doch der Tod der Mitschülerin schon herumgesprochen. Beim Betreten der Schule in der großen Pause waren dann auch die neugierigen Blicke auf die Polizisten gerichtet.

Im Sekretariat erfuhren Fredi und Birte dann, dass sich die Klasse von Beatrice Holdorf, die 10 B, im 1. Stock des Gebäudes befand. Unmittelbar nach dem Glockenschlag betraten die Polizisten die Klasse, in der die Klassenlehrerin Sonja Bartels eigentlich eine Deutschstunde halten wollte. Der Tod der Mitschülerin hatte allerdings sämtliche Pläne über den Haufen geworfen. Die Klasse hatte sich an diesem Tag zu einem eher stillen Beisammensein zusammengesetzt und wollte Erinnerungen an Beatrice austauschen. Ihr verwaister Platz war mit einem weißen Blumengesteck belegt.

Sonja Bartels war mit ihren 52 Jahren schon deutlich ergraut. Ihre Haare hatte sie nach hinten zu einem Dutt zusammengebunden. Ihre Nickelbrille mit runden Gläsern rundeten das Bild ab, das Fredi Marx für sich in Gedanken kommentierte: Typisch Lehrerin. Sie wirkte an diesem Tag grauer als sonst und hatte Tränen in den Augen. Ihre 20 Schülerinnen und Schüler saßen teils abwesend, teils weinend vor ihr.

„Kommen Sie ruhig herein. Wir haben schon mit dem Besuch der Polizei gerechnet. Wenn wir Ihnen irgendwie weiterhelfen können, dann machen wir das natürlich."

Birte Langphal übernahm das Gespräch und berichtete so einfühlsam, wie es ging, von dem Auffinden der Leiche der Mitschülerin Beatrice. Fredi Marx hielt sich dabei eher im Hintergrund auf. Auch er war von der bedrückenden Situation ergriffen und konnte sich vorstellen, wie es den Mitschülern erging. Birte versuchte dann etwas über Beatrice zu erfahren: „Wie war Beatrice denn so?"

„Hatte sie sich in letzter Zeit verändert?"

„War sie schon immer so dünn oder hatte sie jetzt irgendwelche gesundheitlichen Probleme?"

Die Fragen verhallten in der Klasse, ohne dass eine Antwort zurückkam. Die Mitschüler standen regelrecht unter Schockstarre und waren erkennbar nicht in der Lage, Fragen zur Person von Beatrice zu beantworten.

„Und am Mittwoch beim Schulschluss. Gab es da etwas Besonderes? Danach ist sie ja nicht mehr gesehen worden und ist auch nicht mehr zu Hause angekommen."

Zögerlich kam eine Meldung eines Schülers, dem man nicht ansah, dass er in Kürze mit dem Realschulabschluss die Schule verlassen würde. Man hätte ihn auf 14 Jahre schätzen können.

„Ja, also wir sind alle zur Bushaltestelle oder zum Parkplatz. Nur Beatrice nicht. Die ist in die entgegengesetzte Richtung gegangen. Da war so ein Typ, der hat sie abgeholt. Ich dachte noch, die hat ja einen komischen Freund. Der hatte ganz lange fettige Haare, richtig ekelig."

„Hat diesen Mann noch jemand gesehen oder kennt ihn sogar jemand? War der vielleicht schon mal da?"

Diese Rückfrage und auch weitere Nachfragen blieben ohne Antwort. Dieser junge Mann war möglicherweise der letzte, mit dem Beatrice vor ihrem Tod zusammen war. Mit der eindringlichen Bitte, sich zu melden, wenn den Schülern noch etwas einfallen sollte, was der Polizei weiterhelfen konnte, verabschiedeten sich Birte und Fredi von der Klasse. Beim Verlassen der Klasse kam die Klassenlehrerin Sonja Bartels hinterher.

„Sie müssen die Schüler verstehen. Die können heute einfach nichts sagen und sind noch völlig fertig. Ich werde sie auch gleich nach Hause schicken, damit sie etwas zur Ruhe kommen können. Wissen Sie, Beatrice war ein so liebes Mädchen. Sie hatte aber kaum Kontakt zu anderen und war eher Einzelgängerin. Körperlich hat sie seit einigen Monaten stark abgebaut und auch ihre Leistungen haben deutlich nachgelassen, und das kurz vor dem Schulende."

„Hatte Beatrice gesundheitliche Probleme? Ist Ihnen da etwas bekannt? Sind Ihnen die Einstichstellen am Unterarm schon einmal aufgefallen?"

„Ja, ich glaube, das ist wohl der Grund für ihre Probleme. Ich hatte schon einmal mit den Eltern darüber gesprochen. Aber wie das so häufig ist, wollten sie das nicht wahrhaben. Ich habe eigentlich ein sehr gutes Verhältnis zu Beatrice gehabt, aber auch mir gegenüber wollte sie sich nicht öffnen."

„Und dieser junge Mann, den sie bei Schulschluss getroffen hat? Wissen sie etwas über ihn? Ist das vielleicht ihr Dealer gewesen?"

„Also, von diesem jungen Mann höre ich jetzt zum ersten Mal. Aber es ist, glaube ich, kein Geheimnis, dass wir seit einiger Zeit massive Drogenprobleme an unserer Schule haben. Wir haben schon versucht, unsere Pausenaufsicht zu verstärken. Aber so richtig Erfolg hatten wir damit nicht. Die Schüler finden schon ihre Möglichkeiten, an Drogen zu kommen. Entweder wird in den Toilettenbereichen gedealt oder in abgelegenen Ecken des Pausenhofes. Vielleicht sprechen Sie darüber auch mit unserem Rektor Kaspar Modersohn.

Der hat darüber sicher den besten Überblick. Und ich werde auch noch mal mit der Klasse sprechen, falls ihnen noch etwas einfällt, was der Polizei weiterhilft."

*

Fredi Marx hatte es sich an diesem Nachmittag in seinem Büro etwas gemütlich gemacht. Das Büro war mit zwölf Quadratmetern zwar klein geraten, aber er hatte hier immerhin sein eigenes Reich. Die Ausstattung des Büros war, wie bei der Polizei üblich, eher einfach gehalten: ein mittlerweile verkratzter Holzschreibtisch aus den 1970er Jahren und ein ebensolcher Aktenschrank. Zwei Kunststoffstühle für mögliche Gesprächspartner standen vor dem Schreibtisch. Zur Ablenkung und Verschönerung seines Reiches hatte Fredi ein großformatiges Plakat seiner Lieblingsmannschaft, dem VFL Wolfsburg, an die Wand gepinnt. Bis letztes Jahr noch hatte er dort regelmäßig Pirelli-Kalender aufgehängt. Die neue Frauenbeauftragte hatte allerdings etwas gegen die zu leicht bekleideten Werbedamen.

Mit den Füßen auf dem Schreibtisch hatte sich Fredi in den Bericht der Rechtsmedizin zum Tod von Beatrice Holdorf vertieft. Die Bildzeitung hatte er schon ausgiebig gelesen. Der dampfende Kaffeepott stand direkt daneben. Er hatte sich nach der Mittagspause bei Mendi Kistner, die ihr Büro direkt gegenüber hatte, mit dem stärkenden Getränk versorgt. Mendi war immer noch etwas bedröppelt wegen ihres Lippenstiftunfalls gewesen. Ein zaghaftes Klopfen an der Tür überhörte er zunächst.

„Entschuldigung. Darf ich mal mit Ihnen sprechen? Sie sind doch heute Morgen bei uns in der Schule gewesen."

Fredi legte den Bericht der Rechtsmedizin beiseite und nahm auch die Füße vom Tisch. Mit einer Handbewegung bedeutete er dem jungen Gast, dass er sich setzen könnte. Ein junges Mädchen, das Fredi irgendwie bekannt vorkam, betrat sein Büro und setzte sich schüchtern auf eines der beiden Kunststoffstühle. Das rote Gesicht verriet, dass dem Mädchen nicht sehr wohl dabei war, die Polizei aufzusuchen.

„Ja, natürlich habe ich für Sie Zeit. Waren Sie heute in der Klasse von Beatrice mit dabei? Die 10 B, richtig? Oder darf ich auch du zu dir sagen?"

„Ja, natürlich können Sie mich duzen. Ich bin Alexa. Beatrice geht …, ging auch in die 10 B. Also dieser junge Mann, der am Mittwoch da war, also der ist schön öfter da gewesen."

„Dann hast du ihn also auch gesehen oder kennst ihn sogar. Das ist ja interessant. Warum hast du denn heute Morgen davon nichts gesagt?"

„Weil …, weil ich …"

„Du hast auch Stoff von ihm bekommen. Stimmt's? Und du wolltest sicher nicht, dass deine Klassenlehrerin oder deine Mitschüler davon etwas erfahren."

Alexa lief noch stärker rot an und schaute bedrückt zu Boden. Ihre lockigen blonden Haare bildeten einen deutlichen Kontrast zur roten Gesichtsfarbe. Bevor sie weitersprechen konnte, musste sie erstmal kräftig durchatmen.

„Bitte, sagen Sie meinen Eltern nichts. Ich bekomme sonst fürchterlichen Ärger. Es war aber auch nur einmal. Und es war auch nur Hasch. Ich wollte es einfach ausprobieren, so wie alle anderen auch. Mir war danach so schlecht, dass ich die ganze Nacht nur gespuckt habe. Danach habe ich nie wieder etwas genommen."

„Keine Sorge. Deine Eltern erfahren von mir nichts und deine Lehrerin natürlich auch nicht. Was hat der junge Mann denn so alles im Angebot?"

„Das weiß ich eigentlich nicht. Habe auch nur einmal mit ihm gesprochen. Da sprach er von Hasch und Heroin. Und ich mache das nie wieder, das müssen Sie mir glauben."

„Ja, ist schon gut. Weißt du denn vielleicht sogar, wie er heißt oder wo er herkommt?"

„Er sagte, er heißt Siegbert. Mehr hatte er nicht verraten. Und er sagte noch, dass er jetzt jeden Mittwoch kommen wollte, falls ich noch etwas haben möchte. Aber darauf kann ich gern verzichten."

„Alexa. Das ist eine wichtige Info für uns. Du behältst das auch bitte für dich, dass du hier warst. Und auch nicht mit deinen Mitschülern darüber sprechen. Mit diesem Siegbert werden wir uns jetzt mal unterhalten."

19.

Leni Oberdiek freute sich auf den anstehenden Außendiensteinsatz. Sie stand als Kriminalkommissar-Anwärterin kurz vor dem Abschluss ihrer Ausbildung und hatte langsam genug davon, theoretisches Wissen in sich aufzusaugen. Die praktische Polizeiarbeit vor Ort lag ihr viel mehr, die während der Ausbildung leider deutlich zu kurz kam. Ihre Eltern waren vor einigen Jahren mit der Berufswahl nicht so glücklich gewesen, aber für sie kam nur der Polizeidienst infrage. Mit ihren 1,62 Meter war sie nicht sehr groß, aber sie glich die fehlende Körpergröße aus durch regelmäßiges Training in den Fitnessstudios und durch Kampfsporttraining. Mit ihren raspelkurzen roten Haaren war sie daher sehr athletisch und durchtrainiert. Sie ging davon aus, dass das bei ihrer Polizeiarbeit durchaus nützlich sein würde. Leni wartete jetzt am Mittwochvormittag an dem zivilen Polizeiwagen, den Fredi Marx reserviert hatte. Fredi und Birte kamen jetzt auch aus dem Polizeigebäude.

„Moin Leni. Gut, dass du heute mit dabei bist. Wir wollen heute mal einen Mörder fangen."

„Fredi, nun lass mal deine Sprüche!"

Birte klärte während der Fahrt Leni darüber auf, dass sie einen jungen Mann zu einem Gespräch auf das Revier bringen wollten, der möglicherweise Informationen zu dem Verschwinden und dem späteren Tod von Beatrice Holdorf hatte. Ob er damit direkt in Verbindung stand, war noch völlig offen. Wenn es sich wirklich nur um einen Dealer handeln sollte, würde man die Info an die Kollegen weitergeben. Für ihre Aufklärungsarbeit war dies nur nebensächlich.

Fredi, der wie üblich den Polizeiwagen steuerte, konnte seine Neugier, die ihn schon eine Weile umtrieb, nicht mehr bändigen.

„Du, Birte. Sag mal, der Alte hat am Montag gesagt, Du hättest am Freitag Stress mit einem Verehrer im Hafenmeister gehabt. Was war denn da los?"

Birte war in Gedanken bei dem Mord an dem jungen Mädchen, der so viele Rätsel aufgab und ein Motiv noch nicht erkennen ließ. Durch die Frage von Fredi wurde sie wieder mit ihrer privaten Situation konfrontiert und brauchte ein wenig Zeit, um die Neugier von Fredi zu befriedigen.

„Du weißt doch, dass bei mir privat so einiges durcheinander geraten ist. Erst die Trennung von meinem Freund, dann die Einrichtung der neuen Wohnung und nun ist meine Mutter auch noch gestorben. Da musste ich einfach mal raus und bin zum Hafenmeister hin. Da hatte ich aber auch nicht meine Ruhe. So ein Jungspund wollte sich an mich ranmachen. Bevor ich mich versah, kam mir ein anderer junger Mann zu Hilfe. Der hat den Verehrer kurzer Hand auf den Boden befördert. Und bevor ich mich bedanken konnte, war der einfach weg. Das war schon irgendwie merkwürdig. Du Fredi, ich glaube, wir sind jetzt gleich da."

Fredi parkte das unauffällige Zivilfahrzeug auf dem Parkplatz vor dem Freibad und damit in einiger Entfernung zum Schulzentrum Camper Höhe. Leni bekam den Auftrag, im Fahrzeug zu bleiben und mögliche Funksprüche entgegenzunehmen. Leni wurde etwas rot im Gesicht und war über diese langweilige Aufgabe bei diesem Einsatz schon etwas enttäuscht.

Birte und Fredi gingen in Richtung Timm-Kröger-Straße und versteckten sich hinter einem Busch, mit Blick auf den

Eingang der Schule. Während der großen Pause gegen 9.45 Uhr passierte zunächst nichts. Es kamen weder Schüler aus dem Gebäude, noch war ein möglicher Dealer auf dem Zugang zum Eingang zu erblicken. Die Nachbarn des Schulzentrums auf der gegenüberliegenden Seite wunderten sich schon über das merkwürdige Pärchen hinter dem Busch und sahen neugierig aus dem Fenster. Fredi winkte ihnen fröhlich zu, und schon waren die Gardinen wieder zugezogen.

„Fredi, nun lass mal den Blödsinn und bleib bei der Sache."

Gegen 11.40 Uhr war dann nach der 4. Stunde Schulschluss für viele Schüler, die aus dem Eingang der Schule stürmten und sich in Richtung des Parkplatzes und der Bushaltestelle aufmachten. Jetzt schlenderte von der anderen Seite der gesuchte langhaarige Siegbert langsam auf den Eingang zu. Sich immer wieder umblickend, um sich zu vergewissern, dass ihm kein Ungemach drohen konnte.

„Komm Fredi. Wir sind jetzt mal ganz verliebt und sehen uns diesen Siegbert mal etwas genauer an."

Birte hakte sich bei Fredi ein und lehnte ihren Kopf an die Schulter ihres Kollegen. Langsam spazierten sie den Fußweg entlang und nahmen Kurs auf Siegbert.

„Aber du weißt schon, dass ich zumindest noch eine Freundin habe, oder?"

„Fredi, kannst ruhig sein. Ich will nichts von dir. Das dient nur der guten Sache. Gleich sind wir bei ihm."

Birte und Fredi blieben direkt vor Siegbert stehen und Birte ließ die Hand ihres Kollegen los. Sie zückte ihren Dienstausweis und hielt ihn dem jungen Mann vor die Nase.

„Heißen Sie Siegbert? Wir sind von der Kripo Stade und müssen uns mal mit Ihnen unterhalten. Ich bin Oberkommissarin Birte Langphal und das ist mein Kollege Fredi …"

Weiter kam Birte nicht. Mit einem kräftigen Stoß wurde sie von Siegbert gegen ihren Kollegen geworfen, so dass beide das Gleichgewicht verloren und kurz zu Boden gingen. Schnellfüßig sprang Siegbert dann mit weiten Sätzen in Richtung des Exerzierplatzes hin zu den Parkplätzen vor dem Freibad. Fredi konnte sich als Erster wieder aufrappeln und die Verfolgung aufnehmen. Siegbert hatte derweil schon einen kleinen Vorsprung und bog um das Schulgebäude herum, damit er das dichte Gebüsch des Sportzentrums erreichen konnte, das ihm eine gute Versteckmöglichkeit versprach. Als er an einer große Linde vorbei eilte, fand seine Flucht unvermittelt ein Ende. Ein dicker Ast schlug Siegbert mitten ins Gesicht, so dass dieser augenblicklich zu Boden stürzte und benommen liegen blieb. Das Ende des Astes hatte Leni in den Händen, die jetzt um die Linde herum blickte und die Ankunft ihrer Kollegen Fredi und, noch in einiger Entfernung, Birte erwartete.

„War das etwa zu doll? Ich konnte ihn doch nicht einfach davonlaufen lassen!"

Fredi prustete sofort los und konnte sich gar nicht mehr einkriegen. Birte, die jetzt auch ankam und den am Boden liegenden und wimmernden Siegbert anschaute, musste dann aber doch Leni zunächst einmal ermahnen.

„Also Leni. Du hattest doch einen ganz eindeutigen Einsatzbefehl. Und der sah eigentlich ganz anders aus, oder?"

Leni sah auf den am Boden liegenden Siegbert, dessen Stirn reichlich zerkratzt war. Eine Beule schien sich bereits auf der Stirn zu bilden.

„Mir war schon so langweilig geworden. Stundenlang habe ich im Auto gesessen. Und nichts ist passiert. Als ich dann die Schulglocke hörte, dachte ich, ich schau mir mal die Festnahme aus der Nähe an. Als dieser Typ hier dich dann umgeschubst hat und weglief, dachte ich: Jetzt ist Gefahr im Verzug. Und dann habe ich ihn eben angehalten."

„Angehalten ist gut. Das war schon echt heftig. Aber das war schon in Ordnung. Bekommst auch eine Bemerkung von mir in der abschließenden Beurteilung: ‚Frau Oberdiek ist überaus schlagfertig!'"

20.

Raimund Dollhaus war in seinem Element. Wie ein Staatsanwalt im Gerichtssaal stolzierte er in seinem Büro hin und her. Wie immer trug er einen Anzug mit Krawatte; auch im Büro legte er die Anzugjacke nicht ab. Er war der Meinung, dass ein leitender Beamter sich auch durch sein Äußeres abheben muss von seinen Mitarbeitern. Bevor er mit dem Verhör von Siegbert von Tramm, das war sein voller Name, begann, trank er noch genüsslich einen Schluck Kaffee, den er von Mendi gerade gereicht bekam. Siegbert saß wie ein Häufchen Elend vor ihm. Das Gesicht war zerkratzt und auf der Stirn hatte sich eine dicke Beule gebildet. Überdies war noch ein großes Pflaster auf der Stirn, da die Haut durch die Begegnung mit dem Ast etwas aufgeplatzt war. Er schaute betreten zu Boden, die langen fettigen Haare hingen von ihm ab. Unter dem Parka, den er jetzt abgelegt hatte, trug er einen dunkelroten Markenpullover. Birte und Fredi waren ebenfalls im Büro, mussten aber natürlich die Befragung ihrem Chef überlassen.

„So, Herr von Tramm, jetzt wollen wir erstmal einige Personalien aufnehmen und vervollständigen. Sie wohnen wo?"

„In Wiepenkathen in der Alten Dorfstraße."

„Alter?"

„Fast 18."

„Was heißt fast? Geht es bitte auch etwas genauer?"

„Am 12. September werde ich 18."

Dollhaus hielt kurz inne. Er hatte es mit einem Minderjährigen zu tun und die gesetzlichen Vertreter waren nicht zugegen. Trotzdem führte er die Befragung fort. Dollhaus hoffte, möglichst schnell zu einem Ergebnis kommen zu können.

„Erzählen Sie nun doch einmal, wie war das denn letzten Mittwoch am Schulzentrum Camper Höhe?"

„Letzten Mittwoch?"

Siegbert kratze sich die Kopfhaut und befühlte seine angeschwollene Stirn und schien nicht so ganz bei der Sache zu sein. Zumindest wusste er nicht, worauf Dollhaus hinaus wollte.

„Na, gegen Mittag. Da haben Sie doch Drogen verkauft vor der Schule. Hasch, Heroin und was sonst noch? Und dabei sind Sie auch Beatrice Holdorf begegnet. Geben Sie's zu."

„Beatrice, wer …?"

Unruhe kam im Vorzimmer von Raimund Dollhaus auf. Die schrille Stimme von Mendi war nicht zu überhören.

„Sie können da jetzt nicht hinein. Das geht doch nicht. Ich muss erst fragen, ob Sie hineindürfen."

Albert von Tramm, der Vater von Siegbert, ließ sich aber nicht abwimmeln und stürmte in das Büro von Dollhaus. Allein durch seine großgewachsene Figur machte er schon Eindruck. Seinen Wollmantel hatte er unter einen Arm geklemmt, der türkisblaue Kaschmirschal war locker um seinen Hals gebunden.

„Das gibt eine Dienstaufsichtsbeschwerde! Mein Sohn ist noch nicht 18. Ohne gesetzlichen Vertreter dürfen Sie ihn gar nicht verhören. Haben Sie ihn denn schon über seine Rechte aufgeklärt?"

Albert von Tramm blickte jetzt erst in das blasse Gesicht seines Sprösslings und sah die Kratzer und die verbeulte Stirn.

„Was haben Sie denn mit ihm gemacht? Das ist neben Freiheitsberaubung auch noch Körperverletzung. Das gibt eine richtig fette Anzeige! Siegbert, Du kommst jetzt am besten gleich mit mir mit. Die Aussagen, die Du bisher gemacht hast, können ohnehin nicht verwendet werden."

Dollhaus merkte, dass er übers Ziel hinausgeschossen hatte und mit der Befragung gar nicht erst hätte beginnen dürfen. Er versuchte nun klarzustellen, dass es sich lediglich um ein Gespräch und eben kein Verhör mit Siegbert handeln sollte. Fredi trank derweil genüsslich seinen Kaffee und beobachtete, wie sein Chef versuchte, sich herauszuwinden. Birte rührte in ihrem Tee und war gespannt auf den Fortgang des Gespräches.

„Herr von Tramm, wenn Sie als gesetzlicher Vertreter schon mal da sind, sollten wir das Gespräch auch fortsetzen. Siegbert könnte ein wichtiger Zeuge sein und hat vielleicht als letzter das junge Mädchen, das ermordet in Abbenfleth aufgefunden wurde, gesehen. Und wenn Sie es gerne möchten, kann auch eine rechtliche Vertretung mit hinzugezogen werden."

„Das könnte ich selbst übernehmen, ich bin nämlich Rechtsanwalt. Aber eigentlich bin ich nicht bereit dazu, meinen Sohn hier von Ihnen in diesem Zustand befragen zu lassen. Wie sind Dir denn die Verletzungen zugefügt worden, Siegbert?"

„Also, das weiß ich auch nicht so genau. Ich bin in einen Ast hineingerannt. Den hatte ich wohl übersehen. Ja, und dann lag ich auf dem Boden und die beiden Polizisten haben mich mitgenommen. Aber Papa, lass mal. Ich möchte aussagen. Das mit dem Drogenverkauf, also ..., also ..., das ist richtig. Ich weiß ja, dass es Scheiße ist. Aber ich bin da irgendwie hineingeraten."

„Du hast was? Sag mal, spinnst du? Erst brichst du mit der Schule ab. Dann besorge ich dir eine Lehrstelle und auch die ist nicht gut genug! Und jetzt auch noch so etwas!"

„Papa, lass uns das zu Hause klären. Und unterbrich mich bitte nicht. Ich möchte sagen, was ich weiß, damit der Täter geschnappt werden kann."

Es schien so, als wenn Siegbert aus seiner Lethargie erwachen würde und dabei war, sein Gewissen zu erleichtern, in dem er der Polizei die Situation von dem betreffenden Mittwoch schilderte. Er räumte ein, dass er schon mehrfach Heroin an Beatrice verkauft hatte. Der Ablauf war dabei immer gleich. Siegbert und Beatrice zogen sich in das dichte Gebüsch vor dem Sportzentrum zurück und dort erfolgte dann die Übergabe der Drogen und die Bezahlung durch Beatrice.

„Ja, und dann bin ich auch gleich nach Hause geradelt."

„Das stimmt. Meine Frau sagte mir, dass Siegbert nachmittags bei der Gartenarbeit mitgeholfen hat. Sie war so überrascht davon, dass sie mir darüber berichtete."

„Und wo waren Sie am Donnerstag letzter Woche? Können Sie uns dazu etwas sagen?"

„Am Donnerstag war ich mit meiner Mutter zum Shoppen nach Hamburg. Da habe ich auch diesen Pulli gekauft."

Siegbert zeigte auf seinen Pulli, der noch erkennbar neuwertig war. Wie zur Bestätigung nickte Albert von Tramm, um die Aussage seines Sohnes zu bekräftigen.

„Ist dir denn bei Beatrice letzten Mittwoch etwas aufgefallen? War sie anders als sonst? Hat sie vielleicht gesagt, dass sie Ärger hat?"

„Nein, so genau kannte ich sie nicht. Es war eigentlich wie immer. Bea war ohnehin immer so ruhig, die hat nie etwas über sich erzählt. Aber etwas merkwürdig war dann schon die Übergabe im Gebüsch. Es war so, als wenn sich Beatrice ängstigen würde. Wir hatten so ein Knacken gehört, als wenn Holz durchbricht. Ich sagte noch, das ist bestimmt ein Tier.

Aber sie hatte so ein Gefühl, als wenn wir beobachtet werden. Aber gesehen haben wir niemand. Und dann bin ich, wie sonst auch, als Erster weg aus dem Gebüsch. Und Bea, also ich habe sie dann nicht mehr gesehen. Dachte, dass sie dann wohl auch kommen würde. Bin dann auch direkt nach Hause."

„Sie kennen Dich doch bestimmt ganz gut aus in der Szene. Gibt es noch weitere Dealer an der Schule? Sie sind doch bestimmt nicht der Einzige."

„Joo, das mag schon sein. Aber das weiß ich eigentlich nicht. Ich bin auch nur einmal in der Woche da. Und Bea hat einige Male von mir was abgenommen."

„Na gut, dann gehen Sie jetzt erstmal mit Ihrem Vater nach Hause. Aber Ihnen ist schon klar, dass es noch ein Nachspiel geben wird!"

Siegbert stand auf und fasste sich nochmals an die Stirn. Die Beule hatte sich jetzt bereits vollständig entwickelt und verursachte heftige Kopfschmerzen. Albert von Tramm zog sich seinen Kaschmirschal noch etwas enger und hob den Kopf fast schon bedrohlich an.

„Und für Sie, Herr Dollhaus, wird es auch noch ein Nachspiel geben. Sie werden noch von mir hören. Und mit Dir Siegbert, werden wir zu Hause mal Klartext reden."

Albert von Tramm stürmte hinaus, und Siegbert schlurfte hinterher. Mendi schaute vorsichtig in das Büro ihres Chefs und war offenkundig froh, dass der unangekündigte Besuch so rasch wieder gegangen war. Vorsichtig machte sie die Tür wieder zu. Sie ahnte, dass jetzt eine interne Aufarbeitung folgen würde.

Nach einer kurzen Stille versuchte Fredi, das Gespräch der Kommissare wieder aufzunehmen.

„Also Chef, das ist jetzt wohl nicht so gut gelaufen, oder?"

Dollhaus war geladen. Das Gespräch hätte er ohne gesetzlichen Vertreter gar nicht führen dürfen, das war ihm klar. Aber seine beiden Kommissare, die den jungen Mann mit auf die Wache gebracht hatten, waren ihm auch keine große Hilfe gewesen.

„Warum haben Sie mir denn nicht gleich gesagt, dass der Bengel noch nicht volljährig ist? Wird so etwas denn nicht beim Aufgreifen einer Person erfragt. Personalienfeststellung und so weiter. Das lernt man doch auf der Polizeischule im ersten Jahr der Ausbildung, verdammt."

Birte versuchte jetzt, den verunglückten Ablauf zu erklären. Sie schlürfte zunächst an ihrem mittlerweile erkalteten Tee und schilderte das Aufeinandertreffen mit Siegbert.

„Der junge Mann hat sich dann auf und davon gemacht. Wir kamen gar nicht dazu, ihn nach den vollständigen Personalien zu fragen. Und als er dann nach dem Zusammenprall mit dem Ast zu Boden ging und blutete, haben wir ihn zunächst einmal so mitgenommen und hier auf dem Revier versorgt. Das schien uns wichtiger zu sein."

„Wieso läuft der eigentlich so gegen einen Ast? Hat der denn keine Augen im Kopf? Aber egal. Jedenfalls meint dieser Siegbert, dass da möglicherweise noch jemand im Gebüsch war und sie beobachtet hatte. Der große Unbekannte also, der dann für den Tod von Beatrice verantwortlich sein soll? Klingt wenig glaubhaft."

„Ja, das klingt schon merkwürdig. Aber auf der anderen Seite ist es so, dass Siegbert für den Mittwochnachmittag und Donnerstag ein Alibi hat. Und er ist erst 17, hat keinen Führerschein und kein Auto. Wie soll er da eine Leiche nach

Abbenfleth schaffen? Vom Motiv ganz zu schweigen. Also für mich hat er damit nichts zu tun."

„Da haben Sie schon recht, Frau Langphal. Und was schlagen Sie vor? Wie wollen wir weiter vorgehen?"

„Die Klassenlehrerin sagte uns, dass es an der Schule massive Drogenprobleme gäbe. Vielleicht ist ja der Unbekannte im Gebüsch, wenn es ihn denn gegeben hat, ein anderer Dealer, mit dem Beatrice Stress hatte. Der Schulleiter, Modersohn heißt er, glaube ich, soll über die Drogenszene gut informiert sein. Fredi und ich fahren da morgen mal hin und versuchen, etwas herauszubekommen."

21.

Das Vorzimmer der Schulleitung im Schulzentrum Camper Höhe wirkte wenig einladend. Zwei Schreibtische mit furnierten Holzplatten aus hellem Buchenholz waren für die beiden Mitarbeiterinnen aneinandergestellt, so dass sie sich anblicken konnten. Ein runder Beistelltisch aus gleichem Material war mit unterschiedlichen Papieren und Büchern vollgestapelt und war für den eigentlichen Zweck, Gespräche mit Besuchern zu führen, praktisch nicht mehr nutzbar. Große Stunden- und Vertretungspläne hingen an den Wänden und waren mit bunten Farben oder farbigen Magnettäfelchen, auf denen die Namen der Lehrer aufgedruckt waren, bestückt. Einziger Lichtblick war eine große Grünpflanze, die aber auch schon bessere Tage gesehen hatte.

Die beiden Schulsekretärinnen waren emsig beschäftigt, als Birte und Fredi das Vorzimmer betraten. Die mit dem Rücken zur Tür sitzende Mitarbeiterin telefonierte offensichtlich mit einer Mutter, deren Kind in der Pause auf dem Schulhof eine kleine Verletzung davon getragen hatte. Das Mädchen saß fast versteckt in der Ecke des Zimmers und hatte ein großes Pflaster auf dem Knie. Sie versuchte, schnell ihre Tränen abzuwischen, als die beiden Besucher eintraten. Die zweite Schulsekretärin war mit Schreibarbeiten beschäftigt und blickte zunächst nicht auf. Sie wirkte zumindest auf Fredi auch weniger als Empfangsdame, im Gegenteil machte sie durch ihren strengen Gesichtsausdruck und den nach hinten zurückgekämmten Haaren eher den Eindruck eines Abwehrbollwerks für ihren Chef. Fredi stellte sich so den typischen Vorzimmerdrachen vor, der sich durch ungebetene Gäste nicht stören lassen wollte. Nachdem die Mitarbeiterin offensichtlich einen Absatz bei ihren Schreibarbeiten erreicht hatte, blickte sie nun doch hoch und nahm die neuen Besucher ins Visier: „Was wollen Sie?"

Birte stellte die beiden vor, wobei Fredi ein wenig grienen musste, ob seiner guten Menschenkenntnis. Kaspar Modersohn saß in seinem Büro etwas gedankenverloren hinter seinem großen Schreibtisch, der von der Bauart zu denen im Vorzimmer passte, nur deutlich größer war. Papiere türmten sich auch hier auf seinem Schreibtisch, die ihn allerdings nicht besonders zu interessieren schienen. Er hatte mit seinen knapp fünfzig Jahren schon stark ergrautes Haar, war fahl im Gesicht und wirkte übermüdet. Die Nachricht von der Ermordung einer Schülerin seiner Schule machte ihm sehr zu schaffen. War die Schulleitung eines großen Schulzentrums an sich schon ein hartes Geschäft durch ständige neue Vorgaben des Kultusministeriums oder ungenügende Lehrerversorgung, war ein solcher Todesfall eine zusätzlich belastende Situation.

Bevor Birte und Fredi ihr eigentliches Anliegen vortragen konnten, brachte der Vorzimmerdrachen unaufgefordert Kaffee und Kekse. Donnerwetter, dachte Fredi, das hätte ich jetzt ja nicht unbedingt erwartet. Die Hand von Kaspar Modersohn zitterte, als er die Tasse Kaffee zum Mund führen wollte.

„Ja, das mit Beatrice hat uns allen zu schaffen gemacht und belastet uns sehr. Was ist da nur passiert? Und wir fragen uns natürlich ständig, ob wir nicht aufmerksam genug waren und dieses fürchterliche Verbrechen hätten verhindern können. Ich weiß auch nicht …"

Birte berichtete vom Stand der Ermittlungen und dem Gespräch mit dem jugendlichen Drogendealer Siegbert von

Tramm. Kaspar Modersohn sah währenddessen abwesend aus dem Fenster.

„Wir haben hier leider seit einiger Zeit massive Drogenprobleme an der Schule. Sicher sind wir nicht die einzigen, aber das ist nur ein schwacher Trost. Und Sie können mir glauben, wir haben schon einiges versucht. Die Pausenaufsicht wurde verstärkt, wir leisten Aufklärungsarbeit im Unterricht und arbeiten natürlich auch mit Ihren Kollegen zusammen."

„Kannten Sie eigentlich Beatrice Holdorf persönlich?", fragte Birte.

„Also, ich wusste, wer sie war. Ihre Klassenlehrerin Sonja Bartels, die Sie ja schon kennengelernt haben, hatte mir berichtet, dass sie gesundheitliche Probleme hatte und wohl auch Drogen nahm. Aber wir sind letztlich machtlos dagegen. Der Handel findet auf dem Schulhof in abgelegenen Ecken, auf den Toiletten, ja sogar in den Klassenräumen statt."

„Und was ist mit diesem Siegbert von Tramm? Sagt Ihnen der Name was?"

„Der Siegbert ging hier zur Schule, kommt eigentlich aus gutem Elternhaus. Aber das sagt natürlich nicht viel aus. War hier an der Schule allerdings absolut unauffällig. Ein anderer Schüler ist hier vor zwei Jahren von der Schule verwiesen worden, weil er mit Drogen handelte. Der ist dann allerdings mit seinen Eltern weggezogen, ich glaube, nach Süddeutschland. Aktuell kennen wir keine Schüler, die hier dealen. Und die Dealer von außerhalb kennt die Polizei sicher besser."

Man merkte jetzt dem Schulleiter an, dass er sich seine Sorgen und Gedanken von der Seele reden wollte und fuhr fort: „Beatrice hatte ein gutes Umfeld, das kann ich wirklich sagen. Die Klassengemeinschaft in der 10 B hält gut zusammen und sie hatte gute und aufmerksame Lehrer. Da ist zum einen Sonja Bartels, die Klassenlehrerin. Heiko Frank, ebenfalls ein sehr engagierter Lehrer, unterrichtet in Englisch und Erkunde. In Sport und Mathe …"

„Ja, das glauben wir Ihnen sehr gern, Herr Modersohn. Wir würden Sie aber bitten, wenn Ihnen oder einem anderen Lehrer noch eine Besonderheit oder eine Auffälligkeit bei Beatrice aus der letzter Zeit einfällt, dass Sie uns dann umgehend informieren. Wir geben Ihnen mal unsere Karten mit den Kontaktdaten."

Mit einem feuchten Händedruck von Kaspar Modersohn verabschiedeten sich die Polizisten. Die Schulsekretärinnen nahmen beim Verlassen des Vorzimmers kaum Notiz von Birte und Fredi. Auf dem Flur ließen sie erstmal das Gespräch Revue passieren.

„Den hat es ja ganz schön mitgenommen", bemerkte Fredi.

„Aber ist ja auch kein Wunder. Die Verantwortung für so ein Schulzentrum ist ohnehin schon sehr hoch. Da tut ein solcher Todesfall noch ein Übriges, um schlaflose Nächte zu bereiten."

Der laute Pausengong übertönte dann zunächst das weitere Gespräch. Die große Pause hatte begonnen. Von allen Seiten stürmten die Schülerinnen und Schüler aus den Klassen. Lehrer eilten in Richtung Lehrerzimmer. Eine junge Lehrerin hatte es Fredi angetan, als er versuchte, Birte durch das Gedränge zu folgen. Sein Blick versuchte jedenfalls, der blonden Frau mit dem netten Pferdeschwanz zu folgen. In diesem Moment blieb Birte abrupt stehen und Fredi lief ihr von hinten in die Hacken.

„Hey, sag mal, du kannst doch nicht so einfach stehenbleiben. Willst du etwa hierbleiben bei dieser Meute?"

„Fredi, hast du eben den Lehrer gesehen, der vor uns gelaufen und nach rechts verschwunden ist?“

„Nein, … äh, wieso sollte ich? Ich interessiere mich eher für die weibliche Belegschaft hier.“

„Wir müssen noch mal zurück zu Modersohn.“

Die beiden Schulsekretärinnen staunten nicht schlecht, als Birte und Fredi unvermittelt wieder im Vorzimmer auftauchten. Ohne ein Wort zu verlieren, ging Birte voraus zu Modersohn, der sich mittlerweile mit seinem Papierstapel beschäftigte und ebenso erstaunt aufschaute.

„Herr Modersohn, entschuldigen Sie. Eine Frage noch. Wir hatten Sie vorhin unterbrochen, als Sie uns sagen wollten, wie der Lehrer für Sport und Mathe heißt, der in der Klasse von Beatrice unterrichtet.“

„Ja, aber natürlich. Das kann ich Ihnen gerne sagen. Das ist Benno Martens.“

22.

„Hast du dir die Unterlagen von 1996 auch noch einmal angesehen?" Birte hatte, wie üblich, auf dem Beifahrersitz Platz genommen. Fredi fuhr.

„Bärbel Eilert, 16 Jahre alt. Aufgefunden von zwei jungen Anglern in der Wischhafener Süderelbe im Bereich des Sperrwerkes. Tod durch Ertrinken, vermutlich Suizid oder ein Unglücksfall. Jedenfalls konnte ein Fremdverschulden nicht festgestellt werden. Benno Martens war Lehrer in Freiburg, hatte sie kurz vor Beginn einer Sport-AG zuletzt gesehen."

„Soweit alles richtig. Auffällig war nur eine deutliche Rötung am linken Handgelenk, die wir alle nicht deuten konnten. Wir haben die Akten dann geschlossen. Sie hatte wohl auch Probleme im Elternhaus. Vielleicht wusste sie einfach nicht mehr weiter."

Die beiden Polizisten fuhren nach Bützfleth in Richtung der Blumenstraße, die sich in unmittelbarer Nähe zum dortigen Freibad befand. Birte ließ ihren Gedanken noch weiter freien Lauf.

„Ist aber schon ein komischer Zufall, dass in den beiden Todesfällen der jungen Mädchen Benno Martens als Lehrer auftaucht. Allerdings sind die Todesursachen völlig unterschiedlich. Bärbel Eilert ist ertrunken, Beatrice Holdorf wurde erwürgt. Und dann ist ihr Mund auch noch getapt worden, nachdem er mit Essen gefüllt wurde."

Fredi parkte am Straßenrand direkt vor einem Doppelhaus.

„Fredi, hier muss es sein. Wollen mal sehen, was uns der Benno Martens dazu zu sagen hat."

„Sag mal, den Typen fandest du damals doch eigentlich ganz nett. Der war sportlich, braun gebrannt. Und als Lehrer verdient er bestimmt ja auch ganz gut. Wie wir ist er im Beamtenverhältnis und …"

„Fredi, jetzt halt mal die Luft an. Wir sind im Dienst und da interessieren mich andere Männer nicht, zumindest nicht so, wie du gerade denkst!"

Nach mehrmaligem Klingeln ging die Eingangstür der Doppelhaushälfte auf. Benno Martens öffnete mit einem verschlafenen Blick. Sein Schlabberlook mit einem verwaschenen T-Shirt ließ darauf schließen, dass er sich eine Mittagsstunde gegönnt hatte. Die lockigen Haare standen jedenfalls kreuz und quer auf seinem Kopf.

„Hallo Herr Martens. Können Sie sich noch an uns erinnern?"

Nach kurzem Zögern schien die Erinnerung wieder zu kommen. „Ja, äh, die Sache mit Bärbel, Bärbel Eilert, vor drei Jahren in Freiburg. Da waren Sie kurz bei mir."

„Dürfen wir vielleicht herein kommen? Wir müssen mit Ihnen erneut sprechen? Diesmal geht es um Beatrice Holdorf."

Benno Martens führte die beiden Polizisten in das Wohnzimmer. Die Einrichtung kam Birte und Fredi irgendwie bekannt vor. Benno Martens hatte die hellen Buchenholzmöbel aus Freiburg mit nach Bützfleth genommen. Der große Fernseher hatte auch seinen Platz in der neuen Umgebung gefunden.

„Sie haben vom Tod und von den Umständen ihres Todes wahrscheinlich schon gehört?"

„Ja, natürlich. Das ist ständiges Gesprächsthema bei uns. Das ist fürchterlich, auch für die Eltern ein großer Schock. Wer macht so etwas?"

„Sie waren der Lehrer für Mathe und Sport in der Klasse

von Beatrice. Hatten Sie in der 10 B auch am Tage ihres Verschwindens Unterricht?“

„Nein, das war einen Tag vorher. Mathe. Da waren die Leistungen von Beatrice wirklich nicht gut. Sie wirkte oft abwesend. Aber das ging anderen Lehrern auch so. Ich denke, Sie haben bestimmt schon mit der Klassenlehrerin Sonja Bartels gesprochen. Beatrice hatte Drogenprobleme und Sonja war deswegen mit den Eltern in Kontakt getreten.“

„Hatten Sie den Eindruck, dass Beatrice zuletzt verändert wirkte? Ist Ihnen da etwas aufgefallen?“

„Also, aufgefallen ist mir, dass sie in letzter Zeit auch beim Sport nicht mehr so eifrig dabei war. Anfangs war das noch anders. Aber ich habe mir darüber keine großen Gedanken gemacht. Ich habe mir eher Sorgen wegen ihrer Mathe-Leistungen gemacht.“

„Verstehen Sie uns nicht falsch. Aber Sie waren Lehrer in Freiburg, als Bärbel Eilert ums Leben gekommen ist. Sie ziehen nach Stade bzw. Bützfleth um, und jetzt wird Beatrice Holdorf ermordet. Wir mussten ganz einfach mit Ihnen sprechen. Warum haben Sie überhaupt die Schule gewechselt? Sie haben doch ursprünglich in Hannover unterrichtet.“

Bevor Benno Martens antworten konnte musste Fredi kurz einhaken. „Oh, Sie haben ja immer noch die Videokamera von Toshiba. Die war mir damals schon aufgefallen, weil ich auch so eine hatte.“

Die besagte Videokamera stand auf dem Sideboard neben dem Fernsehgerät. „Ja, äh, die Videokamera ist unverwüstlich. Die ist mit mir hierher umgezogen. Der Umzug? Freiburg war ja ganz nett. Auch hatte das Kollegium mich gut aufgenommen. Aber das kulturelle Angebot war dann doch zu mager. Museen, Kneipen, Kinos. Da bietet Stade natürlich schon deutlich mehr. Und Bützfleth hat ein eigenes Freibad. Deshalb bin ich auch hierhergezogen."

„Wir müssen Sie das leider fragen: Was haben Sie letzte Woche am Mittwochnachmittag gemacht?" Birte kam jetzt auf den eigentlichen Grund des Besuches zu sprechen.

„Sie fragen mich ernsthaft nach meinem Alibi? Habe ich nicht. Ich habe nachmittags Klassenarbeiten korrigiert und abends einen Film angesehen. Aber ich hatte doch überhaupt keinen Grund, ihr etwas anzutun. Und dann noch den Mund zukleben. Das ist doch einfach nur krank."

„Leben Sie hier eigentlich allein?" Fredi stellte die Frage und warf gleichzeitig einen Seitenblick auf Birte, die eine leichte Röte im Gesicht zeigte.

„Ja, ich bin immer noch Single. Die Richtige ist mir bisher noch nicht über den Weg gelaufen." Fredi konnte sich ein leichtes Grinsen in Richtung Birte nicht verkneifen.

Birte wechselte leicht verärgert das Thema. „Haben Sie eigentlich ein Auto? Sie müssen ja schließlich zu unterschiedlichen Zeiten nach Stade kommen. Und die Busse in die Stadt verkehren ja nicht so häufig."

„Da haben Sie recht. Der ÖPNV könnte eine noch bessere Anbindung nach Stade bieten. Hier in Bützfleth ist es ja auch fast wie auf dem Dorf. Da muss man schon recht häufig in die Stadt. Hab mir einen Japaner, einen Mazda MX 5, zugelegt. Ein kleiner sportlicher Flitzer."

„Wissen Sie eigentlich auch etwas über die Drogenszene an der Schule? Kennen Sie Schüler, die dealen?"

„Nein, ich weiß nur, dass wir diese Probleme haben. Aber an anderen großen Schulen ist es sicher auch nicht anders."

„Wir geben Ihnen mal unsere Karten, falls Ihnen noch etwas einfällt. Irgendeine Besonderheit aus der letzten Zeit, die uns vielleicht weiterhelfen könnte."

Beim Weggehen sahen die Polizisten den kleinen Flitzer auf der gegenüberliegenden Seite stehen. Auf dem Rückweg gingen die beiden das Gespräch noch mal durch. Benno Martens blickte ihnen durch das Küchenfenster nachdenklich hinterher. Sein Blick ging dann aber auch hinüber zu dem nahegelegenen Freibad. Er freute sich schon darauf, die Nachmittage auf der Liegewiese dort zu verbringen und die hübschen jungen Dinger zu beobachten, die in ihren knappen Bikinis einfach wunderschön aussahen.

„Eigentlich ist er unverdächtig, wenn nicht die Sache in Freiburg gewesen wäre. Er hätte, soweit wir das sehen können, auch gar kein Motiv gehabt. Ein merkwürdiger Zufall ist es aber schon." Birte fasste ihre Eindrücke des Gespräches zusammen.

„In dem MX 5 konnte er aber auch keine Leiche transportieren. Der hat ja fast keinen Kofferraum. Und irgendwie musste die Leiche von Beatrice Holdorf ja nach Abbenfleth gekommen sein." Mit Fredis Bemerkung kamen schließlich beide zum Schluss, dass der Lehrer nicht mehr als Tatverdächtiger in Betracht kam.

23.

Birte war an diesem Nachmittag im Büro damit beschäftigt, einige Dienstberichte zu verfassen. Sie kam aber nicht so recht voran, da sie mit den Gedanken ganz woanders war. Ihr Vater Roland Langphal hatte sich seit 14 Tagen nicht mehr gemeldet. Anrufe auf sein privates Handy nahm er nicht entgegen. Vielleicht hatte er es vor Antritt seiner Dienstreise nach Südamerika auch in der Wohnung in Harburg gelassen. Wenn er beruflich unterwegs war, benutzte er regelmäßig Handys, die von seinem Arbeitgeber, der Harburger Rundschau, gestellt wurden. Und auch diese wechselte er häufiger durch. Bei seinem letzten Anruf war er in Brasilien und auf dem Sprung nach Argentinien. Seine Recherchen, das wusste Birte, waren dabei nicht immer ganz ungefährlich. So hatte er beim letzten Telefonat von einem Hotel aus Andeutungen gemacht, dass er einer großen Schmiergeldaffäre auf der Spur war. Mehr konnte und wollte er bei dem Gespräch nicht verraten. Die Sorge, dass ihr Vater nach dem Verlust der Ehefrau zu leichtsinnig bei seinen Ermittlungen war, trieb Birte mehr und mehr um. Ihre Tasse Kaffee, die sie nachmittags trank, wurde während ihrer Grübeleien mittlerweile kalt.

„Hallo …, Entschuldigung, ich hatte geklopft. Aber das haben Sie wohl nicht gehört."

Ein junges Mädchen reckte den Kopf um die Tür herum und blickte auf Birte, die nun aus ihren Gedanken gerissen wurde.

„Aber natürlich. Komm doch herein. Ich habe das Klopfen wirklich nicht gehört. Ich darf doch du sagen, oder? Wie heißt du denn und was kann ich für dich tun?"

„Ich hatte Ihren Namen an der Tür gelesen. Frau Langphal? Sie waren doch vor einigen Tagen bei meinen Eltern gewesen, wegen Beatrice."

„Ja, das stimmt. Ich war bei der Familie Holdorf und habe die schreckliche Nachricht überbringen müssen. Dann bist du bestimmt die Schwester Katrin, ist das richtig? Du bist an dem Abend ja nicht da gewesen. Setz dich doch. Möchtest du etwas trinken, ein Wasser?"

Katrin war erkennbar unschlüssig und wirkte verschüchtert. Vorsichtig trat sie in das Büro von Birte ein. Die Hände hatte sie vor dem Bauch miteinander verknotet. Mit hochrotem Gesicht nahm sie den Besucherstuhl ins Visier.

„Nein danke. Trinken möchte ich nichts". Mit diesen Worten setzte sie sich auf die vordere Kante des Sitzes vom angebotenen Besucherstuhl und knetete ihre Hände weiter. Bevor sie noch etwas sagen konnte, kamen ihr die Tränen und Birte gab ihr ein Papiertaschentuch.

„Was mit deiner Schwester passiert ist, das ist wirklich furchtbar. Ich kann mir vorstellen, wie es deinen Eltern und dir zurzeit geht. Was hast du denn auf dem Herzen?"

„Ich ..., ich weiß auch nicht, ob es richtig ist, dass ich hierhergekommen bin. Vielleicht ist es auch völlig unwichtig, was mir aufgefallen ist."

„Das können wir dann ja sehen, wenn du mir gesagt hast, was dir aufgefallen ist. Hast du etwas beobachtet oder hast du gar einen Verdacht, wer so etwas Schlimmes deiner Schwester angetan hat?"

„Nein, nein. So ist das nicht. Einen Verdacht habe ich nicht und beobachtet ..., also selbst gesehen habe ich das nicht."

„Sag einfach, was du im Zusammenhang mit dem Tod deiner Schwester bemerkt hast. Vielleicht eine Veränderung bei

Beatrice?"

„Ja, so kann man das sagen. Eine Veränderung. Beatrice ging eigentlich ganz gerne zur Schule, auch wenn sie zuletzt ihre Probleme hatte. Davon haben Sie sicher schon gehört. Der Sportunterricht machte ihr besonders Spaß. Nur zuletzt …"

„Was war denn zuletzt? Hatte sie keinen Spaß mehr am Sport?"

„Also der Sportlehrer, Herr Martens, ist wirklich sehr nett und hat auch ganz tolle Ansichten. Vielleicht tue ich ihm auch unrecht. Aber das mit den Aufnahmen, das war Beatrice irgendwann nicht mehr geheuer."

„Wieso Aufnahmen? Was hat Herr Martens denn aufgenommen?"

„Verstehen Sie mich bitte nicht falsch. Das hat der Benno Martens alles mit unseren Eltern an einem Elternabend und auch mit der Klasse abgestimmt. Und die Aufnahmen hat er hinterher gezeigt, um zu zeigen, was man beim Turnen besser machen kann."

„Wenn ich das richtig verstehe, dann hat euer Sportlehrer also Videoaufnahmen beim Sportunterricht gemacht und diese dann mit den Schülern besprochen. Hattest du auch Sport bei Herrn Martens und weiß die Schulleitung auch davon?"

„Ja, ja, ich glaube schon, dass Herr Modersohn informiert ist. Unsere Klasse hatte allerdings keinen Sportunterricht bei ihm. Ich weiß das nur von Beatrice. Ihr waren die Aufnahmen zuletzt nicht mehr so recht. Sie hatte das Gefühl, dass bei ihr, aber auch bei den anderen, nicht nur die Übungen aufgenommen wurden, sondern auch hier oben und der Po."

Die letzten Worte von Katrin waren kaum noch zu verstehen. Sie senkte den Kopf und weinte still vor sich hin. Birte wartete einen Augenblick ab, um den Verdacht von Katrin ein wenig sacken zu lassen und um ihr Gelegenheit zu geben, sich wieder zu beruhigen.

„Das hat mir Beatrice dann irgendwann berichtet. Sie hatte eben das Gefühl, dass Herr Martens mit der Videokamera eben nicht nur aus der Entfernung Aufnahmen machte, sondern auch ganz dicht herankam, um …"

Weiter kam Katrin nicht. Ein erneuter Weinkrampf machte ein weiteres Sprechen unmöglich. Ihr Gesicht war nun vollständig hinter dem Taschentuch verborgen.

„Hat Beatrice noch mit anderen Schülerinnen oder den Eltern über ihren Verdacht gesprochen? Weißt du etwas darüber?"

„Nein, ich glaube nicht, dass sie noch mit anderen gesprochen hatte. Und mit den Eltern schon gar nicht. Das wäre ihr sicher viel zu peinlich gewesen. Vielleicht hat sie sich ja auch getäuscht. Herr Martens ist doch so ein netter Lehrer."

*

„Guten Tag Herr Modersohn. Birte Langphal von der Kripo Stade am Apparat. Schön, dass ich Sie heute Nachmittag noch in ihrem Büro erreiche. Ich muss Sie noch einmal kurz stören und etwas zu dem Sportlehrer Benno Martens wissen."

Der Schulleiter war schon auf dem Sprung und wollte den Heimweg antreten. Er wirkte daher etwas zugeknöpft, als erneut die Kripo ihn behelligen wollte.

„Ja, was gibt es denn noch. Ich habe doch schon gesagt, dass wir froh sind, dass Herr Martens zu uns gewechselt ist.

Ein junger und sehr engagierter Lehrer, der von allen sehr geschätzt wird."

„Gab es in letzter Zeit auch mal Beschwerden über ihn, von Eltern oder vielleicht sogar von Schülerinnen?"

„Nein, überhaupt nicht. Wie kommen Sie überhaupt darauf?"

Birte berichtete von dem Gespräch, dass sie mit Katrin kurz zuvor geführt hatte. Den Namen von Katrin erwähnte sie nicht dabei. Kaspar Modersohn konnte zunächst nicht antworten. Der Verdacht, dass sein Sportlehrer solche Aufnahmen machen sollte, ließ bei ihm den ohnehin schon erhöhten Blutdruck noch weiter ansteigen. Schweißperlen bildeten sich auf seiner Stirn. Sollte hier etwa ein weiteres Problem auf ihn zukommen?

„Also, ich kann mir das beim besten Willen nicht vorstellen. Die Videoaufnahmen habe ich ausdrücklich gebilligt und auch die Eltern haben ihr Einverständnis gegeben."

„Es gab also hierzu keine Beschwerden oder Rückfragen in letzter Zeit?"

„Nein. Das sagte ich doch schon. Und jetzt entschuldigen Sie mich bitte. Ich habe noch einen anderen Termin."

Der Vorwurf war ungeheuerlich. Kaspar Modersohn musste umgehend wissen, ob an dem Vorwurf etwas dran war. Ein solcher Skandal würde umfangreiche Untersuchungen der Schulbehörde nach sich ziehen. Er als Schulleiter stünde unweigerlich auch in der Mitte der Kritik. Mit zittrigen Händen suchte er die private Telefonnummer von Benno Martens heraus.

„Gut, dass ich Sie zu Hause erreiche. Ich muss dringend etwas mit Ihnen besprechen ..."

24.

Fredi hatte das zivile Polizeifahrzeug schon vor dem Eingang der Polizeiwache in der Teichstraße postiert. Er ließ es sich auch jetzt wieder nicht nehmen, das Fahrzeug zu fahren. Leni Oberdiek, die ihre letzten Tage vor Beginn des Abschlusslehrgangs hatte, durfte noch einmal mitfahren zum Außentermin. Sie hatte auf dem Rücksitz Platz genommen und ließ den Beifahrersitz frei für ihre Ausbildungsleiterin Birte Langphal. Es dauerte eine Weile, bis Birte die Wache verlassen konnte. Sie musste zunächst den Dienststellenleiter Dollhaus auf den laufenden Stand bringen. Nach dem mit Katrin Holdorf geführten Gespräch und dem von ihr geäußerten Verdacht stand umgehend ein erneutes Gespräch mit Benno Martens an.

Auf der Fahrt nach Bützfleth erkundigte sich Fredi zunächst bei Leni Oberdiek nach den Plänen für die Zeit nach Abschluss ihrer Ausbildung. „Also wenn ich wählen dürfte, dann würde ich schon sehr gern in Stade bei der Kripo bleiben. Bin doch eine Staderin und kenne mich hier sehr gut aus. Das hat doch auch Vorteile für die Polizei, oder?" Birte nickte nur, sie war in Gedanken schon bei dem anstehenden Gespräch.

„Wenn der Verdacht mit den Aufnahmen stimmt, dann hat dieser Benno das vielleicht ja auch in Freiburg schon gemacht. Da hatte er ja auch bereits diese Videokamera."

„Ja, und dann geilt sich dieses Schwein daran auf und holt sich einen runter, wenn er sich die Nahaufnahmen der jungen Mädchen zu Hause ansieht. Das ist einfach ekelhaft."

„Na, komm Fredi. Noch wissen wir es nicht. Und ob da wirklich dann ein Zusammenhang mit den Todesfällen besteht, steht noch in den Sternen. Mal sehen, was er zu den Vorwürfen sagt."

Fredi parkte das Zivilfahrzeug vor dem Doppelhaus in der Blumenstraße in Bützfleth. Der MX 5 von Benno Martens war nicht zu sehen. Zu dritt gingen sie zur Wohnungseingangstür. Auch nach mehrmaligem Klingeln war in dem Doppelhaus keine Regung zu vernehmen.

„Na, der feine Herr Lehrer schläft diesmal wohl nicht, sondern ist ausgeflogen. Sein Flitzer steht ja auch nicht in der Nähe."

„Ich glaube, Sie haben Recht. Benno ist nicht da." Aus der Eingangstür der Nachbarwohnung schaute ein älterer Mann, der offensichtlich auch ein Nachmittagsschläfchen gehalten hatte. Seine Haare ließen zumindest darauf schließen.

„Als ich vorhin vom Einkaufen zurückkam, ist er aus dem Haus. Muss es wohl ziemlich eilig gehabt haben. Hat nicht mal gegrüßt, das kenne ich gar nicht von ihm. Und dann fährt er auch noch mit quietschenden Reifen los, aber das macht er öfter schon mal."

„Wissen Sie vielleicht, wo er hin sein könnte?"

Der Nachbar schaute zunächst etwas misstrauisch auf die drei Besucher, die vergebens bei Benno Martens klingelten.

„Sind Sie Kollegen von Herrn Martens?"

„Ja, so ähnlich. Er muss wohl unseren Termin vergessen haben und wir würden gerne mit ihm etwas abstimmen." Fredi wollte die Angelegenheit etwas abkürzen und erwähnte lieber nicht das eigentliche Anliegen.

„Also, gesagt hat er ja nichts. Aber ich könnte mir vorstellen, dass er in seine Gartenlaube gefahren ist. Nachmittags oder am Wochenende ist er häufig da. Das braucht er wohl zu Entspannung."

Die Polizisten ließen sich den Standort der Laube im Barger Weg in Stade erklären und machten sich auf den Weg dahin. Auch Fredi konnte mit quietschenden Reifen anfahren, was der Nachbar nur mit einem Kopfschütteln quittierte. „Den Bereich kenne ich gut, da habe ich mich als Kind oft mit einer Schulfreundin getroffen." Leni freute sich, dass sie jetzt die Führung dahin übernehmen konnte.

Im Eingangsbereich des Barger Weges stellte Fredi das Polizeiauto etwa 300 Meter vor der vermuteten Laube ab. Da den Polizisten die eilige Abfahrt von Benno Martens etwas suspekt vorkam und ein angenehmes Gespräch mit ihm nicht zu erwarten war, sollte Leni wieder den Funkverkehr im Zivilfahrzeug überwachen. Die Enttäuschung stand ihr förmlich ins Gesicht geschrieben.

„Mach dir nichts draus, Leni. Du wirst in deinem Polizistenleben noch viele Gespräche mit Verdächtigen führen dürfen." Die Worte von Fredi waren für Leni aber nur ein schwacher Trost. Birte und Fredi vergewisserten sich, dass sie ihre Dienstwaffen dabei hatten und machten sich auf den Weg. Die Laube lag etwas abseits der Straße, zur rechten Seite hin. Der Trampelpfad zur 50 Meter entfernten Hütte wirkte ziemlich verwildert, er wurde offensichtlich nur selten benutzt. Unkraut und Brennnesseln ragten auf den mit Schotter belegten Weg.

Ich soll schon wieder nicht mit! Immer, wenn es spannend wird, muss ich auf den blöden Funkverkehr aufpassen. Da passiert doch ohnehin nichts. Ich möchte doch endlich mal sehen, wenn jemand verhaftet wird.

Nachdem Birte und Fredi auf den Trampelpfad eingebogen waren, konnte Leni es nicht mehr aushalten und schlich vorsichtig hinterher. Hinter einem Busch blieb Leni stehen und konnte beobachten, wie Birte mehrfach energisch an die Tür der Gartenlaube klopfte. Fredi sah dabei durch das Fenster, das sich neben der Eingangstür befand. Nichts rührte sich. „Er muss aber da sein. Seinen Flitzer hat er ja im Barger Weg abgestellt. Und so viele MX 5 gibt es wohl nicht in Stade."

Leni konnte sehen, wie die beiden Polizisten vergeblich versuchten, in die Hütte zu gelangen. War Benno Martens etwa doch nicht da? Unvermittelt schwang ein hinteres Fenster der Laube auf. Dann kletterte ein Mann aus dem Fenster und machte sich unversehens daran, das Gelände in Richtung der nahegelegenen Schwinge zu verlassen. Das muss er sein, dachte Leni nur. Der darf doch wohl nicht entwischen.

Ein knackender Ast verriet den beiden Polizisten, dass sich hinter der Laube jemand befinden musste. Sie zückten ihre Dienstpistolen und gingen vorsichtig um die Laube herum. Birte links herum, Fredi rechts.

Benno Martens hatte das Grundstück bereits verlassen und rannte mittlerweile mit einer Leinentasche in der rechten Hand über eine verwilderte Wiese Richtung Schwinge. „Komm Fredi, den schnappen wir uns. Der will zum Wasser runter."

Die beiden Polizisten machten sich auf den Weg und rannten dem Lehrer hinterher. Wegen der unebenen Wiese stolperten sie immer wieder und konnten die Entfernung zu dem sportlich durchtrainierten Benno Martens nicht verkürzen. Mit einem Blick zur rechten Seite nahm Birte wahr, dass ein Fahrzeug in hoher Geschwindigkeit in einer parallel zur Wiese verlaufenden Straße ebenfalls in Richtung Schwinge unterwegs war.

„Das ist doch unser Auto! Was macht Leni denn jetzt schon wieder?"

Birte konnte über ihre Verärgerung nicht weiter nachdenken. Zu sehr musste sie sich auf den unebenen Untergrund konzentrieren, um nicht selbst aus dem Tritt zu geraten. Benno Martens war derweil nicht mehr allzu weit vom Flusslauf entfernt. Fredi hatte ebenfalls den Wagen registriert und er hatte Mühe, den Abstand zu verkürzen.

Benno Martens war mittlerweile schon in Sichtweite der Schwinge. Ein Sprung über den nächsten Graben und dann waren es nur noch 40 Meter, noch 30 .... *Dann kann ich die Videokassetten entsorgen. Entweder werden sie gar nicht mehr gefunden oder die Aufnahmen sind nicht wieder herzustellen, hoffentlich. Gut, dass mich der Modersohn mit seinem Anruf vorgewarnt hat. Welche blöde Kuh hat sich bloß bei der Polizei ausgeweint? Na, egal, die können mir gar nichts nachweisen ...*

„Halt! Bleiben Sie sofort stehen."

Eine junge Frau hatte sich ihm in den Weg gestellt und hob wie ein Verkehrspolizist ihren rechten Arm, um den Lehrer aufzuhalten. Benno Martens blieb kurz überrascht stehen und sah verwundert auf die kleine Gestalt mit den kurzgeschorenen roten Haaren. Da er mehr als einen Kopf größer war, nahm er diesen Versuch nicht allzu ernst.

„Was willst du kleiner roter Zwerg? Mach Platz und geh' zur Seite!"

„Kommissar-Anwärterin Leni Oberdiek. Sie gehen jetzt keinen Schritt weiter und sind vorläufig festgenommen."

„Ha, ha, ha. Das ist ein guter Witz. Anwärterin bist du, auf was?"

Mit diesen Worten wollte Benno Martens die junge Polizistin mit der freien linken Hand zur Seite schieben, um seine Flucht fortzusetzen. Diesen Fehler bereute er allerdings sehr schnell. Leni ergriff den Arm mit beiden Händen und drehte sich kraftvoll in den Körper des Lehrers hinein, der dadurch das Gleichgewicht verlor. Leni zog den Arm über ihre Schulter, bückte sich nach vorn und warf Benno Martens über ihren Körper hinweg, der dann mit voller Wucht auf dem Rücken landete. Die Leinentasche ließ er dabei los. Sie fiel samt Inhalt in einen kleinen Busch hinein. Leni warf sich mit ihrem ganzen Gewicht nun auf Benno Martens und drückte mit dem rechten Unterarm auf seine Gurgel, so dass der Lehrer zunächst regungslos liegenblieb und nach Luft schnappen musste.

„Wenn Sie es genau wissen wollen, bin ich auch Anwärterin auf den braunen Gürtel und das war eben ein blitzsauberer Ippon."

„Leni, was machst du denn nun schon wieder?"

Birte und Fredi kamen jetzt zeitgleich angerannt und sahen, wie Leni den Lehrer unter sich begraben hatte. Fredi musste zunächst einmal nach Luft schnappen und beugte sich vor. Schweißperlen auf der Stirn zeugten davon, dass er nicht mehr so gut durchtrainiert war.

„Ich konnte den Tatverdächtigen doch nicht davonkommen lassen. Ich habe gesehen, wie er hinten aus der Hütte rausgestiegen ist und abhauen wollte. Da bin ich zum Wagen zurück und die Straße Am Mühlenteich runtergefahren, um ihn hier abfangen zu können. Ihr wisst doch, ich kenne mich hier gut aus."

„Aber wieso hast du denn überhaupt den Wagen verlassen? Du solltest doch ... Na, ist jetzt auch egal."

Fredi war jetzt wieder in der Lage zu sprechen und musste mit einem Schmunzeln zugeben: „Wenn das so weitergeht Birte, dann werden wir beide bald nicht mehr gebraucht. Und sieh' her, wir haben hier auch eine nette Leinentasche mit vielen Videokassetten. Ich denke, das sind aber keine Urlaubs-Videos Herr Martens, oder?“

Fredi hatte die Leinentasche entdeckt und hielt sie dem Lehrer vor die Nase. Benno Martens war jetzt vom Würgegriff der jungen Polizistin befreit, sagte aber nichts.

„Herr Martens. Sie müssen uns jetzt auf das Polizeirevier begleiten. Ich denke, Sie haben uns einiges zu erzählen. Und zu dir Leni …“ Birte konnte sich ein Grinsen kaum verkneifen.

„Der Abschlusslehrgang steht ja nun in Kürze an. Ich werde die abschließende Beurteilung noch etwas erweitern: ‚Frau Oberdiek hat in jeder Situation alles im Griff.‘“

25.

Im Gebäude der Polizeiinspektion war der Verhörraum neu eingerichtet. Während vorher Gespräche mit Verdächtigen in den größeren Büros durchgeführt wurden, konnte seit einiger Zeit ein eigens dafür eingerichteter Raum genutzt werden. Bild- und Tonaufnahmen erfolgten automatisch. So konnten die Verhöre im Nachhinein noch weiter ausgewertet werden. Der Raum war bewusst sehr spartanisch eingerichtet, damit sich alle Beteiligten auf das Wesentliche konzentrieren konnten. Die Person, die verhört werden sollte, saß an einem einzelnen Tisch, während gegenüber mit einem Abstand von drei Metern ein längerer Tisch stand, an dem bis zu vier Personen Platz nehmen konnten. Hauptkommissar Dollhaus, der auch jetzt das Verhör von Benno Martens leitete, hatte angeordnet, dass zur Sicherheit auch eine Schreibkraft dabei sein sollte, falls die Technik ausfallen sollte. Da Mendi Kistner Steno perfekt beherrschte, war sie für diese Aufgabe prädestiniert. Sie saß an einem kleinen Tisch etwas abseits und hatte den verdächtigen Lehrer im Blick. Wie immer hatte sie sich perfekt gestylt und einen dezenten Lippenstift aufgetragen. Benno Martens nahm mit blassem Gesicht auf dem ihm zugewiesenen Stuhl Platz. Neben Dollhaus setzte sich Birte Langphal, die aber die Gesprächseröffnung ihrem Chef überlies. Im Nebenraum konnten Fredi Marx und Leni Oberdiek durch eine vom Verhörraum undurchsichtige Glasscheibe das Gespräch verfolgen und hörten auch den Ton.

„Herr Martens. Ihre Personalien haben wir ja schon aufgenommen. Und Sie wissen auch, dass wir Sie hier in einer Mordermittlung befragen. Aber fangen wir vielleicht erstmal mit den Videoaufnahmen an …“

Die Videoaufnahmen waren in der Zwischenzeit gesichtet worden. Es gab jeweils eine Langversion einer Turnübung von Mädchen und auch von Jungen. Bei den Turnübungen der Mädchen wurde zwischendurch immer wieder ganz nah herangezoomt, so dass insbesondere die Brüste und der Po der Schülerinnen zu sehen waren. Die Aufnahmen waren sowohl in der Turnhalle der Stader Schule als auch in Freiburg gemacht worden. Daneben gab es auch ältere Aufnahmen, bei denen die Ermittler davon ausgingen, dass sie aus der Zeit aus Hannover stammten. Neben der Langversion gab es dann auch gekürzte Versionen, bei denen die herangezoomten Teile fehlten. Diese Aufnahmen wirkten dann etwas abgehackt.

„Die Kurzversion haben Sie also dann den Schülerinnen und Schülern gezeigt, während die Langversionen in ihrem privaten Archiv verschwanden und Sie sich dann daran aufgegeilt haben, oder wie ...?"

Hauptkommissar Dollhaus hatte sich schon nach kurzer Zeit etwas in Rage geredet. Birte Langphal übernahm deshalb kurzzeitig das Gespräch.

„Und es fiel den Schülerinnen nicht auf, dass die Aufnahmen etwas bearbeitet aussahen?"

„Nein, nein. Zumindest nicht gleich. Die waren eigentlich alle froh, dass sie ihre Turnübungen auf den Videos sehen konnten."

„Haben Sie auch Beatrice Holdorf und Bärbel Eilert aufgenommen?"

„Beatrice, ja. Ich denke schon. Aber Bärbel Eilert, was hat die denn damit zu tun? Überhaupt, ich habe nichts Schlimmes gemacht. Ich habe den Schülerinnen nichts getan. Das war doch nur, weil ich ..., weil ich ... Ich kann einfach mit älteren Frauen nichts anfangen."

„Und dann haben Sie eben die Aufnahmen dieser jungen Dinger als Vorlage für ihr privates Vergnügen benutzt. Das ist ja einfach ekelhaft. Und Ihnen als Pädagoge hat man auch noch diese Mädchen anvertraut." Dollhaus konnte nicht mehr an sich halten und schnaubte fast vor Wut. Birte blieb dagegen erstaunlich ruhig und sachlich und versuchte, den zeitlichen Ablauf zu verstehen.

„Die Versetzung von Hannover nach Freiburg. Wollen Sie uns wirklich weismachen, dass Sie Freiburg so interessant fanden, oder was war der wirkliche Grund dafür?"

„In Hannover wollten auch Eltern die Aufnahmen sehen. Das konnte ich ihnen dann auch nicht verwehren. Und denen fiel auf, dass bei den Mädchen immer Teile herausgeschnitten wurden. Das konnte ich nur mit Mühe erklären und habe mich daher lieber auf eine freie Stelle in Freiburg beworben."

„Und da ging es auf Dauer auch nicht gut?"

„Nein, eine Schülerin fing an, Fragen zu stellen. Und so bin ich dann nach Stade zur Realschule gegangen."

„Ist Bärbel Eilert Ihnen auf die Schliche gekommen?"

„Was haben Sie denn immer mit Bärbel Eilert? Nein, die war das nicht. Und zu Bärbel Eilert haben Sie mich doch auch schon damals befragt."

„Die Videokassetten hatten Sie dann in der Laube versteckt oder wieso sind Sie dorthin gefahren?"

„Ich hatte immer nur wenige Videos in meiner Wohnung. Die älteren Aufnahmen lagen dann in der Laube. Und als mich der Modersohn anrief, da wusste ich, dass ich alles entsorgen muss."

„Das ist Ihnen dank unseren jungen Kollegin aber nicht gelungen." Bei diesen Worten von Birte blickte Benno Martens auf und rieb sich mit der rechten Hand den Nacken. Er konnte noch immer den harten Aufschlag auf dem Boden spüren.

„In jedem Fall …" Dollhaus übernahm jetzt wieder die Gesprächsführung, „… werden Sie sich in dieser Schmuddelaffäre auf ein Disziplinarverfahren einstellen müssen. Da kennt die Schulaufsichtsbehörde keinen Spaß. Das ist Ihnen hoffentlich auch bewusst. Und strafrechtliche Folgen wird das sicher auch haben. Kommen wir jetzt aber einmal zur eigentlichen Mordermittlung. Was haben Sie mit den beiden Mädchen gemacht? Fangen wir erstmal mit Bärbel Eilert an …"

„Zu Bärbel Eilert habe ich doch schon damals alles gesagt. Was wollen Sie mir eigentlich anhängen? Ich habe gehört, dass Sie davon ausgehen, dass Sie sich selbst das Leben genommen hat. Ich habe damit jedenfalls nichts zu tun. Ich bin doch schließlich auch Pädagoge und kann den Schülern doch nichts antun."

„Ein schöner Pädagoge sind Sie. Sie sind ein perverses Schwein, wenn ich das mal so deutlich sagen darf! Und Beatrice Holdorf? Ist Ihnen die auf die Schliche gekommen?"

„Das weiß ich nicht. Gesagt hat sie nichts und bemerkt habe ich auch nichts. Aber warum sollte ich so etwas abartiges mit dem armen Mädchen machen? Ich habe doch schon gesagt, dass ich an dem Nachmittag zu Hause war. Ich habe doch gar kein Motiv, sie umzubringen."

Das Gesicht von Benno Martens hatte sich mittlerweile rot verfärbt. Er wirkte völlig aufgewühlt. Tränen standen ihm in den Augen. Er fuhr immer wieder durch seine Haare, die jetzt kreuz und quer zu Berge standen. Das weitere Verhör verlief ergebnislos, so dass der Lehrer wieder ins Untersuchungsgefängnis gebracht wurde.

Die Ergebnisse des Verhörs wurden im Anschluss unter Beisein von Fredi Marx und Leni Oberdiek zusammengefasst und besprochen. Birte fasste die Ergebnisse nochmals zusammen: „Ist Bärbel Eilert überhaupt ein Fall für uns? Wir kamen damals zu dem Schluss, dass es wohl Suizid gewesen sein muss. Und Beatrice Holdorf? Ein Motiv kann ich bei unserem Pädagogen nicht wirklich erkennen. Und selbst wenn er es war: Warum klebt er der Toten ein Pflaster auf den Mund und füllt den Mund vorher mit Essen. Das gibt doch gar keinen Sinn. DNA-Spuren haben wir auch keine gefunden."

„Außerdem konnte er mit seinem sportlichen Flitzer eine Leiche auch kaum transportieren. Und warum gerade nach Abbenfleth?", ergänzte Fredi.

„Tja, in der Tat sind die beiden Todesfälle ganz unterschiedlich. Die einzige Gemeinsamkeit ist, dass jeweils Benno Martens als Lehrer auftaucht." Dollhaus wollte das Gespräch bereits beenden.

„Etwas gemeinsames haben die Fälle aber doch noch. Beide Opfer waren magersüchtig." Leni Oberdieks Bemerkung wurde zustimmend zur Kenntnis genommen, ohne daraus einen Schluss ziehen zu können.

26.

Fredi Max hockte in seinem Büro vor dem PC. Die bei ihm unbeliebte Arbeit stand bevor: Er musste den Dienstbericht über die bisherigen Erkenntnisse zum Mordfall Beatrice Holdorf schreiben und Dollhaus vorlegen. Dollhaus drängelte wieder mal. Er wollte unbedingt zeitnah dem Staatsanwalt etwas präsentieren. Obwohl es gab nicht viel zu präsentieren gab. Zu viele Fragen waren noch offen. Ob der Lehrer Benno Martens wirklich tatverdächtig war, da waren sich alle in der Mordkommission noch längst nicht im Klaren.

Sehnsüchtig ging Fredis Blick immer mal wieder zum Mannschaftsfoto des VFL Wolfsburg an der Wand gegenüber. Seit dem Aufstieg in die 1. Liga war er erst einmal bei einem Heimspiel seines Lieblingsvereins dabei gewesen, es wurde mal wieder Zeit, ein Spiel live zu erleben. So richtig konnte er sich auch nicht auf das Schreiben konzentrieren. Und überhaupt, warum macht das nicht die Mendi? Die kann so etwas viel besser als ich mit dem Zwei-Finger-Suchsystem. Vielleicht hilft ja ein Kaffee zwischendurch. Fredi nahm seinen Kaffeepott und machte sich auf den Weg, eine Koffeinstärkung aus dem Vorzimmer von Dollhaus zu holen. Dabei konnte er ja auch Mendi etwas umgarnen. Vielleicht konnte sie ja die Schreibarbeiten übernehmen. Dollhaus war nicht da und würde es sicher nicht bemerken.

Mit Elan schritt er zur Tür, riss sie förmlich auf und war in Gedanken schon beim Versuch, Mendi von seiner Idee zu überzeugen. Fast prallte er dabei mit zwei jungen Mädchen zusammen, die wohl direkt vor seinem Büro gestanden haben mussten.

„Das ist ja mal ein netter Zusammenstoß. Wolltet ihr beiden zu mir?"

„Sie sind doch der Kommissar Marx. Wir würden …, also wir beide würden gerne mal mit Ihnen sprechen." Fredi ging mit dem leeren Kaffeepott wieder in sein Büro und zeigte mit der freien Hand auf die Besucherstühle. Die beiden jungen Mädchen setzten sich und drucksten zunächst ein wenig herum. Ein freiwilliger Besuch bei der Polizei war eben nicht alltäglich und ihnen nicht so ganz geheuer.

„Und was kann ich denn für Euch tun? Nun legt doch mal los."

Das Mädchen mit den blonden lockigen Haaren, das etwas erwachsener wirkte, ergriff das Wort: „Ich war doch schon vor einigen Tagen bei Ihnen. Vielleicht können Sie sich noch erinnern. Es ging um Beatrice." Bei der Erwähnung des Namens der ermordeten Schülerin erröteten beide und senkten die Köpfe. Der Tod des Mädchens ging ihnen offensichtlich sehr nahe.

„Ja, das stimmt. Du kommst mir auch bekannt vor. Verrätst du mir noch mal deinen Namen und den deiner Freundin?".

„Ich bin Alexa, Alexa Petri. Und meine Freundin heißt Carla Kirchberg."

„Ihr seid in einer Klasse mit Beatrice gewesen?"

„Nein, ich bin noch in der 9. Klasse. Aber wir haben zu dritt immer sehr viel gemeinsam gemacht." Carla begann nun auch zu erzählen. Sie war erkennbar jünger, hatte aber die gleichen lockigen Haare wie Alexa, nur in schwarz.

„Uns ist noch etwas eingefallen. Wir wissen auch nicht, ob das wichtig ist. Aber wir waren am Dienstag, also an dem Tag, bevor sie …, also vor dem Mittwoch, da waren wir noch mal zusammen in der Innenstadt. In der Hökerstraße. Da haben wir etwas herumgealbert und die Geschäfte durchstöbert. Wir haben viel Quatsch gemacht und gelacht. Auch Beatrice, das war ja nicht immer so bei ihr. Bis sie dieses komische Gefühl hatte." Carla hatte jetzt die Gesprächsführung übernommen.

„Was für ein komisches Gefühl denn? Ist da irgendetwas passiert?" Fredi spürte jetzt, dass der Besuch der beiden Schülerinnen doch eine wichtige Information bringen könnte.

„Sie fühlte sich von so einem Typen beobachtet. Sie meinte, er würde sie regelrecht anstieren, so richtig böse."

„Habt Ihr den denn auch bemerkt oder gesehen?"

„Nein, so richtig gesehen haben wir den nicht. Es war ja so viel los in der Hökerstraße. Und Beatrice konnte uns auch nicht so richtig zeigen, wen sie meinte. Vielleicht hatte sie sich ja auch geirrt. Aber sie war ab diesem Moment nicht mehr so gut drauf und wollte nur noch nach Hause."

„Kannte Beatrice diesen Typen vielleicht? War das vielleicht einer, der ihr Drogen beschafft hat oder ein Ex-Freund?"

„Nein, das glauben wir nicht. Beatrice hat einfach nur gesagt, dass da einer ist, der sie so giftig anglotzt."

„Tja, also, wenn Ihr ihn mir nicht so richtig beschreiben könntet ..."

„Aber wir haben doch ständig unser Handy in der Hand gehabt und Fotos gemacht. Die meisten löschen wir dann hinterher natürlich, weil da nichts Brauchbares dabei ist. Aber auf einem Foto, das ich gemacht habe, das könnte dieser Typ gewesen sein. Jedenfalls hatte Bea kurz vorher in die Richtung gezeigt und gemeint, der Alte soll endlich Leine ziehen und verschwinden."

Fredi war jetzt ganz bei der Sache und beugte sich über seinen Schreibtisch und schaute auf das Handy, das ihm von

Carla entgegengestreckt wurde. Die Fotoaufnahme zeigte Beatrice Holdorf und im Hintergrund ein Juweliergeschäft in der Hökerstraße.

„Und was soll mir jetzt diese Aufnahme von Beatrice sagen?“ Fredi war schon leicht enttäuscht und hatte wohl mit einer aussagekräftigeren Aufnahme gerechnet.

„Sehen Sie denn nicht den Spiegel da in dem Geschäft? Der Mann, der da zu sehen ist, das könnte er gewesen sein.“

Wie viele Juweliergeschäfte arbeitete auch dieses mit sehr großzügiger Beleuchtung und Spiegelungen, um Aufmerksamkeit zu erzeugen. Im Hintergrund der ermordeten Beatrice war auf einem Spiegel die seitliche Aufnahme eines Mannes zu erkennen. Die Konturen waren zwar sichtbar, aber erkennen konnte man darauf sicher niemanden.

„Hm, und das könnte er also gewesen sei, der böse guckende Mann?“

„Ja, wir denken schon. Bea hatte kurz vorher fast ängstlich dahin geschaut.“

„Aber Ihr kennt ihn nicht, oder? Ist das euer Lehrer Benno Martens?“

„Unser Sportlehrer? Nein, nein, das glauben wir nicht. Das hätte Bea bestimmt auch bemerkt und uns gesagt. Den Typen kannten wir alle nicht.“

„Gut, gut. Ich denke, es war richtig, dass Ihr gekommen seid. Schick mir doch bitte mal das Foto. Wir schauen mal, ob wir damit etwas anfangen können.“

27.

Es herrschte angespannte Stimmung im Büro vom Dienststellenleiter Dollhaus. Er hatte zu einer Besprechung eingeladen, um die bisherigen Erkenntnisse im Mordfall Beatrice Holdorf zu erörtern. Den Bericht hierzu hatte ihm Fredi kurz vorher hereingereicht, er musste ihn nach dem Besuch der beiden Mädchen dann doch selber schreiben. Da der Staatsanwalt mittlerweile Druck machte und auch das örtliche Stader Tageblatt schon in einem vorangegangenen Bericht die Worte Untätigkeit der Polizei verwendete, war Dollhaus sichtlich nervös. Ein ungelöster Mordfall würde für seine weitere Karriere nicht unbedingt förderlich sein. Birte hatte sich ans Flipchart begeben und hielt die Ergebnisse der Besprechung darauf fest.

Dollhaus begann mit einem Analyse: „Was haben wir bisher? Zunächst Benno Martens, sitzt in Untersuchungshaft. Er war sowohl der Lehrer von Beatrice Holdorf als auch von Bärbel Eilert, die vor drei Jahren in Wischhafen gestorben ist. Allerdings sind die beiden Mädchen völlig unterschiedlich zu Tode gekommen. Bärbel Eilert ist ertrunken, wir gingen bisher immer von Suizid aus. Auch wenn diese deutliche Rötung am Handgelenk nicht aufgeklärt werden konnte. Beatrice Holdorf dagegen ist eindeutig ermordet worden. Erwürgt und dann wurde der Mund mit einem Pflaster zugeklebt, nachdem er mit Essen gefüllt worden war. Warum auch immer. Dieser Benno Martens macht ekelhafte Aufnahmen von den jungen Mädchen und hat bei Beatrice zumindest kein Alibi. Aber welches Motiv könnte er haben? Sind ihm beide auf die Schliche gekommen?“

Birte, immer noch am Flipchart stehend, hatte den Namen von Benno Martens eingekreist. Sie hielt mit ihrer Meinung nicht hinter dem Berg: „Wir haben aber keine Spuren im Umfeld der Toten gefunden, die auf den Lehrer hinweisen. Außerdem konnte er Beatrice mit seinem Sportwagen gar nicht transportieren und in Abbenfleth ablegen. Vielleicht sollten wir die Todesfälle auch wirklich trennen. Bei Bärbel Eilert war es erkennbar ein Suizid. Wir haben die Akten geschlossen und das sollte auch so bleiben. Beatrice Holdorf wurde ermordet, aber warum auf diese Art und Weise, und von wem?"

Birte hatte den Namen von Beatrice Holdorf unterstrichen und den von Bärbel Eilert mittlerweile gestrichen. Dollhaus ahnte schon, dass das nächste Gespräch mit dem Staatsanwalt nicht gut verlaufen würde.

„Also gut. Benno Martens ist dann vielleicht raus als Tatverdächtiger. Aber was haben wir dann? Haben Sie oder auch Herr Marx eine Idee, wie es gewesen sein könnte?"

„Als weitere Möglichkeit für ein Mordmotiv haben wir bislang Ärger mit einem Drogendealer zumindest nicht ausgeschlossen. Siegbert von Tramm, der ihr zuletzt Stoff besorgt hatte, scheidet wohl aus. Der hat ein Alibi von seiner Familie bekommen. Einen anderen Drogenhändler, der Beatrice versorgt haben könnte, haben wir bisher leider nicht aufspüren können. Vielleicht gibt es auch keinen weiteren."

Fredi führte noch weiter aus, dass auch die Erkundigungen in ihrem familiären Umfeld oder im Freundeskreis keine weiteren Anhaltspunkte für ein mögliches Mordmotiv und einen Täter in ihrem Bekanntenkreis ergeben hätten.

„Allerdings waren gestern Nachmittag noch zwei Freundinnen von Beatrice da. Das habe ich im Bericht noch gar nicht mit aufgenommen ..." Mit diesen Worten klappte Fredi seinen Laptop auf, und es erschien das Foto von Beatrice in der Hökerstraße. Fredi berichtete von dem Gespräch, dass er mit Alexa und Carla am Vortag geführt hatte.

„Und warum zeigen Sie uns jetzt ein Foto von dem Juweliergeschäft in der Fußgängerzone?"

„Wenn Sie mal im Hintergrund auf den Spiegel im Juweliergeschäft schauen, da ist der Kopf des Mannes zu sehen, der Beatrice zornig angesehen haben soll. Zwar nur von der Seite, aber immerhin."

„Also, Sie wollen uns damit sagen, dass es den großen Unbekannten gibt, den die Mädchen zwar nicht kennen, aber der für die Tat in Betracht kommen soll. Na, großartig! Da mache ich mich beim Staatsanwalt so richtig lächerlich." Dollhaus war nun erkennbar unzufrieden mit den bisherigen Erkenntnissen und lief schon leicht rot an.

„Und Frau Langphal, was ist mit Ihnen? Haben Sie in der Schaufensterauslage eine nette Halskette entdeckt? Sie sagen ja gar nichts mehr."

Birte war in der Tat ganz ruhig geworden und rückte nun ganz nah an den Laptop heran, um das Foto größer zu scrollen. Nachdenklich schaute sie auf die grob verpixelte Abbildung der seitlichen Aufnahme des Mannes im Spiegel.

„Der Mann da auf dem Foto. Ich kann mir nicht helfen, aber ich glaube, ich bin ihm schon mal irgendwo begegnet ..."

*

Benno Martens musste nach einigen Tagen aus der Untersuchungshaft entlassen werden. Ein hinreichender Tatverdacht, der für eine Anklage ausgereicht hätte, war nicht gegeben. Auch die weiteren Gespräche und Erkundigungen brachten keine neuen Erkenntnisse. Die Ermittlungen im Mordfall Beatrice Holdorf kamen nicht voran.

Benno Martens wurde wegen seiner Video-Aufnahmen der jungen Schülerinnen zunächst vom Dienst freigestellt. Nach Abschluss des Disziplinarverfahrens wurde er vom Dienst suspendiert und er durfte künftig keinen Unterricht mehr an öffentlichen Schulen erteilen. Das folgende Strafverfahren endete glimpflich mit einer Bewährungsstrafe. Benno Martens zog dann nach Hannover zurück und jobbte zunächst als Barkeeper in verschiedenen Kneipen in der Altstadt. Dabei machte er nach einiger Zeit Bekanntschaft mit dem Vereinsvorsitzenden des Turnvereins Hannover. Der TV Hannover suchte für die Turnabteilung der Jugend einen hauptamtlichen Übungsleiter. Nach einer kurzen Probephase wurde er fest angestellt und er überzeugte den Vorstand von dem von ihm eingesetzten Hilfsmittel der Videoaufnahmen zur Verbesserung der Leistungen der jungen Turner und Turnerinnen.

28.

2001

In Sao Paulo ging ein heißer Tag zu Ende. 30 Grad waren im brasilianischen Sommer auch für Einheimische wegen der hohen Luftfeuchtigkeit nur schwer zu ertragen. Hatte es am Vortag noch in Strömen geregnet, dampfte die Stadt jetzt fast. Der Abend und eine damit verbundene Abkühlung wurde von allen herbeigesehnt. Das Leben erwachte dann auch erst so richtig bei untergehender Sonne. In der Innenstadt füllten sich die Straßen und die Einkaufsmärkte sowie die Bars und Restaurants konnten jetzt auf Zulauf hoffen. Besser hatten es die Beschäftigten sowie die Gäste in klimatisierten Räumlichkeiten, die sie nach Möglichkeit tagsüber auch nicht verließen.

Zu diesen angenehmen Aufenthaltsorten zählte auch das Fünf-Sterne-Hotel Rosewood an der Rua Itapeva. Zentral gelegen, verfügte diese noble Herberge natürlich über vollklimatisierte Räume. Sowohl in den Gästezimmern als auch im Empfangs- und im Barbereich war das Standard. Für eine erwünschte Abkühlung stand noch ein Außenpool zur Verfügung. Das Hotel machte auch seinem Namen alle Ehre. Die Gästezimmer waren modern eingerichtet. Die Schrankwände und der Bettkasten waren aus hochwertigem und glänzendem Rosenholz gefertigt. Ebenso war der Barbereich in Rosenholz gehalten. Die Barhocker am Tresen waren, ebenso wie auch die Sessel im Loungebereich, mit dunklem Büffelleder bezogen. Ein viel zu bunter Teppichboden störte ein wenig den gediegenen Gesamteindruck. Im Erdgeschoßbereich befand sich, in unmittelbarer Nähe zur Bar, der Konferenzbereich. Auch hier waren die Räume klimatisiert und mit modernster Medientechnik ausgestattet.

An der Bar hatte Esmeralda Platz genommen. Zu dieser Vorabendzeit war es noch kein Problem, einen guten Platz einzunehmen. Esmeralda hatte ein unverschämt kurzes silberfarbenes Glitzerkleid übergestreift, das ihren schwarzen Slip nur mit Mühe bedecken konnte. Mit ihren großen braunen Augen und den langen dunkelbraunen Haaren erzeugte sie beim Barkeeper und auch bei den Gästen Aufmerksamkeit. Dessen war sie sich bewusst, und es war auch so gewollt. Esmeralda hatte mittlerweile den zweiten Caipirinha bestellt, der noch unangetastet vor ihr stand.

Kurz vor 20 Uhr öffneten sich dann die Türen des nahegelegenen Konferenzraumes. Die Teilnehmer strömten aus dem Saal und verteilten sich in verschiedene Richtungen. Am Vorabend der Zusammenkunft waren die Konferenzteilnehmer vom Veranstalter zu einem zwanglosen get together eingeladen worden. Das Kennenlernen endete, wie so häufig, in einem Besäufnis an der Bar. Hier wurden oft bedeutende Geschäftsabschlüsse eingefädelt. Eine Pflichtveranstaltung also für jedes Unternehmen. Die so vorbelasteten Konferenzteilnehmer waren denn auch etwas vom Tag ermattet und strebten zügig zum Auschecken an die Rezeption, um den Heimweg anzutreten. Die Samanto AG, ein weltweit führender Konzern im Bereich des Kraftwerkbaus, der Telekommunikation sowie der Digitalisierung und Automatisierung der Industrie mit Hauptsitz in Hamburg, hatte wieder einmal keine Kosten gescheut, mögliche neue Geschäftspartner in dieser Akquise-Veranstaltung mit allen Annehmlichkeiten zu umgarnen.

Schließlich verließ auch Toni Mangold, Manager bei Samanto, den Konferenzraum. Er hatte noch die letzten Unterlagen zusammengeräumt, die er am nächsten Tag zum nächsten Tagungsort mitnehmen würde. Er wirkte mit seinen leicht geröteten Augen und der schief sitzenden Firmenkrawatte erschöpft. Schon in den letzten Stunden der Veranstaltung waren seine Gedanken bei einem verdienten Feierabendbier. So nahm er denn auch zielstrebig Kurs auf die Bar.

Esmeralda hatte das Ende der Veranstaltung bemerkt und drehte sich halb in Richtung des Konferenzraumes. Sie schlug das linke Bein über das rechte, wodurch das Kleidchen den Slip nicht mehr zu verdecken vermochte. Ihre Gucci-Tasche, natürlich ein Imitat, nahm sie dabei von dem neben ihr stehenden Barhocker, den sie dadurch für einen möglichen durstigen Gast freigehalten hatte. Mangold brauchte jetzt dringend einen Drink und sah den freien Platz neben der dunkelhäutigen Schönheit.

„Ola' linda Mulher. Ist der Platz neben Ihnen noch frei?"

„Danke für die schöne Frau. Ja natürlich, der Platz ist noch frei. Leisten Sie mir gerne Gesellschaft. Und Sie können Deutsch mit mir sprechen."

„Oh, das erwartet man hier nicht unbedingt. Ich nehme Ihr Angebot sehr gerne an. Vielleicht darf ich mich kurz vorstellen. Ich heiße Toni Mangold. Sagen Sie doch einfach Toni zu mir. Ich sehe, Sie haben noch zu trinken. Ich bestelle mir erst mal ein Bier. Beim nächsten Getränk lade ich Sie dann aber ein."

„Ich bin Esmeralda. Danke, das freut mich sehr. Mit einer Unterhaltung auf Deutsch kann ich meine Kenntnisse etwas auffrischen."

„Haben Sie denn in Deutschland eine Zeitlang gelebt und dort gearbeitet?"

„Ja, meine Großeltern waren Deutsche, und so bin ich für zwei Jahre in diesem schönen Land gewesen. Meine Mutter wohnt auch da."

„Sind Sie öfter in diesem Hotel oder hat es Sie beruflich hierher verschlagen?"

„Immer, wenn hier größere Veranstaltungen sind, schaue ich vorbei und freue mich auf angenehme Gesellschaft." Esmeralda setzte ihren Caipirinha an und trank provozierend langsam. Mit der freien linken Hand fuhr dabei sie behutsam über ihren Oberschenkel. Dabei streifte ihr Oberschenkel den von Toni; es bildete sich leichter Schweiß auf seiner Stirn.

„Verstehe, das ist ja auch ein hervorragendes Hotel. Und in Deutschland haben Sie was gemacht?"

„Ich bin immer sehr gern in guter Gesellschaft und freue mich auf angenehme Unterhaltung. Das hat mir auch in Deutschland sehr gut gefallen." Toni Mangold stürzte fast den Rest seines Bieres herunter. Ihm war mittlerweile trotz der Klimaanlage recht warm geworden.

Die Bar füllte sich nun zusehends mit durstigen Gästen. Der Tresen wurde förmlich belagert und der Lärmpegel stieg unaufhörlich an. Nach zwei Stunden hatte Toni noch eine Reihe weiterer Biere geleert. Esmeralda trank mittlerweile Champagner. Ihre Barhocker waren jetzt noch dichter aneinandergerückt. Esmeralda konnte den Körperschweiß von Toni nach seinem langen Arbeitstag förmlich inhalieren. Für ihr Vorhaben ließ sie es aber über sich ergehen.

„Sag mal, Esmeralda. Hier ist noch so viel Betrieb an der Bar. Man kann sein eigenes Wort kaum verstehen. Wollen wir nicht auf mein Zimmer gehen. Da haben wir etwas mehr Ruhe und Zeit für uns." Die Stimme von Toni wirkte auch nicht mehr ganz so frisch. Der Abend zuvor machte sich bei ihm nun deutlich bemerkbar. Er spürte zwar die Müdigkeit, aber die Aussicht auf einen netten Ausklang des erfolgreichen Tages ließ ihn die Strapazen des Gelages mit den Geschäftskunden vom Vortag vergessen.

Nachdem Toni noch eine Flasche Champagner beim Zimmerservice geordert hatte, machten sie sich über den Aufzug auf den Weg in das Zimmer des Samanto-Managers im 3. Stock. Die fast verträumt wirkenden Blicke von Esmeralda mit ihren nahezu schwarzen Augen ließen bei Toni keinen Zweifel aufkommen, was in den nächsten Stunden zu erwarten war. Die Müdigkeit jedenfalls war nicht mehr zu spüren.

Die Zimmer waren exquisit eingerichtet. Hochwertiges Rosenholz-Mobiliar, wohin man schaute. Nur der bunte Teppichboden störte auch hier den Gesamteindruck ein wenig. „Ich möchte mich noch frisch machen, Toni. Ich bin dann gleich bei dir. Mach es dir doch schon bequem.“ Esmeralda zeigte mit ihren langen Fingernägeln in Richtung des Badezimmers und suchte mit ihrer Gucci-Imitat-Tasche den Sanitärbereich auf. Toni nahm in der Zwischenzeit die Flasche Champagner vom Zimmerservice entgegen. Er streifte dann in aller Eile seinen durchgeschwitzten Anzug und das Hemd vom Leib, bis er es sich, nur noch mit seinem blauen Slip bekleidet, auf der breiten Liege bequem machte. Esmeralda war ein Traum. Nur mit einem knappen Nachthemdchen bekleidet, ein durchsichtiges Stück Seide, das nichts zu verbergen versuchte, kam sie kurze Zeit später aus dem Bad. Der betörende Duft eines teuren Parfüms füllte den Raum. Die Schweißperlen auf der Stirn von Toni verstärkten sich noch deutlich. Esmeralda setzte sich neben Toni, dessen Hand unvermittelt unter den leichten Seidenstoff langte und den

Busen der brasilianischen Schönheit zu massieren beginnen wollte. Der ohnehin schon knappe Slip des Managers wurde augenblicklich noch enger.

„Toni, ich habe meine Tasche im Bad liegen lassen. Bist du so lieb und hole sie mir, ja? Danach trinken wir erstmal ein Gläschen auf einen schönen Abend."

Der Wunsch von Esmeralda konnte natürlich nicht ausgeschlagen werden. Toni schwang sich aus dem Bett und eilte in das großzügig bemessene Bad. Esmeralda nahm derweil ein mit der französischen Edelmarke gefülltes Glas in die Hand und ließ aus der bislang geschlossenen linken Hand ein weißes Pulver hineinrieseln. Mit dem Zeigefinger rührte sie noch etwas darin herum, bis sich das Pulver aufgelöst hatte und nicht mehr zu sehen war. Toni kehrte augenblicklich mit der Tasche zurück, die Esmeralda achtlos auf den Nachttisch stellte.

„Lass uns jetzt auf einen schönen Abend und eine schöne Nacht anstoßen. Es wird bestimmt unvergesslich für uns beide werden." Mit ihrem betörenden Augenaufschlag reichte Esmeralda Toni ein Glas, der es fast in einem Zug hinunterstürzte. Jetzt wollte er aber keine Zeit mehr verlieren und begann erneut, die Brüste von Esmeralda zu erkunden.

„Du bist mir aber ein stürmischer Held. Lass uns doch lieber noch ein Gläschen trinken, dann wird die Nacht bestimmt ganz romantisch."

„Ja, ja, natürlich Esmeralda. Du hast ja recht. Die Nacht ist ja noch lang genug und nicht nur zum Schlafen da." Jetzt übernahm es Toni selbst, die Gläser nachzufüllen. Etwas Champagner ging dabei jeweils daneben. Er musste schon ein Auge etwas zukneifen, um nicht zu viel von dem edlen Getränk zu verschütten. Nach einem weiteren Glas Champagner, das Esmeralda gerne noch zu sich nehmen wollte, bemerkte Toni leichten Nebel vor den Augen.

Verdammt, der Tag hat mich irgendwie total geschafft. Aber für diese kleine brasilianische Schlampe wird es wohl noch reichen.

„Es ist heute ein langer Tag gewesen und wir haben ja noch die ganze …, die ganze Nacht vor uns. Ich glaube, ich leg mich mal kurz …" Toni klappte nach hinten über und lag quer auf dem breiten Luxusbett. Aus dem Nebel vor den Augen des Managers wurde für die nächsten Stunden ein bleierner Schlaf.

Das Telefon im Zimmer von Toni Mangold klingelte unaufhörlich. Mit einem zittrigen Griff nahm er schließlich das Gespräch entgegen.

„Guten Morgen Senhor Mangold. Es ist 8.30 Uhr. Sie wollten um diese Uhrzeit geweckt werden. Ich wünsche Ihnen einen angenehmen Tag. Möchten Sie auf dem Zimmer frühstücken?"

„Ja, ja …. Guten Morgen. Frühstück? Nein, danke. Noch nicht."

Toni musste sich erstmal sammeln. Rasende Kopfschmerzen, verbunden mit einer ekelhaften Übelkeit, ließen ihn noch keinen klaren Gedanken fassen und schon gar nicht an Frühstück denken. Der Tag gestern war denn wohl doch etwas zu anstrengend gewesen und die Biere an der Bar waren wohl auch etwas reichlich. *Da war doch noch …,wo ist diese Nutte, diese Esmeralda? Die war doch noch eben hier.* Er sah an sich herunter und stellte fest, dass er nur mit Slip geschlafen hatte. Er sah zum Nachttisch herüber auf die fast geleerte Flasche Champagner und daneben stehend ein leeres Glas.

Hat die mich etwa beklaut? Die war doch hier mit auf dem Zimmer. So besoffen war ich ja nun auch nicht …

Mit einem schwungvollen Satz versuchte Toni, sich aus dem Bett zu schwingen. Das misslang allerdings beim ersten Versuch. Ein Schwindelgefühl, zusätzlich zu den rasenden Kopfschmerzen, behinderte ein eiliges Aufstehen. Mit beiden Händen klammerte sich Toni an das Bettgestell und taumelte fast zu seinem Aktenkoffer, den er in den Wandschrank gestellt hatte.

Gott sei Dank. Mein Geld und die Kreditkarten sind noch da. Diese dumme Kuh hat wohl nicht richtig nachgesehen. Aber wo sind denn, verdammt, wo sind …? Die Schweißperlen von gestern kehrten zurück auf die Stirn des Managers. Da würde er wohl demnächst einiges erklären müssen.

*

„Ola' Senhor Langphal. Guten Morgen. Hier ist Esmeralda. Ich habe alles erledigt, so wie Sie es gesagt haben. Ja, genau. Ich habe bekommen, was Sie suchen. Übergabe, wie vereinbart? Bis bald. Hat mich sehr gefreut."

29.

„40:0. Satz – und Matchball für mich. Streng Dich mal ein bisschen an, alter Freund! Sonst ist das hier gleich vorbei."

Die beiden Männer in fortgeschrittenem Alter waren gegen Ende des Tennismatches schon reichlich ins Schwitzen gekommen. Rein äußerlich waren sie zum Verwechseln ähnlich. Bauchansatz über den dürren Beinchen. Die grauen Häupter waren auch schon deutlich gelichtet. Typische Merkmale von Männern jenseits der Fünfziger. Bei ihrem Spiel mitten in der Woche waren sie fast für sich allein. Auf der noblen Anlage des THC Hamburg waren die drei Hallenplätze mit dem dunkelblauen Filzbelag nicht vollständig ausgebucht. Tagsüber, wie jetzt, waren die beiden Männer sogar ganz allein in der Halle. Die Anlage des THC lag in unmittelbarer Nähe zum Ohlsdorfer Friedhof und lockte erschöpfte Spieler mit einer gediegenen Tennis-Bar. In der Bar „Bei Mariola" hatte Roland Langphal einen Tisch reserviert, möglichst einen Eckplatz, um sich ungestört mit seinem alten Freund, dem Hauptkommissar Peter Bergkamp, unterhalten zu können. Peter Bergkamp war schon seit langer Zeit in der Abteilung für Wirtschaftskriminalität bei der Hamburger Kripo eingesetzt. Er hatte sich gewundert, aber auch gefreut, dass er den Anruf von Roland bekam. Sie hatten sich schon längere Zeit nicht mehr gesehen.

„6:0, 6:1! Du bist wirklich nicht mehr im Training. Aber schön, dass wir uns mal wieder so richtig auspowern konnten."

Peter Bergkamp hatte das Match ohne große Mühe für sich gestalten können. Wenn sie sich auch äußerlich sehr ähnelten, sah man doch, dass Peter Bergkamp im Rahmen des

Polizeidienstes immer wieder Sport betrieb, um nicht außer Form zu geraten. So hatte er nach dem letzten siegbringenden Ball lediglich kurze Zeit gebraucht, um wieder zu Luft zu kommen. Demgegenüber sah man Roland an, dass er einen weiteren Satz wohl nicht überlebt hätte. Er atmete schwer und leerte die mitgebrachte Flasche Wasser noch in der Halle fast zur Hälfte. Nach dem Duschen schlenderten beide mit ihrem Tennisgepäck hinüber zur Tennis-Bar und nahmen Kurs auf einen Tisch in der hinteren Ecke der Bar. Eine Vorbestellung wäre allerdings kaum notwendig gewesen. Auch hier waren sie am frühen Nachmittag noch die einzigen Gäste. Die Bar verfügte über einen überlangen Tresen, an dem sich siegreiche Tennismannschaften schon vielfach zum Sieg zugeprostet hatten. Der von Roland Langphal ausgesuchte Platz am Fenster war ein kleinerer runder Tisch mit drei gepolsterten Sesseln. Stilvoll waren alle Tische mit frischen Blumen versehen.

„Ich bin erst vor zehn Tagen aus Südamerika zurück. Und da hatte ich leider keine Zeit und auch keine Gelegenheit, etwas an meinem Tennisspiel zu verbessern. Schön, dass es heute gleich bei dir gepasst hat, Peter."

„Hab dich ja ewig nicht mehr gesehen. Früher haben wir uns ja häufiger zum Tennisspiel getroffen. Da warst du zumeist der Bessere von uns beiden. Bleibst du denn jetzt erstmal hier in der Gegend oder musst du bald wieder auf Reisen gehen?"

„Ich war zwischendurch immer mal wieder kurz hier. Aber es stimmt. Ich war jetzt lange Zeit auf Reisen, meistens in Südamerika. Brasilien, Argentinien. Aber in nächster Zeit bin ich erstmal wieder hier."

„Das mit deiner Frau tut mir echt leid. Das muss ja furchtbar für dich gewesen sein. Ich konnte leider nicht zur Beerdigung kommen. Sonst wäre ich auf jeden Fall da gewesen. Bist du danach gleich losgeflogen? Ich konnte dich jedenfalls nicht mehr erreichen."

Roland Langphal drehte gedankenversunken an dem gerade servierten frisch gezapften Pils. Die Erinnerung an seine so überraschend gestorbene Frau ließ ihn erstmal verstummen. Auch, wenn es schon über zwei Jahre her war, waren die Gedanken immer wieder bei seiner so geliebten Sigrid. Mit einem kurzen Ruck war er aber wieder in der Gegenwart.

„Ich musste nach dem Tod meiner Sigrid erst einmal Luftveränderung haben und habe dann eine längere Dienstreise angetreten. Das war vielleicht die beste Möglichkeit, mich abzulenken. Zum Wohl, Peter. Du bist natürlich eingeladen. Hast du dir schon was zum Essen ausgesucht?"

Die beiden Freunde prosteten sich zu und studierten kurz die Speisekarte. Nachdem er seine Wahl getroffen hatte, blickte Bergkamp von der Karte auf und sah Roland Langphal in die Augen.

„Du wolltest aber nicht nur mit mir Tennis spielen und ein Bier trinken, oder?"

„Lass uns erst mal etwas essen. Die Ente für zwei Personen soll sehr gut sein. Was hältst du davon?"

Nach dem Essen und zwei weiteren Bieren hielt Peter Bergkamp es aber nicht mehr aus. „Schieß los. Was hast du auf dem Herzen? Kann ich dir irgendwie weiterhelfen?"

Roland berichtete seinem Freund von den Reisen in verschiedenste Regionen von Südamerika. „Ich bereite gerade einen großen Enthüllungsbericht über Schmiergeldmachenschaften vor. Der wird in Kürze in der Harburger Rundschau erscheinen. Kennst du Samanto?"

„Na hör mal, Roland. Das ist so, als wenn du fragen würdest, ob ich den HSV kenne."

„Ja, das ist schon klar. Ich meinte eher, ob du beruflich mit denen was zu tun hast?"

„Samanto? Nein. Ich weiß nur, dass das ist ein weltweit agierender Konzern ist. Und erfolgreich noch dazu, wenn man den Berichten glauben darf. Die scheinen ganz dick im Geschäft zu sein im Bereich der Elektrotechnik und der Telekommunikation. Wäre gut, wenn wir in Deutschland mehr solcher Akteure hätten."

„Stimmt. Die Auftragsbücher sind voll bei denen. Insbesondere im asiatischen Bereich und auch in Südamerika gewinnen sie praktisch alle Ausschreibungen."

„Die sind eben gut und überzeugen wohl nicht nur mit guter Qualität, sondern auch mit günstigen Preisen. Oder hast du eine andere Vermutung?"

„Bei den Asiaten und auch in Südamerika kann man bei den Auftragsvergaben auch etwas nachhelfen. Natürlich auch anderswo. Aber dort besonders."

„Schmiergeld? Das ist ein harter Vorwurf. Du weißt vielleicht, dass der CEO von Samanto erst kürzlich eine Auszeichnung vom Bundespräsidenten erhalten hat?"

„Mir ist schon klar, dass das eine große Nummer ist. Aber ich habe jetzt endlich die Unterlagen, die ich brauche, um meinen Bericht in der Harburger Rundschau zu platzieren. Und dann platzt die Bombe."

Roland berichtet von seinen Recherchen in Südamerika. Der Verdacht, dass Samanto bei der Entscheidung über Auftragsvergaben nachgeholfen hatte, war ihm schon vor langer Zeit gekommen. Aber jetzt war er endlich an Namen und Daten gekommen. Esmeralda sei Dank. Einzelheiten nannte

Roland seinem Freund gegenüber noch nicht. Lediglich den Namen des Akquise-Managers von Südamerika, Toni Mangold, erwähnte er.

„Du bekommst die Unterlagen natürlich, aber erst, wenn der Bericht erschienen ist. Vielleicht auch zeitgleich. Aber diesen Triumpf lasse ich mir nicht nehmen."

Peter Bergkamp war während der Schilderung des Vorgehens von Samanto immer stiller geworden. Das Verlangen nach einem weiteren Bier war ihm mittlerweile vergangen.

„Roland, wir kennen uns schon so lange. Du musst mir die Unterlagen überlassen, so schnell es geht. Das weißt du!" Diese Worte waren schon etwas lauter und eindringlicher vom Hauptkommissar ausgesprochen worden. Mit der flachen Hand klatschte er dabei auf die Tischoberfläche, so dass der Barkeeper schon etwas hellhörig wurde und zu den Gästen im hinteren Bereich hinübersah.

„Du bekommst ja die Unterlagen. Aber es stehen zunächst noch einige wenige Recherchen aus. Ich wollte auch erstmal nur wissen, ob Ihr auch schon an der Sache dran seid."

Bergkamp wollte sich so noch nicht geschlagen geben. „Wenn die Sache sich wirklich so verhält, wie du sagst, dann kannst du doch in jedem Fall deinen Bericht in der Harburger Rundschau veröffentlichen. Das nimmt dir doch niemand weg. Aber denke auch bitte daran, dass es für dich gefährlich werden kann, wenn du dich mit Samanto anlegst. Die haben mit Sicherheit Verbindungen bis ganz nach oben. Nochmal: Gebe mir bitte die Unterlagen, die du hast. Und zwar sofort!"

Die letzten Worte von Bergkamp waren bereits in einer Lautstärke geäußert worden, die den Barkeeper mittlerweile dazu veranlasste, gänzlich seine Arbeit einzustellen.

„Erst, wenn mein Bericht fertig ist. Dann bekommst du alles, was ich herausgefunden hatte. Ich wollte dich heute nur vorwarnen, dass etwas über Samanto kommt. Sei mir nicht böse. Ich melde mich, wenn ich fertig bin und der Bericht erscheinen kann. Ich bezahle jetzt unsere Rechnung. Bis bald."

Mit diesen Worten stand Roland Langphal auf, ging zum Tresen und bezahlte beim Barkeeper, der gerne noch etwas mehr mitbekommen hätte. Bergkamp sah ihm nachdenklich hinterher. Als Langphal das Lokal verlassen hatte, zückte er sein Handy und wählte eine ihm sehr bekannte Telefonnummer.

30.

Das Gebäude der Samanto AG lag am Lindenplatz im Hamburger Stadtteil St. Georg, einem Stadtteil in Hamburg-Mitte, den man durchaus als bunt, lebendig und divers bezeichnen konnte. Die Samanto AG hatte ihren repräsentativen Sitz in einem Bauwerk mit 8 Stockwerken in der Nähe der Außenalster. Hier fehlte es den Mitarbeitern an nichts. Neben den modern eingerichteten Büros war im Außenbereich ein Kunstrasenplatz für die sportliche Betätigung in der Pause oder auch nach Feierabend eingerichtet. Im obersten Geschoß war die Chefetage mit komfortablen Besprechungszimmern und einem Fitnessstudio mit allen Annehmlichkeiten.

Der Chief Sales Manager, CSO, der Samanto AG war seit einigen Jahren Werner Lambrecht. Der 38-jährige Betriebswirt hatte sich in kurzer Zeit bis an die Spitze des Konzerns hochgearbeitet und überzeugte regelmäßig mit hervorragenden Verkaufszahlen. Sein fast schon nobles Büro war mit einem überdimensionalen Schreibtisch aus glänzendem Kirschholz und einem Besprechungstisch aus gleichem Material eingerichtet. Das vollklimatisierte Arbeitszimmer war als Kontrast zu den Möbeln mit hellem Eichenparkett ausgestattet. Wenn Werner Lambrecht von seinem Schreibtisch aufblickte, sah er auf ein Gemälde von Gerhard Richter. Ein abstraktes Bild in grau. Wie man damit Geld verdienen konnte, wunderte ihn immer wieder. Aber Gerhard Richter war eben eine angesagte Nummer in der Kunstwelt. Wenn der CSO zur Seite blickte, sah er durch die bodentiefen Fenster den Verkehr in der Lindenstraße. Tag für Tag quälten sich unzählige Fahrzeuge quer durch die Hansestadt. Hören konnte man den endlosen Wurm an Fahrzeugen durch die gedämmten Fenster allerdings zum Glück nicht.

Kurz vor dem anstehenden regelmäßigen Quartalsmeeting musste Werner Lambrecht an seinen steilen Aufstieg im Konzern denken. Die Verkaufszahlen im asiatischen und südamerikanischen Bereich waren in den letzten Jahren geradezu explodiert und brachten ihm den Ruhm eines der erfolgreichsten Managers in Deutschland ein. Den ließ er sich dann auch entsprechend üppig bei seinem Gehalt und den Bonuszahlungen vergüten. Die von ihm vor einigen Jahren eingestellten und bewilligten exorbitant hohen Nebenkosten in seinem Budget hatten sich mehr als rentiert.

Seine Sekretärin Verena brachte jetzt die Unterlagen für das anstehende Meeting. Ohne hineinzusehen wusste Werner Lambrecht schon, dass auch bei diesem Treffen wieder überaus positive Berichte von den Akquise-Managern zu erwarten waren. Zwischendurch erhielt er bei jedem erfolgreichen Vertragsabschluss von seinen Außendienstmitarbeitern eine kurze Rückmeldung, so dass er schon auf ein erfreuliches Treffen eingestellt war.

Seine Vorzimmerkraft war durchaus eine Augenweide in ihrem kurzen dunkelroten Kleidchen mit einem fast schon gewagten tiefen Dekolleté. Aber ein Techtelmechtel mit seiner Mitarbeiterin kam für ihn nicht in Frage. Schließlich war Werner Lambrecht seit nunmehr sieben Jahren glücklich verheiratet. Er bewohnte mit seiner Frau eine schicke Eigentumswohnung an der Außenalster. Die kurze Strecke zu seinem Büro joggte er jeden Morgen und er ging dann frisch geduscht ans Tagwerk.

„Herr Lambrecht. Es sind jetzt alle da zum Quartalsmeeting. Der Konferenzraum ist entsprechend vorbereitet und hinterher gibt es wieder was Leckeres zu essen. Aber vorher möchte Sie noch unbedingt jemand sprechen. Der wartet in der Leitung gerade."

„Das muss nun ja vorher nicht unbedingt sein. Ich möchte die Kollegen nur ungern warten lassen."

„Der lässt sich aber einfach nicht abwimmeln und meinte, es wäre wichtig und ich solle ihn sofort durchstellen. Ein Peter Bergkamp; er meinte, Sie würden ihn gut kennen."

„Also gut. Dann stellen Sie mal durch. Ich werde es aber kurz halten. Sagen Sie vielleicht den Kollegen Bescheid, dass ich etwas später komme."

Die Kurzfassungen der Quartalsberichte lagen vor dem CSO und er blätterte sie langsam durch, während er das Gespräch mit seinem alten Freund entgegennahm. „Hallo Peter, alter Knabe. Wir haben uns ja schon lange nicht mehr gesehen oder miteinander gesprochen. Schön, dass du dich mal meldest. Aber ich muss es im Augenblick etwas kurz halten. Wir haben gleich ein Meeting. Vielleicht treffen wir uns in nächster Zeit einmal. Dann können wir ja ausgiebig klönen."

In den nächsten Minuten musste Werner Lambrecht nur zuhören. Die Mitteilungen von Peter Bergkamp nötigten ihm zwischendurch lediglich ein gequältes Stöhnen oder ein tiefes Luftholen ab. Trotz gut eingestellter Klimaanlage bildete sich Schweiß auf seiner Stirn. Die Quartalsberichte interessierten ihn nicht mehr. Seine Gedanken kreisten um die Informationen, die er gerade entgegennehmen musste.

„Ich danke dir, Peter. Ich melde mich dann wieder bei dir." Damit beendete er ein Gespräch, dessen Tragweite er noch nicht so richtig einordnen konnte.

Im Konferenzraum herrschte unterdessen bei den Akquise-Managern ausgelassene Stimmung. Die vierteljährlichen

Treffen in der Hamburger Zentrale von Samanto waren gute Gelegenheiten, sich auszutauschen und die nächsten Vertragsabschlüsse vorzubereiten. Das anschließende Buffet war dann immer noch ein krönender Abschluss des Meetings. Hinterher ging es dann zumeist noch in die Hamburger Kneipenszene. Das verspätete Eintreffen des CSO war nicht ungewöhnlich. Alle Teilnehmer des Meetings spürten, dass Werner Lambrecht, der sonst locker moderierte, etwas angespannt wirkte. Zunächst trugen die beiden Akquise-Manager des asiatischen Bereiches ihre Erfolgsmeldungen im Bereich der Medizintechnik und der Telekommunikation vor. Der Markt in Thailand und Malaysia war fest in der Hand von Samanto, so schien es.

Werner Lambrecht hörte bei den Berichten aus dem asiatischen Bereich nur halb hin. Die Zahlen kannte er bereits. Er blickte zwischendurch immer wieder zu Toni Mangold hinüber, dem Firmenvertreter in Brasilien und Argentinien. Er wirkte blasser als sonst und war auch nicht an den Späßen der Kollegen beteiligt, wie sonst eigentlich immer.

„Nun zu Ihnen Herr Mangold. Welche Neuigkeiten haben Sie uns denn aus Brasilien und Argentinien mitgebracht?"

Mangold gab wie immer seinen professionellen Bericht zu den Verkaufszahlen ab. Auch ihm waren einige Großaufträge bei staatlichen Einrichtungen gelungen. Trotz der erfreulichen Zahlen war der Akquise-Manager ungewohnt nervös und musste seinen trockenen Mund zwischendurch immer wieder mit etwas Mineralwasser befeuchten. Das kannte man so nicht von ihm, der eigentlich sonst immer einen ausgeglichenen und souveränen Eindruck machte.

„Das ist ja sehr schön, Herr Mangold. Und gibt es besondere Begebenheiten, über die Sie uns vielleicht informieren wollen? Ist irgendetwas vorgefallen, was wir vielleicht wissen sollten?“

Diese Frage des CSO von Samanto führte dazu, dass sich alle Aufmerksamkeit nun auf Toni Mangold richtete. Die bislang ausgelassene Stimmung kippte deutlich und niemand wagte mehr, einen Scherz oder einen lockeren Spruch einzustreuen.

„Nein, nein. Wieso fragen Sie? Es war alles wie immer. Die Regierungsvertreter und Konzernbosse in dem Bereich wissen schon, was sie an uns haben.“

Lambrecht fixierte Mangold mit einem Blick, der nichts Gutes erahnen ließ. Nachdem auch die letzten Berichte gehalten wurden, war allen Beteiligten klar, dass sich noch ein Vier-Augen-Gespräch anschließen würde. An dem Buffet nahmen der CSO und der Akquise-Manager Mangold jedenfalls nicht mehr teil.

*

Werner Lambrecht stürmte mit großen Schritten aus dem Besprechungsraum und riss förmlich die Tür seines Vorzimmers auf, um dann wortlos sein Büro aufzusuchen. Die offenstehende Anzugjacke seines teuren dunkelblauen Ralph Lauren-Anzuges wehte fast um ihn herum. Verena sah irritiert auf, hatte sie doch nicht damit gerechnet, dass ihr Chef so rasch von dem Meeting zurück war. Am Buffet konnte er sich jedenfalls noch nicht versucht haben. An der Miene von Werner Lambrecht konnte sie ausmachen, dass es besser war, ihn jetzt nicht auf das frühzeitige Erscheinen anzusprechen. Nur Augenblicke später betrat Toni Mangold mit hochrotem Gesicht das Sekretariat. Er wirkte völlig bedröppelt. Auch ihm war wohl entgegen seiner sonstigen Gewohnheit nicht nach Späßen zumute. Er schlich förmlich an Verena vorbei. Lambrecht stand in der Tür seines Büros, ließ den Akquise-Manager vorbei und raunzte fast in Richtung seiner Sekretärin. „Wir werden jetzt nicht gestört, egal, wer mich sprechen möchte." Damit schlug er seine Bürotür zu und Verena konnte noch nicht einmal ihre obligatorische Frage nach den Getränkewünschen stellen.

„So, nun schießen Sie mal los! Was haben Sie mir zu sagen?" Lambrecht hielt sich nicht mit einer langen Vorrede auf und wies mit diesen Worten Toni Mangold an, vor seinem Schreibtisch Platz zu nehmen.

„Ich ..., ich weiß eigentlich gar nicht, was Sie von mir wollen? Die Abschlüsse des letzten Quartals waren doch überzeugend und auch die Vorgespräche für die nächste Zeit sind wirklich vielversprechend. Gerade im Bereich ..."

Lambrecht haute mit der geschlossenen Faust auf den Tisch, so dass das Foto seiner Frau hochhüpfte und zu Boden fiel. Der Glasrahmen zersplitterte dabei. Mangold machte Anstalten, den zerbrochenen Rahmen aufzuheben, aber der in Rage geratene CSO ließ ihm keine Gelegenheit dazu.

„Was ist in Sao Paulo passiert? Haben Sie sich da um den Verstand gevögelt? Nun reden Sie endlich!"

„In Sao Paulo? Was meinen Sie damit? Ich hatte eine sehr erfolgreiche Präsentation im Hotel Rosewood und ..."

Erneut krachte die Faust von Lambrecht auf den edlen Schreibtisch. Diesmal allerdings ohne weiteren Schaden anzurichten. „Schluss jetzt! War Esmeralda gut?"

Bei Mangold schienen jetzt alle Dämme zu brechen. Die Farbe in seinem Gesicht wechselte von hochrot in eine fast blasse Farbe.

„Esmeralda? Woher wissen Sie, dass wir …?“

„Das tut jetzt nichts zu Sache. Erzählen Sie endlich, was passiert ist. Wenn Ihnen Ihr Job noch lieb ist, dann reden Sie endlich!“

Mangold berichtete von dem Tag der Präsentation im Hotel Rosewood und dem Zusammentreffen mit der dunkelhäutigen Schönheit an der Bar. Auch das Ende des Abends in seinem Hotelzimmer ließ er nicht aus.

„Was dann noch passiert ist, das weiß ich einfach nicht mehr. Wir hatten etwas Schampus getrunken und dann muss ich wohl eingeschlafen sein.“

„So voll waren Sie also?“

„Nein. Eigentlich kann ich wirklich viel vertragen. Aber ich bin dann eingeschlafen und morgens mit wahnsinnigen Kopfschmerzen wieder aufgewacht. Und die brasilianische Schlampe war nicht mehr da. Vielleicht hat sie mir K.o.-Tropfen gegeben oder ein Schlafmittel. Nur so kann ich mir das alles erklären.“

„Und vermissen Sie irgendetwas?“

„Geld und Kreditkarten waren noch da. Ich dachte zunächst, dass sie ziemlich blöd sein muss, wenn sie die nicht finden konnte. Aber es fehlte dann doch noch etwas …“

Mangold beichtete nun, dass er in seinem Aktenkoffer Geschäftsunterlagen aufbewahrt hatte. Dazu gehörte auch eine handschriftliche Übersicht, die er für seine eigenen Zwecke geführt hatte. Diese Übersicht fehlte. Auch nach längerer Suche konnte er nur zu dem Schluss kommen, dass diese Esmeralda die Übersicht an sich genommen hatte. Den Inhalt der Übersicht gab Mangold nun mit stockender Stimme Preis. Lambrecht wurde nun auch blass.

„Sie verdammter Idiot! Wissen Sie eigentlich, was Sie damit angerichtet haben? Können Sie sich vorstellen, was das für Sie, für mich und für den ganzen Konzern bedeuten kann, wenn diese Informationen in die falschen Hände geraten? Besorgen Sie die Übersichten wieder, und zwar sofort!“ Die Stimme vom Lambrecht überschlug sich fast bei den letzten Sätzen. So schallgedämmt, wie sein Büro auch war, sogar Verena konnte mitbekommen, dass hier Unheil aufgezogen war.

Mit dem Namen eines Journalisten versehen, verließ Toni Mangold das Bürogebäude der Samanto AG. So hatte er sich das Quartalsmeeting nun wirklich nicht vorgestellt. Er ahnte aber schon nach dem verhängnisvollen Abend mit dieser Esmeralda, dass das noch etwas nach sich ziehen würde. Gerechnet hatte er eher mit einem Erpressungsversuch. Aber nachdem sich niemand bei ihm gemeldet hatte, war er schon drauf und dran gewesen, das Ganze zu vergessen. Und nun das! Den Verkehr auf der Lindenstraße registrierte er kaum. Mit zittrigen Händen zündete er sich erst einmal eine Marlboro an, die er aber schon nach wenigen Zügen wegwarf. Ihm wurde mehr und mehr deutlich, dass seine Existenz davon abhing, die von ihm gefertigten Übersichten zurückzuerlangen. Die brasilianische Nutte war also offensichtlich auf ihn angesetzt worden. Aber er war sich sicher, dass er seinen Leichtsinn wieder ausbügeln konnte.

Sein Blick fiel auf ein Werbeschild für eine Veranstaltung im Operettenhaus. Das Operettenhaus machte in den letzten Wochen verstärkt Werbung für eine neue Veranstaltungsreihe, die in Kürze beginnen sollte. Ein Lächeln huschte nach kurzer Zeit über sein Gesicht. Das war die Lösung seiner Probleme. Es gab dort jemanden, der bei ihm noch etwas gut zu machen hatte. Bei dem Gedanken daran konnte er schon etwas befreiter durchatmen. Mit einem hastigen Wink ließ er ein Taxi anhalten. „Einmal bitte zum Spielbudenplatz."

31.

In der Harburger Innenstadt war es an diesem späten Nachmittag besonders trist. Dunkle Wolken hingen schon den ganzen Tag über der Stadt. Der Regen, der dann tagsüber einsetzte und unaufhörlich niederprasselte, vermittelte nicht den Eindruck, dass der Frühling bevorstehen würde. Die Menschen unweit eines großen Einkaufs-Centers liefen geduckt in der irrigen Hoffnung, so dem Regen entgehen zu können. Der Feierabend kündigte sich an und viele waren auf dem Heimweg oder eilten noch kurz in das Einkaufscenter, um für den Abend gerüstet zu sein.

Serkan hatte es sich in seinem alten Mazda gemütlich gemacht, so gut, wie es jedenfalls ging. Als eines der wenigen Extras hatte sein japanischer Begleiter eine Standheizung, die er auch bei diesem schmuddeligen Wetter laufen ließ. Seit zwei Stunden wartete er nun schon auf dem Parkstreifen in der Eddelbüttelstraße darauf, dass sich in der Wohnung, die er observierte, etwas tat. Das Licht im 2. Obergeschoß brannte jedenfalls schon seit geraumer Zeit. Serkan vermutete, dass sich dort das Wohnzimmer befand. Für heute hatte er sich frei genommen, das Operettenhaus würde auch einen Tag ohne ihn auskommen. Für Ordnungs- und Reinigungsdienste gab es ohnehin genügend Personal. Zeit hatte er also mehr als genug. Auf dem Beifahrersitz hatte er einen Beutel platziert, dessen Inhalt er in Kürze wohl benötigen würde. Wenn die Person, die er im Visier hatte, die übliche Tagesroutine nicht änderte, dann ging es zum Abend hin auf eine Joggingrunde. Auf diesen Moment wartete Serkan.

Das Licht im Wohnzimmer ging aus und die Zielperson erschien wenige Augenblicke später im Eingang des Mehrfamilienhauses, offensichtlich aber noch unschlüssig, ob der abendliche Lauf bei diesem miesen Wetter angetreten werden sollte. Dann ging es aber doch auf die von Serkan erhoffte Laufrunde. Wenn alles wie immer abläuft, dann machte der Jogger zwischendurch eine kurze Pause an einer Pommesbude für die Dauer eines kühlen Getränkes und würde erst nach ca. 60 Minuten zurückkehren.

Serkan musste sich jetzt sputen. Den Beutel unter dem Arm stürmte er in den Flur des Mehrfamilienhauses und nahm auf der knarrenden Holztreppe zwei Stufen auf einmal, um möglichst schnell in das 2. OG zu gelangen. „Können Sie nicht aufpassen, Sie Flegel?“ Elfriede Passlack war mit ihrem zweirädrigen Einkaufsshopper auf dem Weg nach unten, um noch einige Besorgungen zu machen und hatte nur noch wenige Stufen zu bewältigen, als ihr Serkan entgegeneilte und mit dem Fuß hinter dem Einkaufsshopper hakte, der dann Elfriede aus der Hand gerissen wurde und die letzten Stufen hinunterfiel. Der fremde Mann blieb nur einen kurzen Moment stehen, blickte sich um und setzte dann kommentarlos den Weg nach oben in den 2. Stock fort. „Diese jungen Leute haben einfach kein Benehmen mehr. Frechheit!“ Elfriede rief ihre Empörung dem Unbekannten hinterher, um dann mit einem hörbaren Stöhnen ihren Shopper hochzuheben und wieder in die Hand zu nehmen. Mit einer Kapuze über dem Kopf verließ sie verärgert das Haus.

Serkan stand jetzt vor der Tür. Zwei Wohnungen waren im 2. OG. Auf einem Türschild stand der Name Elfriede Passlack. Das musste die Dame gewesen sein, die er fast umgerannt hätte. An der Klingel der anderen Tür versuchte er sich, um zu testen, ob sich nicht vielleicht noch jemand in der Wohnung befand. Nichts rührte sich. Er nahm jetzt aus dem Beutel zunächst einmal einen Dietrich. Vielleicht gelang ja das geräuschlose Öffnen der Tür. Vergeblich mühte er sich ab. Dann musste es eben mit Gewalt gehen. Den Kuhfuß kurz im Bereich des Türschlosses angesetzt und mit einem gequälten Knarzen war die Wohnungstür geöffnet. Serkan wartete ab, ob sich in den Wohnungen im 1. OG etwas rührte. Als das nicht der Fall war, ging er hinein.

Roland Langphal genoss die abendlichen Läufe durch Harburg. Auch das schlechte Wetter konnte ihn nicht davon abbringen. Er hatte sich in der Pause an der Bude diesmal neben dem Mineralwasser auch eine kleine Portion Pommes gegönnt in der vergeblichen Hoffnung, dass dann in der Zwischenzeit der Regen etwas nachlassen würde. So beendete er erst nach 90 Minuten seine Laufrunde und traf vor dem Hauseingang auf seine alte Nachbarin.

„Hallo Elfriede. Sind Sie auch bei diesem miesen Wetter unterwegs?"

„Also, das muss ich Ihnen mal sagen. Ihr Besucher, der da vorhin gekommen ist, der hat ja gar keine Manieren. Der hätte mich ja fast umgerannt. Oder war das wieder so ein Paketbote? Die haben es auch immer so eilig."

Roland ging mit einem mulmigen Gefühl die Treppenstufen nach oben. Ein Paketbote konnte es eigentlich nicht gewesen sein, er hatte gar nichts bestellt und er wartete auch nicht auf andere Sendungen. Die Eingangstür war nur angelehnt. Holzsplitter wiesen darauf hin, dass sich hier jemand gewaltsam Einlass verschafft hatte. Roland horchte in die Wohnung hinein. Nichts. Er zog den Schirm aus dem vor der Tür platzierten Schirmständer. Das wirkte vielleicht etwas lächerlich und als Waffe wohl eher ungeeignet, aber besser als nichts. Die Tür öffnete er behutsam und lautlos. Die Dunkelheit in der Wohnung war etwas verstörend und fremd. Schritt für Schritt tastete er sich im Eingangsflur vor. Auf eine Lichtquelle verzichtete er. Schließlich kannte er sich in seinen eigenen Räumlichkeiten am besten aus. Auf dem Boden lag etwas. Roland stocherte mit dem Schirm dagegen. Es war kein Mensch, sondern ein Kleidungsstück. Sein Wintermantel und noch weitere Kleidungsstücke von der Garderobe waren auf dem Boden verstreut. In der Wohnung war niemand mehr, war er sich sicher. Roland macht das Licht an und sah die Verwüstung, die der Einbrecher hinterlassen hatte. Der Festnetz-Anschluss im Flurbereich war aus der Wand gerissen. Ein Blick in das seitlich vom Flur gelegene Wohnzimmer zeigte Roland, dass der Eindringling ganze Arbeit geleistet hatte. Sämtliche Schubladen aus dem Wohnzimmerschrank lagen auf dem Fußboden. Die Inhalte waren im ganzen Raum verstreut. Sessel und Sitzgarnitur waren aufgeschlitzt. Ein ähnliches Bild zeigte sich auch im Schlafzimmer und im Arbeitszimmer. Seinen Rechner aus dem Büro hatte der Dieb mit genommen, wohl in der Hoffnung, entweder den Laptop zu verscherbeln oder wichtige Aufzeichnungen zu finden. Der Schaden insgesamt war immens. Eine Vorahnung, warum seine Wohnung auf den Kopf gestellt wurde, beschlich Roland. Er ging über das auf dem Boden verteilte Inventar seiner Wohnung hinweg zurück in den Flur und griff an die Garderobe, um mit einem zufriedenen Schmunzeln festzustellen, dass der Dieb sein Werk nicht erfolgreich zu Ende gebracht hatte.

Nach einem Dauerklingeln bei seiner Nachbarin machte Elfriede endlich auf. „Ach, Sie schon wieder. Haben Sie Ihrem Besuch mal deutlich gesagt, dass man sich so nicht benimmt? Oder brauchen Sie mal wieder einige Eier, habe ich grade frisch eingekauft.“

„Elfriede, das war ein Einbrecher. Hat bei mir alles verwüstet. Können Sie mir sagen, wie er ausgesehen hat? Hat er zu Ihnen noch was gesagt?"

Elfriede schlug die Hände vors Gesicht und war sichtlich aufgeregt.

„Oh, das gibt es doch nicht! In unserem friedlichen Haus muss so etwas passieren. Nein, gesagt hat der Bengel nichts. Sah aus wie ein Ausländer, so ein dunkler Typ mit pechschwarzen Haaren."

„Ich muss jetzt dringend die Polizei informieren. Mein Telefon-Anschluss ist demoliert worden. Darf ich kurz bei Ihnen mal telefonieren?"

Die beiden Polizisten vom Einbruchsdezernat waren schnell vor Ort und nahmen die Anzeige von Roland Langphal auf. Die Frage nach fehlenden Wertgegenständen verneinte Roland, soweit er es schon übersehen konnte. Lediglich der Laptop fehlte. Aber ohne das entsprechende Passwort konnte der Dieb damit nichts anfangen.

„Und weiter fehlt Ihnen nichts? Die Wohnung sieht aus, als wenn etwas ganz Bestimmtes gesucht wurde. Oder haben Sie sich Feinde gemacht und das Ganze war eine Racheaktion oder vielleicht auch eine Warnung?"

„Ich bin Journalist und meine Nachforschungen gefallen bestimmt nicht jedem. Aber konkret kann ich wirklich nicht sagen, dass jemand eine offene Rechnung mit mir begleichen wollte."

„Und dir fehlt wirklich nichts?"

„Peter, was machst du denn hier?"

Sein Tennisfreund Peter Bergkamp war unbemerkt in die Wohnung getreten und hatte die letzten Worte der Unterhaltung mitbekommen.

„Kollegen, ich bin auch von der Polizei. Hauptkommissar Bergkamp, Dezernat für Wirtschaftskriminalität." Mit diesen Worten hielt er den beiden Polizisten vom Einbruchsdezernat seine Visitenkarte unter die Nase, die ein wenig ratlos und überrascht wirkten ob der unangekündigten Verstärkung.

„Bist du jetzt auch für so kleine Einbrüche, wie hier, zuständig? Ich dachte immer, du kümmerst dich um die ganz großen Fische. Wirtschaftsstrafsachen und so."

„Das ist auch so. Aber ich habe über den Polizeifunk vom Einbruch hier bei dir gehört und da ist es doch Ehrensache, dass ich bei dir vorbeischaue. Deine Wohnung sieht ja schlimm aus. Erzähl doch mal, was passiert ist."

Roland berichtete seinem Tennispartner noch einmal vom Ablauf des Abends. Bis auf den Laptop würde er nichts vermissen. Und der Rechner, selbst wenn er geknackt würde, enthielt keine aufregenden Informationen. Peter Bergkamp rückte etwas näher an Roland heran, so dass die beiden Einbruchsspezialisten vom Harburger Revier das nicht mitbekommen konnten.

„Steht das hier vielleicht im Zusammenhang mit deiner Story über Samanto, die du in Vorbereitung hast? War der Einbrecher deswegen bei dir?"

„Bin mir nicht sicher. Aber natürlich, das könnte schon sein. So, wie die Wohnung aussieht, wurde hier etwas Bestimmtes gesucht." Mit einem leisen Lächeln ergänzte Roland: „Aber, wenn es so war, dann war der Typ nicht erfolgreich."

„Roland, sei bitte vorsichtig. Ich habe dir nach unserem Tennismatch schon gesagt, dass du dich mit denen nicht anlegen darfst. Die gehen notfalls über Leichen. Gebe mir bitte endlich die Unterlagen, die du hast!"

„Und ich habe dir neulich schon gesagt, dass ich erst meinen Bericht abschließen und veröffentlichen möchte. Ich habe in den letzten Monaten so viel investiert, dass ich jetzt kurz vor dem Ziel meinen Trumpf nicht aus der Hand geben möchte. Aber die Bombe lasse ich demnächst platzen. Danach bekommst du alles. Aber danke, dass du für mich da bist. Im Notfall kann ich ja auf dich zählen."

Roland legte bei diesen Worten seine Hand auf die Schulter von Peter Bergkamp, der nur kurz nickte und den Journalisten ernst anblickte.

„Wo willst du denn in nächster Zeit wohnen? Hier geht das ja wohl erstmal nicht mehr."

„Ich werde mal mit meiner Tochter Birte in Stade sprechen. Vielleicht hat sie noch eine kleine Kammer für mich frei."

Peter Bergkamp stand nach seinem Besuch bei Roland etwas unschlüssig auf dem vom Regen glänzenden Gehweg vor dem Mehrfamilienhaus. Hier konnte er nichts mehr ausrichten. Er zückte sein Handy. „Hier ist Peter. Ja, ich bin in der Wohnung gewesen. Von den Unterlagen fehlt aber jede Spur. Der von deinem Manager beauftragte Typ hat sie jedenfalls nicht gefunden."

32.

Morena war, wie immer kurz vor Öffnung des „Hafenmeisters“, mit der Vorbereitung der Tische in dem Lokal beschäftigt. Jetzt gegen 16 Uhr hatte sie noch die Zeit, Bestecke in Servietten zu einzudrehen und diese dann in einem Glas auf die Tische zu stellen. Im Anschluss kontrollierte sie die Gläser hinter dem Tresen und entfernte noch den ein oder anderen Wasserfleck. Ihr Chef Dieter war derweil in der Küche beschäftigt und fing an, Bratkartoffeln zu braten. Der leckere Duft breitete sich schon allmählich im Gastraum aus.

Vor einigen Jahren war Morena aus Brasilien nach Deutschland umgesiedelt. Das nasskalte und ungemütliche Wetter, das hier häufig herrschte, machte ihr immer noch zu schaffen. Selbst nach längerer Zeit vermisste sie immer noch die Wärme des südamerikanischen Landes. Allerdings war die Anstellung bei Dieter für sie ein Glücksfall. Er zahlte gut und zuverlässig und war ein verständnisvoller, netter Chef. Auch ohne männliche Begleitung konnte sie es in Stade gut aushalten. Die mit Streit belastete Scheidung von ihrem Mann hatte ihr Verlangen nach einem Partner bis auf weiteres ausgebremst. Sie vermisste neben der Sonne Brasiliens allerdings auch ihre Familie. Insbesondere von ihrer Tochter hatte sie schon längere Zeit nichts mehr gehört. Mit den Gedanken an ihr einziges Kind beschäftigt, klingelte ihr Handy. Als wenn sie die Stimme herbeigesehnt hätte, rief die Tochter aus Sao Paulo an. Morena eilte mit dem Handy in den Nebenraum der Gaststätte, der als Getränkelager fungierte, um in Ruhe mit ihrem Kind sprechen zu können.

„Ole mein Schatz. Das ist ja eine Überraschung. Ich habe gerade an dich gedacht. Schön, dass du dich mal meldest.“

„Ola' Mama. Ja, ich weiß, das ist schon eine Weile her, dass wir zusammen gesprochen haben."

„Wie geht es dir denn Esmeralda? Hattet Ihr einen schönen Sommer? Bei euch beginnt jetzt ja bald die Regenzeit. Hier ist eigentlich immer Regenzeit."

„Ja, Mama. Der Sommer war wieder sehr schön. Eigentlich fast zu warm. Aber wir haben ja den schönen Strand in Sao Paulo in der Nähe. Mir persönlich geht es auch sehr gut."

„Das vermisse ich immer noch total. Sonne, Strand und Brasilien überhaupt. Aber hier habe ich gute Arbeit. Ich habe nette Leute um mich herum und ich kann hier abends durch die Stadt gehen, ohne Angst zu haben, dass ich belästigt werde. Willst du dir es nicht doch noch einmal überlegen und wieder nach Deutschland kommen? Du warst doch hier. Dir hat es damals so gut gefallen."

Morena fiel ein Zögern in der Stimme ihrer Tochter auf, die ansonsten vor Lebensfreude fast überquoll. Aber das schien im Augenblick nicht der Fall zu sein.

„Vielleicht mache ich das wirklich bald. Aber im Augenblick muss ich noch etwas ansparen, damit ich mir einen Neustart in Deutschland auch leisten kann."

„Was machst du denn zurzeit? Bist du immer noch als …"

„Mama, das weißt du doch. Ich bin im Escort-Service tätig und begleite Männer auf Veranstaltungen oder verbringe mit ihnen einen netten Abend. Das mache ich seit einiger Zeit auch auf eigene Rechnung und muss mich nicht mehr nach einer Agentur richten."

Morena war natürlich die berufliche Tätigkeit ihrer Tochter bekannt, die sie auch schon in Deutschland ausgeübt hatte. Einverstanden war sie damit allerdings nie so richtig.

„Du bist Prostituierte, das kannst du ruhig so sagen! Ach Kind, ich mag das nicht, wenn du dich fremden Männern anbietest. Das kann doch auch mal gefährlich werden, wenn du an den verkehrten Typen gerätst. Suche dir doch bitte einen anderen Job, wenn du dann nach Deutschland kommst. Vielleicht kann ich dir dabei ja helfen."

„Ja, Mama. Das mache ich dann auch. Aber eigentlich laufen die Abende aber immer ganz harmonisch und harmlos ab. Und die Männer, die begleitet werden möchten, sind häufig auch sehr großzügig."

Morena hörte den Zwischenton in der Antwort ihrer Tochter deutlich heraus und wurde nun etwas energischer.

„Kind. Ich kenne dich. Was wolltest du damit sagen, dass es *eigentlich* immer ganz harmlos abläuft? Hat das vielleicht auch einen bestimmten Grund, dass du anrufst? Jetz sag schon, was ist passiert?"

Esmeralda druckste etwas herum und musste sich erstmal etwas räuspern, bevor sie von dem Abend im Hotel Rosewood berichtete, als sie einem Gast ein Schlafmittel in den Sekt schüttete und ihm dann Unterlagen entwendete. Der Mann, der sie damit beauftragte, hatte ihr dafür ein gutes Honorar gezahlt.

Morena reagierte völlig entsetzt. „Du hast was? Esmeralda, wie kannst du dich auf so etwas einlassen? Du hast dich in große Gefahr gebracht. Ich hoffe, das weißt du auch. Halte dich bitte ab sofort von diesem Hotel Rosewood fern oder verlasse am besten Sao Paulo für eine Weile. Noch besser, du kommst absehbar nach Deutschland."

„Morena! Morena, wo bist du eigentlich? Wir machen gleich auf."

„Mein Chef ruft nach mir. Ich muss Schluss machen."

33.

Von Frühling war in diesem März noch nichts zu spüren. Ein Regenschauer folgte dem nächsten. Die Temperaturen waren alles andere als frühlingshaft. Auch die Gäste der beliebten Kultkneipe „Hafenmeister“ am alten Hansehafen sahen beim Blick nach draußen, dass der Regen unablässig gegen die Scheiben der Gaststätte klatschte. Sie waren froh, dass sie es sich in der warmen Gaststube gemütlich machen konnten. Die Plätze in der Gaststätte waren gegen Abend noch gut belegt. Morena war mit der Bedienung der hungrigen und durstigen Gäste vollauf beschäftigt. Ihr Chef Dieter pendelte zwischen Tresen und Küche hin und her, um sowohl Bier zu zapfen als auch Essen für die Gäste vorzubereiten. Morena wirkte dabei nicht so fröhlich und ausgelassen wie sonst. Sie war mit den Gedanken immer wieder bei ihrer Tochter Esmeralda und sorgte sich, dass sie sich auf einen so gefährlichen Auftrag eingelassen hatte. Diejenigen, die sie kannten, bemerkten die Veränderung bei Morena in den letzten Tagen. Dieter jedenfalls meinte, dass wohl auch das miese Wetter in Norddeutschland zur betrübten Stimmung ihrer Servicekraft beitrug und das Heimweh nach der brasilianischen Heimat noch verstärkte.

Birte Langphal war nach längerer Zeit mal wieder im „Hafenmeister“ zu Gast und hatte sich mit ihrem Kollegen Fredi Marx und ihrem ehemaligen Chef Hubert Grothmann an einem Eckplatz eingerichtet. Gelegentlich traf sie sich noch mit ihm und sprach dann auch über die aktuell anstehende Arbeit. Hubert war jedenfalls immer sehr wissbegierig zu erfahren, welche Fälle derzeit gelöst werden mussten. Birte hatte ihren Vater Roland Langphal mit dabei, der vor einigen

Tagen bei ihr vorübergehend mit eingezogen war. Die Drei-Zimmerwohnung in der Bungenstraße ermöglichte es, dass Vater und Tochter wieder vereint wohnen konnten, auch wenn es für beide ungewohnt war. Aber Birte war durchaus froh, ihren Vater wieder in der Nähe zu haben nach den Sorgen, die sie sich in letzter Zeit um ihn gemacht hatte.

Bevor aber über Roland gesprochen wurde, musste der Pensionär Hubert erst einmal berichten, was er so den ganzen Tag machen würde. Dabei merkte man schon, dass ihm die Arbeit bei der Polizei fehlte. Gartenarbeit gemeinsam mit seiner Ingeborg und das Angeln füllte ihn dann doch nicht so vollständig aus, auch wenn sein Nachbar ihn in letzter Zeit bedrängte, mit ihm doch einmal auf Angeltour zu gehen.

„Und Sie sind jetzt zu Ihrer Tochter gezogen? Na, Birte, dann ist die Zeit der sturmfreien Bude wohl vorerst wieder vorbei, oder?"

Fredi konnte es nun doch nicht mehr aushalten und wollte etwas über den nicht angekündigten Überraschungsgast erfahren. Roland Langphal berichtete denn auch über den Einbruch in seiner Wohnung und über die Verwüstungen, die der Dieb hinterlassen hatte. Die kriminalistische Neugier bei Fredi war jedenfalls durch den Bericht geweckt.

„Wenn eine solche Verwüstung angerichtet wurde, stellt sich ja sicher auch die Frage, ob Sie es sich mit jemandem verscherzt haben. Gab es vielleicht aufgrund Ihrer Arbeit einen besonderen Anlass oder haben Sie Feinde?"

„Bei meiner Arbeit kann es immer mal wieder vorkommen, dass ich mir nicht nur Freunde mache. Aber ich war ja nun längere Zeit in Südamerika und kaum bin ich zurück, passiert so etwas. Das ist schon merkwürdig. Entwendet wurde auch nur der Laptop. Ob der Dieb danach gesucht hatte, weiß ich nicht. Anfangen kann er damit aber eigentlich nichts. Ich verwende immer gute Passwörter."

Morena servierte jetzt die bestellten Matjes mit Bratkartoffeln, eine Spezialität von Dieter, für die er in ganz Stade bekannt war. Zu dem Mann mit strohblondem Haar am Nebentisch sagte sie dabei: „Sie wollten zahlen?"

„Nein, nein. Bei dem Wetter bleibe ich noch ein wenig. Sie können mir gerne noch ein kleines Bier bringen."

Hinter mir sitzt doch tatsächlich die Kommissarin, die mir vor zwei Jahren schon einmal auf der Spur war. Die hatte ich doch hier in der Kneipe von dem besoffenen Jungspund, der ihr an die Wäsche wollte, befreit. Gut, dass ich mit dem Rücken zu ihr sitze. Auch wenn ich nicht weiß, ob sie mich wiedererkannt hätte. Immerhin habe ich jetzt erfahren, dass sie in der Bungenstraße wohnt. Sie sieht ja auch ganz niedlich aus und scheint keinen Freund zu haben. Ich höre mir mal die Geschichte von ihrem Papi weiter an.

„Dass wir noch einmal zusammenwohnen würden, hätte ich mir auch nicht geträumt. Ich werde mir aber so bald als möglich eine eigene Wohnung suchen." Roland saß sehr vertraut mit seiner Tochter Birte zusammen und hatte seine Hand auf ihren Unterarm gelegt.

„Und Sie hätten nicht in Ihrer Wohnung bleiben können? Ist die denn so sehr verwüstet worden?"

Fredis Neugier zur Situation von Roland Langphal war noch nicht gänzlich befriedigt. Roland wirkte bei dieser Nachfrage etwas nachdenklich und drehte sein Bierglas hin und her.

„Also, die Wohnung sieht schon schlimm aus. Aber vielleicht ist ein Tapetenwechsel auch gar nicht verkehrt. Stade soll ja auch sehr schön sein. Dass, was ich bisher von der Altstadt mitbekommen habe, ist doch absolut sehenswert. Aber wir wollen doch nicht nur über mich sprechen. Birte hatte mir schon berichtet, dass es hier in Stade auch Arbeit für die Kripo gibt und Langeweile nicht aufkommt. Sie erwähnte einen mysteriösen Mordfall, der sich vor zwei Jahren ereignete und noch nicht aufgeklärt werden konnte. Ein cold case, oder wie sagt man?"

„Ja, aber wir ermitteln weiter, sobald wir neue Anhaltspunkte haben. Der Sportlehrer, den wir zunächst in Verdacht hatten, war es wohl nicht. Der hat sich an den Videos mit Aufnahmen von jungen Mädchen aufgegeilt. Aber sonst war er anscheinend harmlos. Er wohnt auch nicht mehr hier in der Gegend. Und auch aus dem Drogenmilieu kommt der Täter nach unseren Erkenntnissen nicht. Jedenfalls konnten wir dort keine Verdächtigen ausmachen. Hubert ist auch neugierig, etwas zu erfahren. Aber zurzeit gibt es wirklich nichts zu berichten."

Der Mann am Nebentisch hatte sich eine Zeitung genommen und studierte intensiv die erste Lokalseite. Aber seine Aufmerksamkeit galt nur dem Gespräch am Nebentisch. Er lehnte sich unmerklich auch etwas zurück, um die Unterhaltung verstehen zu können.

Gut, dass ich nochmals in diese Kneipe gekommen und etwas länger geblieben bin. Die Kommissarin scheint noch an der Sache mit der dürren Schlampe dran zu sein. Ich glaube, ich muss die hübsche Polizistin noch etwas im Auge behalten.

„Und einige Zeit vorher, da gab es auch noch einen ungeklärten Todesfall eines jungen Mädchens in Wischhafen?"

„Ja, Papa. Das hatte ich dir doch schon gesagt. Das war wohl ein Unglücksfall oder das Mädchen hatte sich das Leben genommen. Für eine Straftat hatten wir jedenfalls keine

Anhaltspunkte. Es war jedenfalls der letzte Arbeitstag von unserem lieben Hubert. Die Verabschiedung von Hubert verlief dann leider etwas anders, als geplant."

„Also, ich hatte kein Problem damit. Diese öden Abschiedsfeiern mit den elend langen Reden mag ich ohnehin nicht so sehr."

Bei der Erwähnung des Unglücksfalles in Wischhafen versteifte sich der Mann am Nebentisch spürbar und die Zeitung, die er noch in den Händen hielt, begann leicht zu zittern.

Hubert war sichtlich erfreut, mit Roland Langphal einen neuen Gesprächspartner in der Runde zu haben, der nicht nur über Kriminalfälle oder Polizeiarbeit berichten konnte. „Erzählen Sie doch mal. Sie kommen doch sicher viel herum. Wenn Sie längere Zeit in Südamerika waren, dann bereiten Sie doch bestimmt eine größere Reportage für die Harburger Rundschau vor. Mit welchen Themen befassen Sie sich denn dabei?"

„Ja, mein Aufenthalt in Südamerika war diesmal tatsächlich etwas aufwendiger und länger. Ich befasse mich seit einigen Jahren mit Themen rund um den Bereich Wirtschaft. Unsere deutschen Konzerne sind da ja auch sehr erfolgreich am Markt tätig. Ich möchte nicht zu viel verraten, in welche Richtung ich recherchiert habe. Nur so viel: Dass unsere so erfolgreichen Technikunternehmen viele Großaufträge abgreifen können, liegt nicht nur daran, dass sie hervorragende Qualität anbieten oder so besonders günstig sind ..."

Die Gäste des „Hafenmeisters" verließen so allmählich gegen Abend das Lokal. Der Regen hatte auch endlich ein Einsehen und die Besucher konnten halbwegs trocken nach Hause gelangen. Morena war jedenfalls dabei, die Tische von leeren Gläsern und benutztem Geschirr zu befreien. Neue Bestellungen gab es kaum noch.

„Ja, und den entscheidenden Durchbruch hatte ich vor wenigen Wochen. Da bin ich endlich an Unterlagen gelangt, die ich für meine Reportage benötige. Das war in Sao Paulo …"

Gläser klirrten am Nebentisch. Morena ließ ein mit leeren Gläsern gefülltes Tablett aus den Händen gleiten. Die Gläser zerschellten am Boden und das Tablett schepperte hinterher. Die Aufmerksamkeit aller noch verbliebenen Gäste und auch vom Wirt Dieter richtete sich auf Morena, die mit hochrotem Gesicht sofort begann, den Schaden zu beseitigen.

Langphal! Hatte Esmeralda diesen Namen nicht auch erwähnt? Wenn der Vater der Kommissarin in São Paulo war, dann hat also mein Kind diesem Reporter diese Unterlagen besorgt. Oh, was hast du nur gemacht!

Morena wischte mit einem Lappen noch den Boden trocken, so gut es eben ging und verschwand dann mit den Scherben im Getränkeraum und musste erstmal ihren Tränen freien Lauf lassen. Dieter übernahm zunächst die weitere Betreuung der Gäste und rechnete mit ihnen ab. Er nahm sich vor, mit Morena in nächster Zeit mal ein Gespräch zu führen. Irgendetwas bedrückte seine Mitarbeiterin, so hatte er sie jedenfalls noch nicht erlebt.

34.

Die Bungenstraße lag im Herzen der Altstadt von Stade. Sie gehörte zu den ältesten Straßen der Stadt und bot mit ihren historischen Gebäuden, die häufig mit Fachwerk errichtete wurden, einen besonderen Anziehungspunkt, gerade auch für die Touristen der Stadt. Das typische Kopfsteinpflaster und die Enge der Straßen Häusern vermittelte den Eindruck einer mittelalterlichen Besiedelung. Das mittelalterliche Ambiente wurde noch durch herausragende Gebäude wie etwa die historische Gaststätte „Knechthausen“ verstärkt. „Knechthausen“ diente im Mittelalter als Versammlungsstätte der Brauerknechte, die als Sargträger noch bis zum heutigen Tage in mittelalterlichen Trachten die Toten auf dem letzten Weg begleiteten. Den besonderen Reiz der Bungenstraße machte auch aus, dass sie nur wenige Meter entfernt vom Fischmarkt und dem alten Hansehafen lag und damit in unmittelbarer Nähe zur Kneipenszene.

Aufgrund der Enge der Gasse gab es in diesem Bereich nur wenige Parkmöglichkeiten, die jeweils versetzt rechts und links des Straßenverlaufes eingerichtet waren. Der Mann mit den strohblonden Haaren hatte Glück und konnte mit seinem betagten Kombi in den frühen Abendstunden einen Parkplatz in der Bungenstraße unmittelbar hinter einem Mazda ergattern. Die in Sichtweite auf seiner Straßenseite angebrachte Hausnummer zeigte, dass er sich unmittelbar vor dem Haus der Kommissarin befinden musste. Die Regenschauer des Tages hatten endlich nachgelassen. Nur das glänzende Kopfsteinpflaster erinnerte noch daran, dass es wieder ein nasser und ungemütlicher Tag gewesen war. Die Kühle des Tages drang schnell in den Kombi des Mannes, der seit ungefähr einer Stunde auf das Erscheinen der Kommissarin wartete. Vereinzelt schlenderten Anwohner zu ihren Wohnungen, die offensichtlich Feierabend machen konnten und den Abend in ihren warmen Wohnungen verbringen wollten.

Es wird verdammt kalt hier in meiner alten Kiste. Aber ich würde doch gerne die Kommissarin noch einmal sehen, bevor ich hier wieder aus dieser Gegend verschwinde. Da oben im ersten Stock, da müsste sie wohnen. Sie sieht ja echt ganz nett aus und scheint wohl auch keinen Freund zu haben. Es war schon interessant zu erfahren gestern, dass sie immer noch an dem Fall dran ist. Aber sie kann mir nichts beweisen, es gibt keine Spuren von mir. Und nun ist auch noch der Papi bei ihr eingezogen. Der lebt ja als Journalist auch nicht so ganz ungefährlich. Bevor ich dann wieder endgültig hier verschwinde, kümmere ich mich in den nächsten Tagen noch um die dürre Schlampe, die immer Richtung Stadersand joggt. Die sieht echt krank aus.

Der Mann zog seinen Mantel noch etwas fester um den Körper in der Hoffnung, die Kälte länger fern halten zu können. Zwischendurch hauchte er immer wieder in seine klammen Hände, um diese halbwegs warm zu halten. Das Lenkrad war auch schon eiskalt geworden. *Was …, was macht der denn da?*

Serkan wartete schon eine Weile in seinem Mazda und beobachtete die Wohnung im ersten Stock. Er hatte den Aufenthaltsort des Journalisten vom Akquise-Manager Toni Mangold erhalten. In der Wohnung war schon längere Zeit keine Regung zu vernehmen. Da auch bei der jetzt einsetzenden Dämmerung kein Licht in der Wohnung zu sehen war, ging Serkan davon aus, dass niemand zu Hause war. Auch wenn die rückwärtigen Räume natürlich nicht zu sehen waren. Das Fenster im ersten Stock war nach außen hin leicht geöffnet, so dass Serkan sich überlegt hatte, dies als Einstiegsmöglichkeit zu wählen. Er war durchtrainiert und traute sich diesen Aufstieg zu. Es musste heute einfach gelingen, an die Unterlagen des Journalisten zu gelangen. Serkan wartete ab, bis auf der Bungenstraße vor und hinter ihm niemand zu sehen war. Er stieg mit Schwung aus seinem japanischen Untersatz und sprang an das am Gebäude angebrachte Fallrohr, um sich dann mit seinen kräftigen, vom Fitnessstudio gestählten Armen, hochzuarbeiten. Mit den Füßen unterstützte er den Aufstieg an der Außenmauer Als er die Höhe des Fensters im ersten Stock erreicht hatte, griff er mit der rechten Hand hinüber zu der an dem Gebäude angebrachten Straßenlaterne und zog sich noch weiter hoch, bis er das Fenster mit der linken Hand noch etwas weiter öffnen konnte. Mit letzter Kraft konnte er den Fenstersims im Inneren umklammern, zog sich hoch und glitt kopfüber durch die Fensteröffnung in die Wohnung hinein.

Der Mann in seinem Kombi konnte kaum glauben, was er eben gesehen hatte. Ein Einbruch am helllichten Tag bei der Kommissarin? Es war wohl niemand in der Wohnung oder vielleicht doch? Die hinteren Zimmer waren von der Bungenstraße aus natürlich nicht auszumachen. Der Mann stieg aus seinem Kombi aus und entledigte sich seines Mantels. Zum Vorschein kam sein grüner Arbeitspulli. Unschlüssig stand er so vor dem Fallrohr und überlegte, ob er auch in der gleichen Art und Weise in die Wohnung gelangen könnte.

Aus Richtung des Fischmarktes kam in diesem Moment Roland Langphal, der, mit einer Einkaufstüte in der rechten Hand versehen, auf das Haus seiner Tochter zusteuerte. Der Mann drehte sich zunächst weg und tat so, als ob er seinen Kombi aufschließen wollte. Roland Langphal betrat das Gebäude und machte sich auf den Weg in den ersten Stock. Der Mann überlegte kurz, was er machen sollte und wartete noch einen Moment ab. Was würde gleich in der Wohnung passieren? Der Journalist müsste unweigerlich auf den Einbrecher treffen und ihn auf frischer Tat ertappen. Vorsichtig betrat auch der Mann das Haus und horchte in den Hausflur hinein. Geräusche waren nicht zu vernehmen. Er versuchte nun, sich am Rand der ausgetretenen Holztreppe vorzuarbeiten, um möglichst keine Geräusche zu verursachen. Es waren keine Geräusche oder Wortwechsel zu hören. Im ersten Stock angekommen, sah er, dass die Wohnungstür zur Wohnung von Birte Langphal nur angelehnt war. Der Mann stieß die Wohnungstür leise weiter auf und vernahm in diesem Moment, dass Glas oder Porzellan zersplitterte und offensichtlich ein Kampf im Wohnzimmer, das er geradeaus vermutete, stattfand. Es gab zwar keine Schreie, aber den Geräuschen nach zu urteilen, wurden Gegenstände gewaltsam verschoben. Und ein wiederholtes Stöhnen ließ auch darauf schließen, dass der Journalist mit dem Einbrecher aneinandergeraten war. Der Mann suchte nach einer Waffe, war sich aber nicht sicher, was er machen sollte. Auf der rechten Seite vom Flur aus bemerkte er den Eingang zur Küche. Auf dem Herd stand eine schwere gusseiserne Pfanne. Diese nahm er an sich, um sich notfalls auch verteidigen zu können.

Vorsichtig spähte der Mann in das Wohnzimmer. Der Tisch war verschoben und stand etwas quer zum Sofa. Ein Stuhl war umgekippt und lag neben dem Inhalt der Obstschale, die sich in Scherben auf dem Fußboden verteilt hatte. Der Einbrecher, der vorhin über das Fallrohr in die Wohnung geklettert war, hatte den Journalisten mit dem rechten Arm fest im Würgegriff und drückte ihn heftig an den Wohnzimmerschrank. Der Journalist, mit dem Rücken zum Einbrecher, ruderte etwas hilflos mit seinen Armen. Roland Langphal konnte aufgrund des massiven Würgegriffes keine Luft mehr bekommen und war dabei, die Besinnung zu verlieren. Ein mächtiger Schlag mit der Bratpfanne auf den Hinterkopf des Einbrechers beendete allerdings deren Auseinandersetzung. Serkan musste nun vom Journalisten ablassen und versetzte ihm noch einen kräftigen Stoß, so dass dieser in Richtung des Fensters vornüber niederstürzte. Mit einem hässlichen Knacken schlug Roland Langphal mit seinem Kopf auf den Heizungskörper und blieb zunächst regungslos liegen. Serkan wankte von der Wucht des Schlages mit der Bratpfanne, drehte sich erschrocken um und versetzte dem Mann einen Schlag gegen die Brust, torkelte dann unvermittelt in den Flur und suchte das Weite.

Roland Langphal hatte eine klaffende Wunde am Kopf. Das Blut strömte ihm über das Gesicht, ein leises Stöhnen zeigte dem Mann, dass er immerhin noch bei Bewusstsein war. Mit einem Geschirrhandtuch aus der Küche bewaffnet, versuchte der Mann, die Blutung beim Journalisten zumindest ein wenig einzudämmen.

Verdammt, verdammt. Was mache ich hier eigentlich? Hätte ich mich bloß nicht eingemischt! Die Kommissarin darf mich hier auf keinen Fall finden.

Im Flur hatte der Mann beim Hereinkommen ein Telefon stehen gesehen. „Ja, also Sie müssen sofort in die Bungenstraße kommen. Hier ist ein Mann überfallen worden. Der hat eine schlimme Kopfwunde und blutet stark …“

*

Die Bungenstraße war vom blauen Blinklicht der Polizei und des Rettungswagens in ein schauriges Licht gehüllt. Birte Langphal, die sich bei einem Einsatz außerhalb der Stadt befand, als sie die Meldung des Überfalls erreichte, hetzte die Treppe hoch und traf in ihrer Wohnung auf einen jungen Streifenpolizisten. Der Notarzt kümmerte sich derweil um den Vater, der nicht mehr bei Bewusstsein war und zum Abtransport vorbereitet wurde.

„Ihr Vater hat noch von einem Kampf mit einem Einbrecher berichten können, bevor er das Bewusstsein verloren hat. Und wenn ich das dann richtig verstanden habe, ist ihm jemand zu Hilfe gekommen. Wo der aber abgeblieben ist, weiß ich auch nicht. Der muss jedenfalls noch den Notdienst angerufen haben."

Birte war sichtlich erschrocken und musste sich zunächst einmal hinsetzen. Ihr Vater wurde währenddessen auf einer Trage an ihr vorbei nach unten in den Rettungswagen getragen.

„Oh, Papa. Was ist hier nur passiert? Hat er noch etwas über den Mann sagen können, der ihm zu Hilfe kam?"

„Nein, so richtig verstanden habe ich das nicht. Es könnte sein, dass er von einem grünen Pullover gesprochen hat und ja, er sagte mehrfach: *‚Fan'* … oder *‚Fander'* … Aber dann wurde Ihr Vater bewusstlos. Ich konnte ihn dann nichts mehr fragen. Es tut mir so leid für Ihren Vater. Aber das wird hoffentlich gut ausgehen."

„Hallo Birte. Ich habe eben gehört, was hier passiert ist. Ich schau mich mal um, was ich hier finden kann." Spusi-Bernd stand mit seinem Einsatzkoffer in der Tür zum Wohnzimmer und sah Birte hilflos im Sessel sitzen

„Oh Bernd. Was machst du denn hier? Du hattest doch heute frei."

„Das ist doch klar, dass ich dich hier nicht alleine lasse. Ich werde mir mal die Spurenlage ansehen. Fahr du jetzt lieber mit ins Krankenhaus und kümmere dich um deinen Vater."

35.

Morena schlenderte gern vor Beginn ihrer Arbeit im „Hafenmeister“ durch die Fußgängerzone von Stade. Die Holzstraße und die Hökerstraße waren ihre beliebten Anlaufpunkte. Jetzt zum Wochenende hin waren auch viele Stader und Touristen von außerhalb in der Innenstadt unterwegs und hatten die gleiche Idee. Obwohl sich endlich die Sonne zeigte und einen ersten Vorgeschmack auf den Frühling bot, hatte sich Morena noch dick eingepackt. Mit ihrem grünen Mantel, den roten Hosen und der blauen Wollmütze wirkte sie dabei wie ein Farbklecks zwischen den überwiegend dunkel gekleideten übrigen Passanten. Morena liebte es zu shoppen und in den Geschäften zu stöbern. Allerdings waren ihre Gedanken seit einigen Tagen immer wieder bei ihrer Tochter Esmeralda, die sich mit ihrer Aktion im Hotel Rosewood in Sao Paulo selbst in Gefahr gebracht hatte. Sie hoffte nur, dass die Tochter ihren Rat befolgt hatte und sich aus Sao Paulo abgesetzt hatte.

Morena hatte natürlich auch von dem Überfall auf den Vater der Kommissarin, Roland Langphal, gehört, dem es wohl gar nicht gut ging und der noch nicht wieder bei Bewusstsein war. Das musste wohl im Zusammenhang stehen mit den Unterlagen, die Esmeralda über den Konzern Samanto besorgt hatte. Morena fühlte eine Mitschuld ihrer Tochter, die zu diesem Unglück mit ihrem Diebstahl beigetragen hatte. Sie wusste aber noch nicht, wie sie damit umgehen und ob sie sich jemandem anvertrauen sollte. Mit diesen Sorgen betrat sie nun den „Hafenmeister“ und sah, wie ihr Chef Dieter mit dem Polieren der Biergläser beschäftigt war. Dieter spürte natürlich, dass etwas nicht in Ordnung war und hatte versucht,

Morena danach zu befragen. Aber Morena hatte abgeblockt und ging auf das Gesprächsangebot nicht weiter ein. Morena wusste natürlich, dass Dieter es nur gut meinte. Aber sie glaubte nicht, dass er ihr würde helfen können.

Jetzt am Freitag kurz vor dem Wochenende würde der „Hafenmeister“ wieder guten Besuch erwarten können. Morena deckte daher alle Tische mit Essbesteck ein und stellte auch den Stammtisch-Stander auf den Ecktisch. Es war wieder der Tag, an dem die Skatrunde sich traf. Angekündigt hatten sich jedenfalls alle Mitglieder der Runde. Neben den ersten Gästen trudelten auch nach und nach die Skatbrüder ein. Der ehemalige Sparkassendirektor Diercks, der zu späterer Stunde seine berühmte Diercksrunde für alle spendieren würde, war als Erster da. Ihm folgte Kreisrat a.D. von Borstel, der auch schon seit einigen Jahren seinen Ruhestand genoss, genauso wie Dr. Meyer, dem ehemaligen Leiter des Schwedenspeicher-Museums. Mittlerweile war es also eine reine Rentnergruppe. Als Letzter kam wie üblich Hubert Grothmann. Er begründete das immer damit, dass er für seine Ingeborg noch Besorgungen zu erledigen hatte, was regelmäßig zu launigen Kommentaren der übrigen Skatspieler führte. Hubert hatte auch von dem Einbruch bei seiner ehemaligen Kollegin Birte Langphal gehört und sorgte sich auch um ihren Vater, der im Stader Krankenhaus seit einigen Tagen behandelt wurde.

„Männer, ich habe für euch schon einmal eine Runde Bier vorbereitet. Wollte nicht auch unser ehemaliger Landrat heute mit dabei sein?“

Dieter wusste natürlich um die durstigen Kehlen der Männerrunde und ließ Morena den Gerstensaft servieren. Morena verteilte die erfrischenden Getränke und hielt bei Hubert Grothmann etwas inne.

Hubert! Das ist es. Wenn ich mein Problem mit jemandem besprechen kann, dann nur mit ihm. Den kenne ich doch nun schon so lange. Ich werde es gleich mal probieren, bevor hier noch mehr Betrieb ist.

„Hubert, entschuldige bitte. Ach so, Prost erstmal an alle. Hubert, hättest du vielleicht kurz Zeit für mich? Ich würde gerne etwas mit dir besprechen."

„Ja, natürlich Morena. Wir haben ja noch nicht angefangen, Skat zu kloppen. Schieß los, was kann ich für dich tun?"

„Nein … nein. Hier geht das nicht. Komm bitte mit!"

Morena wartete eine weitere Antwort von Hubert gar nicht ab, nahm ihn an die Hand und führte ihn in das Getränkelager, um geschützt vor neugierigen Blicken und Ohren mit dem ehemaligen Oberkommissar sprechen zu können. Das fast schon vertrauliche Verschwinden im Getränkelager sorgte natürlich sofort für Gesprächsstoff bei den Skatbrüdern.

„Sieh' mal an, unser Hubert und die kleine Morena. Wenn das seine Ingeborg sehen könnte."

Hubert wusste nicht so recht, was er von der Aktion halten sollte. Er kannte Morena auch nur als lebensfrohe Person. Diesen ernsten Blick konnte er nicht deuten. Er spürte aber, dass sie wohl seinen Rat suchte. Er nahm auf einer Cola Kiste Platz und wartete darauf, dass Morena das Gespräch begann.

„Du weißt doch sicherlich, dass ich eine Tochter in Brasilien habe. Esmeralda."

„Ja, natürlich. Du hast mal erwähnt, dass es dich freuen würde, wenn du sie endlich wiedersehen kannst und sie vielleicht wieder nach Deutschland zurückkommt. Was ist mit ihr? Geht es ihr nicht gut?"

„Doch, es geht ihr schon gut. Aber ich mache mir so große Sorgen um sie. Sie hat, glaube ich, eine große Dummheit begangen und befindet sich vielleicht auch in Gefahr."

„Na, was ist denn passiert? Kann sie nicht zur Polizei gehen, wenn sie meint, dass sie sich in Gefahr befindet?"

Hubert nahm die Hände von Morena, die schweißnass geworden waren. Es schien ihr wirklich nicht gut zu gehen.

„Zur Polizei? Nein, das geht, glaube ich, wirklich nicht. Esmeralda arbeitet als Prostituierte. Sie sagt zwar Escort Dame dazu, aber das ist das gleiche. Jetzt hat sie sich vor einiger Zeit mit einem Mann in einem Hotel in Sao Paulo getroffen. Sie war auf ihn angesetzt worden und sollte bei ihm Unterlagen eines Konzerns suchen. Samanto, dieser große Technikkonzern. Und das hat sie dann auch gemacht ..."

„Sie hat also im Auftrag gehandelt und sich als Diebin betätigt. Das ist natürlich nicht gut. Was sind denn das für Unterlagen? Betriebsgeheimnisse?"

„Nein, nein. Das glaube ich nicht. So, wie Esmeralda es mir sagte, waren es Listen, auf denen Namen und Euro- oder Dollarbeträge standen. Was man damit anfangen kann, weiß ich natürlich nicht."

„Dann kann sie wirklich nicht zur Polizei gehen. Aber es scheint dann doch alles zumindest gut gegangen zu sein. Warum hast du nun solche Angst um sie?"

„Ich hoffe einfach, dass sie aus Sao Paulo weggegangen ist und erstmal untertaucht. Aber der Mann, für den sie die Unterlagen besorgt hat, der ist wohl in Gefahr. Es ist ist der Vater deiner ehemaligen Kollegin Birte Langphal. Der ist doch jetzt gerade überfallen worden und so schwer verletzt. Ich glaube, der Einbrecher hat bei ihm die Unterlagen gesucht. Deshalb ist auch seine Wohnung in Harburg so verwüstet worden. Oh, ich hoffe nur, Herr Langphal wird wieder gesund werden!"

Hubert war nun seinerseits blass geworden. Morena hatte augenscheinlich die richtigen Schlüsse gezogen. Roland Langphal hatte also Unterlagen, die dem Konzern Samanto gehörten oder die für den Konzern höchste Wichtigkeit hatten. Er musste Birte umgehend informieren. Er stürmte aus dem Getränkelager und steuerte auf den Ausgang der Gaststätte zu. Seine Skatbrüder konnten ihm nur verwundert hinterherblicken.

„Ich muss leider schon wieder los und zum Polizeirevier. Ihr könnt mein Bier mittrinken."

Beim Rausgehen stieß er mit dem ehemaligen Landrat Dewald zusammen, der sich nun anschickte, die Skatrunde zu ergänzen.

„Hallo Hubert. Wo willst du denn hin? Wir wollten doch heute endlich mal wieder Karten spielen und sehen, wer der wirkliche Skatkönig von Stade ist!"

Eine Antwort von Hubert Grothmann erhielt Dewald jedoch nicht.

36.

Die Sovereign Maersk, mit 350 Metern Länge eines der größten Containerschiffe der Welt, fuhr fast majestätisch mit dem auflaufenden Wasser den Elbstrom hinauf Richtung Hamburger Hafen. Der Schwall des riesigen Schiffes sorgte dafür, dass trotz niedriger Geschwindigkeit heftige Wellenbewegungen an das Ufer Stadersands klatschten. Die geplante Elbvertiefung würde dafür sorgen, dass künftig noch größere Dickschiffe den Hafen anlaufen konnten. Ohne entsprechende Vertiefungen der Fahrrinne würde Hamburg vermutlich an Bedeutung als Umschlagplatz verlieren. So waren jedenfalls die Diskussionen in den letzten Jahren zwischen Befürwortern einer Vertiefung und den Gegnern, die das gesamte Ökosystem des Flusses gefährdet sahen, heftig geführt worden.

Der Mann stand mit seinem Kombi unmittelbar an der Wasserkante des Parkplatzes von Stadersand und sah etwas gedankenverloren dem Containerriesen hinterher, der allmählich aus dem Sichtfeld geriet und nicht mehr so gigantisch wirkte. Der Anleger Stadersand, der noch für Ausflugsschiffe gelegentlich genutzt wurde, dümpelte zu seiner Linken einsam vor sich hin. Der Mann hatte sein Fahrzeug mit dem Heck Richtung Wasser postiert und lehnte sich nun an der Rückseite des Kombis an, um den Schiffsverkehr zu beobachten und die wärmenden Sonnenstrahlen zu genießen. Nach den kühlen Regentagen zeigte sich der März zum ersten Mal etwas freundlicher.

Ein paar Tage noch. Dann bin ich hier endlich wieder weg. Gott sei Dank, es wird aber auch Zeit. Wie ich diese Gegend hier hasse! Mein Einsatz Anfang der Woche in der Wohnung der Kommis-

sarin war schon eigenartig. Habe ich doch glatt einen Einbrecher vertrieben. Dem Papi der Kommissarin geht es wohl laut Zeitung nicht so gut. Aber mehr konnte ich auch nicht für ihn tun.

Vielleicht kommt ja heute wieder die dürre Bohnenstange hier vorbei. Wie kann man nur so dünn sein. Sieht ja richtig ekelhaft aus, wenn man jeden einzelnen Knochen sehen kann. In den letzten Tagen kam sie jedenfalls immer aus Stade hierher gejoggt und ist dann zurückgerannt.

Der Mann war jedenfalls auf die Joggerin vorbereitet. Die Motorhaube war geöffnet und das Fahrzeug so aufgestellt, dass eine schnelle Abfahrt möglich war. Aus den Augenwinkeln sah er jetzt auch, wie sie angetrabt kam. Alicia Stormann absolvierte ihre tägliche Laufstrecke von ihrem Zuhause im Schwedenviertel nach Stadersand und nach einer kurzen Erholungspause wieder zurück in die Stadt. Sie war erst 16 Jahre alte; der Langstreckenlauf war ihre Leidenschaft. Sie hatte sich auch bereits für die Landesmeisterschaften qualifiziert und würde in diesem Jahr bei einem Halbmarathon-Lauf an den Start gehen. Ihr Trainer beim VFL Stade versuchte zwar, ihren Ehrgeiz etwas zu bremsen, aber sie legte trotzdem immer wieder freiwillige Trainingseinheiten ein. Dies führte auch dazu, dass sie in den letzten Monaten zunehmend Kondition aufbaute und dabei aber auch deutlich an Gewicht verlor. Für Langstreckenläufer war dies in jedem Falle eine gute Ausgangslage für ein erfolgreiches Abschneiden bei Wettkämpfen. Ihre Eltern bemerkten den Gewichtsverlust zwar auch, aber Alicia war eben in einem Alter, in dem ermahnende Worte eher das Gegenteil bewirkten. Alicia hatte jetzt die Uferkante erreicht, schnaufte einige Male tief durch und begann, einige Dehn- und Lockerungsübungen zu machen.

„Oh, das sieht ja echt professionell aus. Du läufst ja wirklich schon ganz schön flott. Bist du ganz aus Stade hierher gelaufen?"

Alicia drehte sich um und sah den Mann am Heck seines Kombis angelehnt stehen. Für ein Lob war sie natürlich immer zu haben.

„Nö, also Profi bin ich natürlich nicht. Aber ich laufe sehr gern. Und von Stade hierher ans Wasser nach Stadersand, das ist eine schöne Strecke. Und in der Pause kann man sich dann auch noch den Schiffsverkehr auf der Elbe ansehen."

„Aber so, wie du läufst, machst du das sicher wettkampfmäßig. Startest du auch für einen Verein?"

„Ja, ich laufe auch wettkampfmäßig. Der VFL Stade ist mein Verein. Und dieses Jahr darf ich auch an den Landesmeisterschaften teilnehmen." Dass Alicia auf die anstehende Teilnahme an den Landesmeisterschaften stolz war, konnte man spüren und sie freute sich natürlich auch, dass jemand sich für ihre sportlichen Aktivitäten interessierte. Alicia sah auf die geöffnete Motorhaube des Kombis.

„Haben Sie ein Problem? Will der Wagen nicht mehr laufen?"

„Das ist, glaube ich, meine eigene Schuld. Die Batterie ist etwas altersschwach. Das wusste ich schon länger. Hab das aber schleifen lassen und mich nicht rechtzeitig um eine neue Batterie gekümmert. Und jetzt will er nicht mehr anspringen. Da werde ich wohl oder übel eine Werkstatt anrufen müssen, es sei denn …"

„Es sei denn, was …?"

„Sag mal: Einen Führerschein hast du sicher noch nicht, oder? Aber du hast doch bestimmt schon mal hinterm Lenkrad gesessen und dir vorgestellt, wie es sich anfühlt, mit einem Auto zu fahren."

„Nein, einen Führerschein habe ich mit 16 natürlich noch nicht. Aber von meinem Vater habe ich natürlich schon mal gezeigt bekommen, wie es geht."

„Super. Könntest du dich ans Lenkrad setzen? Den 1. Gang einlegen und ich schiebe dann. Wenn du dann die Kupplung langsam kommen lässt, dann könnte der Wagen vielleicht anspringen. Ich kann mir dann die Werkstattkosten ersparen. Würdest du das machen? Das wäre ganz lieb von dir."

Alicia brauchte nicht lange, um sich zu entscheiden. Sie half immer gerne und auf der Elbe war ohnehin nichts los. Auf diese Art und Weise würde sie auch quasi ihre erste Fahrstunde erhalten. Der Mann öffnete ihr die Fahrertür und Alicia nahm den für sie ungewohnten Platz ein. Der Mann ging nach vorne und ließ mit einem lauten Krachen die Motorhaube einrasten.

„Ich brauche dann aber noch den Autoschlüssel, sonst kann ich die Zündung nicht einschalten ...! Hey, was soll das? Was wird das denn jetzt?"

Der Mann hatte sich zur Beifahrerseite begeben, die Tür geöffnet und hielt Alicia unvermittelt einen schwarzen Gegenstand an den Hals. Alicia zuckte kurz und verlor augenblicklich das Bewusstsein. Der Elektroschocker in der Hand des Mannes hatte die erhoffte Wirkung gezeigt. Er zog das junge Mädchen auf die Beifahrerseite und klebte ihren Mund mit einem Tapeband zu. Die Hände fesselte er ebenso mit dem Tape vor dem Bauch zusammen.

„So, du dünnes Miststück. Wir machen jetzt mal einen kleinen Ausflug."

37.

Hubert fuhr so schnell, wie es eben ging, mit seinem Golf durch den Feierabendverkehr. Jetzt am späten Freitagnachmittag waren die Innenstadtstraßen von Stade immer besonders voll. Einkäufe sollten erledigt werden oder es stand der Heimweg an. Sein polizeiliches Gespür sagte ihm, dass Morena mit ihrem Gefühl richtig lag. Wenn Roland Langphal in den Besitz von Unterlagen gelangt war, die für den Technikkonzern Samanto von großer Bedeutung waren, dann würden sie alles daransetzen, diese zurückzuerlangen. Der Einbruch in die Wohnung in Harburg und jetzt der Überfall in der Wohnung seiner ehemaligen Kollegin Birte standen im Zusammenhang, so viel stand für Hubert fest. Und wenn die Unterlagen auch bei dem neuerlichen Einbruch nicht gefunden wurden, dann würde Samanto auch keine Ruhe geben. Roland Langphal und auch Birte waren somit in Gefahr. Mit etwas zu großer Geschwindigkeit bog Hubert von der Teichstraße auf das Gelände der Polizei in der Teichstraße, die Reifen quietschten jedenfalls hörbar. Polizisten, die sich zu Fuß auf den Weg in Richtung Wochenende machten, sahen dem Fahrzeug hinterher.

Hubert hatte Glück, dass an der Wache im Eingangsbereich des Gebäudes ein ehemaliger Kollege saß, der ihn noch kannte und er ohne große Erklärungen in das Innere des Polizeireviers gehen konnte. Die Treppe in den ersten Stock nahm Hubert mit großen Sprüngen. Wenn Birte noch ihr altes Büro hatte, müsste er nur die Hälfte des langen mit Vinyl ausgelegten Flurs zurücklegen. Er prallte allerdings an der Bürotür ab. Die Tür war verschlossen. Das hätte er sich auch denken können. Kurz vor 18 Uhr war sie mit Sicherheit nicht mehr im Büro und eher schon in ihrer Wohnung zu erreichen. Er versuchte es danach in dem Büro von Dollhaus, auch wenn er sich davon nicht allzu viel versprach.

„Hallo. Das ist ja mal eine seltene Überraschung. Ich habe dich ja ewig nicht mehr gesehen, Hubert. Möchtest du wieder bei uns anfangen?"

Mendi Kistner war noch im Vorzimmer und befüllte die Kaffeemaschine für eine stärkende Koffeinrunde. Offensichtlich hatte sie zumindest noch kein Wochenende. Sie war, wie üblich, top gestylt und trug ein für die Wetterverhältnisse zu kurzes Kleid. Ihre Lippen waren wieder mit rotem Stift aufgehübscht. Hubert hatte sich schon früher gefragt, wie viele verschiedene Rottöne es wohl gab. Dieses Mal war es jedenfalls ein sehr helles Rot.

„Hallo Mendi. Du bist ja noch da. Eigentlich suche ich Birte, aber die ist wohl schon nach Hause gefahren, oder?"

„Nein, nein. Es sind noch alle da. Wir haben gerade Krisenstab beim Chef Dollhaus im Büro. Birte und auch Fredi Marx sind bei ihm drin. Und Leni Oberdiek ist auch noch im Hause, aber die muss noch was klären und kommt dann mit dazu."

„Das ist ja noch besser. Ich werde da gleich mal mit dazustoßen. Ich habe eine wichtige Info für Birte."

„Hubert, nein. Du kannst da jetzt nicht rein. Dollhaus hat extra gesagt, dass er nicht gestört werden will. Und du weißt doch, wie sauer er werden kann, wenn …" Weiter kam Mendi nicht und Hubert hatte, ohne anzuklopfen, die Bürotür zu Dollhaus geöffnet und betrat energisch das Zimmer seines ehemaligen Chefs. Dollhaus stand am Fenster, während Birte und Fredi Marx am runden Besprechungstisch saßen. Alle drei sahen Hubert nun erstaunt in das Büro kommen. Dollhaus hatte als Erster seine Überraschung abgelegt.

„Sagen Sie mal Herr Grothmann! Was fällt Ihnen denn ein? Wir haben eine interne Besprechung. Da können Sie doch nicht einfach so hineinplatzen. Und überhaupt: Frau Kistner! Was kann man daran falsch verstehen, wenn ich sage, dass wir nicht gestört werden wollen?"

Hubert kam die genervte Ansage seine Ex-Chefs bekannt vor. Aber er wollte sich davon nicht beirren lassen.

„Entschuldigen Sie, Herr Dollhaus. Aber ich muss wirklich dringend mit Birte sprechen." Hubert blickte dabei auf Birte, die ihn mit tiefen Augenringen und etwas verwuselten Haaren ansah. Die Sorge um ihren Vater hatte Birte seit Tagen nicht richtig schlafen lassen. Letzte Nacht hatte sie sogar bei ihm im Krankenhaus verbracht und nur stundenweise und sehr unruhig geschlafen.

„Also Herr Grothmann, das geht nun wirklich nicht. Wir sitzen hier nicht zum Spaß zusammen, sondern weil wir ein vermisstes Mädchen suchen müssen. Wir gehen von einer Entführung oder noch Schlimmerem aus."

„Moment mal. Das Mädchen wohnt doch in der Nachbarschaft von Hubert in der Stockholmstraße. Du musst sie doch gut kennen, Hubert. Vielleicht kannst du uns sogar etwas weiterhelfen?"

„Wieso? Von wem sprecht ihr denn eigentlich? Welches Mädchen wird denn bei uns in der Nachbarschaft vermisst?"

„Alicia. Alicia Stormann. Herr Dollhaus, ich glaube, Fredi hat recht. Vielleicht kann Herr Grothmann hierbleiben und uns sogar etwas über Alicia sagen, was den Eltern in ihrer ersten Verzweiflung nicht eingefallen ist." Birte konnte der Idee, ihren ehemaligen Kollegen mit dabei zu haben, nur Gutes abgewinnen. Mit seiner Erfahrung und auch, weil er das vermisste Mädchen kannte, konnte er bei den weiteren Überlegungen hilfreich sein.

„Was ist denn mit Alicia passiert?“ Nun war es Hubert, der sich erstmal setzen musste, um den Schock zu verdauen. Birte fasste den bisherigen Kenntnisstand zusammen. Danach war Alicia vor ungefähr fünf Stunden aufgebrochen, um ihre übliche Joggingrunde zum Anleger Stadersand zu unternehmen. Sie wollte umgehend zurückkommen, weil sie noch mit der Mutter zum Einkaufen fahren wollte. Aber sie kam nicht. Als die Eltern schon begannen, sich Sorgen zu machen, meldete sich ein Bekannter der Familie. Er meinte, dass er Alicia hatte wegfahren sehen in einem Kombi. Fahrzeugtyp und Kennzeichen hatte er sich leider nicht gemerkt. Er glaubte allerdings, dass Alicia etwas vor ihrem Mund hatte. Er wunderte sich und glaubte zunächst an eine Verletzung, hatte dann aber doch lieber bei Familie Stormann angerufen. Fredi ergänzte den Bericht seiner Kollegin.

„Und jetzt sind wir etwas ratlos. Ist sie freiwillig mit einem Bekannten weggefahren oder ist sie entführt worden? Die Eltern sind natürlich völlig aufgelöst und ratlos. So etwas passt wohl nicht zu Alicia. Sie sagen, dass sie nie irgendwo hinfahren würde, ohne vorher Bescheid zu sagen. Die Eltern haben auch bestätigt, dass sie diese Strecke fast täglich läuft. Das könnte also einem möglichen Entführer aufgefallen sein. Sie sagten auch, dass sie so stolz auf ihre Tochter seien, weil sie zur Landesmeisterschaft darf und dort Langstrecke läuft. Sie erwähnten auch, dass sie sich wegen des Ehrgeizes von Alicia schon Sorgen machten, weil sie so auf ihre Ernährung achtet und in den letzten Monaten stark abgenommen habe.“

„Ja, das stimmt. Meine junge Nachbarin rennt ständig durch die Gegend und ist fast schon mager geworden. Aber die Eltern meinen, dass es nichts mit Magersucht zu tun hätte, sondern dass Langläufer dünn sein müssen." Hubert konnte die Erklärung der Eltern bestätigen und hatte sich erstmal ein Glas Wasser auf den Schreck eingeschenkt. Birte übernahm nun die weitere Gesprächsführung.

„Ja, und dann fiel uns ein der grausame Mord an dem jungen Mädchen vor ziemlich genau zwei Jahren ein. Beatrice Holdorf. Sie war in dem gleichen Alter und sie hatte in der Tat Magersucht, war spindeldürr. Ob es da einen Zusammenhang gibt, wissen wir natürlich noch nicht. Wir können nur hoffen, dass es da keine Parallelen gibt, ansonsten müssen wir das Schlimmste befürchten."

„Wir wissen aber natürlich auch noch gar nicht, ob überhaupt ein Verbrechen vorliegt. Vielleicht hat sie wirklich einen Bekannten getroffen und macht sich jetzt einige gemütliche Stunden." Dollhaus hatte sich offensichtlich damit abgefunden, dass Hubert Grothmann mit an der Besprechungsrunde teilnahm. Zur Information ihres ehemaligen Kollegen ergänzte Birte dann noch ihren Bericht.

„Wir hatten ja vor zwei Jahren diesen schmierigen Sportlehrer, Benno Martens hieß er, in Verdacht. Aber weil wir weder ein richtiges Motiv noch entsprechende Spuren hatten, mussten wir ihn laufenlassen. Unsere junge Kollegin Leni Oberdiek versucht gerade über die Meldebehörden herauszufinden, wo der abgeblieben ist."

Passend zu dem Stichwort kam Leni Oberdiek in das Büro von Dollhaus und schien mit ihren Nachforschungen etwas erreicht zu haben. Ihr Gesichtsausdruck ließ jedenfalls darauf schließen.

„Oh, wir haben Verstärkung bekommen. Schön, dass du wieder da bist Hubert!" Dollhaus schien diese erfreute Bemerkung nicht recht zu sein.

„Frau Oberdiek, wir haben alle einen langen Tag hinter uns. Bitte, sagen Sie uns, was Sie erreicht haben!“

„Also. Benno Martens ist damals nach Hannover umgezogen. Und er hat doch tatsächlich einen Job als hauptamtlicher Jugendbetreuer bei dem TV Hannover bekommen. Er hat wohl damit angegeben, welche Vorteile sich durch Videoaufzeichnungen beim Turnen ergeben. Das ging dort aber nicht lange gut, und er ist hochkant rausgeflogen, weil sich auch dort Eltern beschwerten. Da sind dann auch Strafanzeigen gegen ihn anhängig. Und er selbst ist untergetaucht. Er ist den Vorladungen der Polizei jedenfalls nicht nachgekommen. Vielleicht hält er sich auch gar nicht mehr in Hannover auf.“

„Und ist vielleicht hierher zurückgekehrt? Das können wir danach zumindest nicht mehr ausschließen. Vielen Dank für Ihre Recherche, Frau Oberdiek. Ich kann mich erinnern, Frau Langphal, dass Sie damals diesen schmuddeligen Sportlehrer als Verdächtigen aussortiert hatten. Das war vielleicht etwas voreilig, oder?“

Birte Langphal hatte erkennbar Probleme, sich auf den aktuellen Fall zu konzentrieren. Ihre Gedanken waren immer wieder bei ihrem Vater im Stader Klinikum. So musste sie diese neue Information ihrer Kollegin auch erst einmal sacken lassen.

„Ja, das ist …, das ist schon eigenartig. Wieso bekam er eigentlich in Hannover wieder eine Anstellung als Jugendbetreuer? Haben die sich beim Sportverein kein Führungszeugnis zeigen lassen? Wie dem auch sei, wir hatten damals keine Handhabe, ihn weiter in U-Haft zu belassen und mussten ihn laufen lassen. Wir hatten damals ja auch überlegt, ob das arme Mädchen vielleicht von einem Drogendealer ermordet wurde, aber …“

„Aber diese Spur führte ja auch nicht weiter. Die Ermittlungen damals waren jedenfalls keine Glanzleistung, Frau Langphal! Und dieser Sportlehrer stand doch auch in Verbindung mit dem Tod dieses Mädchens in Wischhafen. Diesen Fall haben Sie dann ja als möglichen Suizid oder Unglücksfall eingestuft und abgeschlossen. Vielleicht war Ihre Einschätzung dazu auch nicht richtig!“ Dollhaus redete sich richtig in Rage und stand schon fast drohend vor Birte.

„Sagen Sie mal, Herr Dollhaus. Sehen Sie nicht, dass Birte im Augenblick ganz andere Sorgen hat? Ihr Vater kämpft um sein Leben und Sie machen ihr hier unnötige Vorhaltungen. Das führt doch auch nicht weiter.“ Hubert konnte sich nun nicht mehr zurückhalten und wollte seiner Kollegin beistehen, die immer wieder abwesend wirkte.

„Was fällt Ihnen eigentlich ein, Grothmann? Sie haben hier gar nichts zu suchen und mischen sich jetzt hier auch noch ein! Ich denke, Frau Langphal und Herr Marx fahren jetzt nochmals zu den Eltern, ob sich dort etwas Neues ergeben hat. Wenn wir Glück haben, stellt sich das Verschwinden doch noch als harmlos heraus. Und Herr Grothmann, wenn Sie schon mal da sind, fahren Sie halt mit. Sie kennen schließlich die Eltern am besten.“

38.

„Habt ihr sie gefunden?" Das waren die ersten Worte von Lydia Stormann, die zusammen mit ihrem Mann Bernhard das Reihenhaus neben Hubert und Ingeborg Grothmann in der Stockholmstraße bewohnten. Birte und Fredi mussten noch nicht einmal klingeln, da war die Wohnungstür auch bereits geöffnet. Lydia Stormann hatte die ganze Zeit am Fenster gestanden und auf die Rückkehr ihrer Tochter gehofft.

„Oh Hubert. Du bist ja auch dabei. Das ist ja schön. Wisst ihr denn schon etwas Neues?" Lydia Stormann konnte ihre Fragen kaum zurückhalten. Ihre roten Wangen und ein deutlich wahrnehmbarer Schweißgeruch verrieten, wie sehr sie in den letzten Stunden in Sorge um ihre Tochter war.

„Hallo Frau Stormann. Ja, wir haben Ihren Nachbarn Hubert gleich mitgebracht. Er kennt doch die Alicia auch ganz gut. Aber vielleicht können wir uns erstmal irgendwo hinsetzen."

„Aber ja, natürlich. Wie dumm von mir. Kommen Sie, wir gehen ins Esszimmer." Im Esszimmer wartete bereits Bernhard Stormann, der am Buchentisch saß und die Polizisten mit fast schon ängstlichen Augen ansah. Als sie sich um den Tisch herum gesetzt hatten, goss er ungefragt für alle Mineralwasser ein, verschüttete allerdings auch einiges, weil seine zittrigen Hände die Mineralwasserflasche nicht ruhig halten konnten.

„Wir haben leider noch nichts gehört und gehofft, dass Alicia in der Zwischenzeit hier wieder aufgetaucht ist oder sich zumindest gemeldet hat. Wir können leider nicht ausschließen, dass Ihre Tochter gegen ihren Willen festgehalten wird." Birte übernahm für die Polizisten die Gesprächsführung.

„Wer sollte denn unsere Tochter festhalten? Meinen Sie, Alicia ist entführt worden? Aber warum denn nur? Sie hat doch niemandem etwas getan. Und Geld haben wir auch nicht. Wir wollen doch nur, dass sie bald wieder zurückkommt!“ Bernhard sprach mit heiserer Stimme. Auch ihm merkte man an, dass er in den letzten Stunden gegrübelt hatte und sich den Kopf darüber zerbrochen hatte, wo seine Tochter sein könnte.

„Hatte Ihre Tochter eigentlich auch gesundheitliche Probleme? Sie ist wohl recht mager geworden in der letzten Zeit, so wie Hubert das beobachtet hat.“

„Nein, nein. Die hatte sie wirklich nicht. Im Gegenteil, sie ist gut durchtrainiert und läuft jeden Tag ihre Strecke nach Stadersand und zurück. Sie will ja auch zur Landesmeisterschaft in diesem Jahr. Aber das haben wir doch schon alles gesagt. Bitte, bitte, bringen Sie uns unsere Tochter wieder!“ Lydia Stormann hatte Tränen in den Augen und konnte nicht weitersprechen. Die letzten Stunden hatten zu sehr an ihren Nerven gezerrt.

„Glauben Sie uns. Wir werden alles versuchen, Alicia zu finden und zu Ihnen zurückzubringen. Haben Sie noch einmal darüber nachgedacht, ob es jemanden gibt, der ihr Schaden zufügen wollte? Und gab es in den letzten Tagen etwas Besonderes, was Alicia vielleicht erwähnt hatte?“

„Alicia war …, also nein, ist ein so liebes Mädchen. Sie hat wirklich keine Feinde. Wir kennen auch niemanden, der ihr den Erfolg, an den Landesmeisterschaften teilnehmen zu dürfen, nicht gegönnt hätte. Und etwas Besonderes? Nein, eigentlich nicht …, das heißt, sie hatte bemerkt, dass in den letzten Tagen immer dasselbe Auto am Ufer in Stadersand stand, wenn sie dort ihre Pause gemacht hatte. Der Fahrer hatte wohl den Schiffsverkehr beobachtet. Das war ihr zumindest aufgefallen."

„Hat sie sich gemerkt, um welches Auto es sich handelt oder wie der Fahrer aussah?" Fredi war bei dieser Beobachtung nun doch hellhörig geworden.

„Nein, nein. Sie wusste doch auch nicht, ob es so wichtig war. Gesagt hatte sie jedenfalls nichts dazu."

Lydia ließ nun ihren Tränen freien Lauf. Ihr Mann stand etwas unbeholfen auf und nahm sie in den Arm. Hubert wusste auch keinen Trost zu spenden und legte nur seine Hand auf die Schulter seines Nachbarn.

„Wir werden alles versuchen, Ihre Tochter unversehrt wieder zu Ihnen zu bringen. Unsere Telefonnummern haben Sie ja. Wenn Ihnen noch etwas einfällt oder sich jemand hier meldet, sagen Sie uns bitte Bescheid. Wir sind Tag und Nacht für Sie da."

Vor dem Haus ließen die Polizisten erst einmal das Gespräch Revue passieren und besprachen das weitere Vorgehen. Fredi wollte aber noch eine andere Information loswerden.

„Birte. Zu dem Einbruch bei dir, hat Spusi-Bernd sich jetzt bei mir gemeldet. Nach der Auswertung der Spuren ist es wohl so gewesen, dass der Einbrecher über das offene Fenster eingestiegen ist. Jedenfalls waren am Fenstersims und auch draußen am Fallrohr entsprechende Fingerabdrücke. Die gleichen Fingerabdrücke finden sich auch im Wohnzimmer. Dort ist es wohl auch zum Kampf mit deinem Vater gekommen. Im Eingangsbereich der Wohnung und in der Küche gibt es noch Fingerabdrücke einer anderen Person. Diese andere Person hatte auch die Bratpfanne in der Hand gehabt."

„Dann hat unser junger Kollege das wohl richtig verstanden, was mein Vater noch sagen wollte. Eine weitere Person war da, die ihm geholfen hat und möglicherweise mit der Bratpfanne den Einbrecher vertrieben hat? Der hat dann auch wohl den Notruf abgesetzt. Aber warum rennt der dann weg?“

„Ja, das ist schon eigenartig. Und einen grünen Pullover hat der angehabt, so wie unser Kollege das von deinem Vater gehört hat. Dein Vater hat noch diese Worte sagen können, sowas wie ‚Fan' … oder ‚Fander'.“

„Hatte einen grünen Pullover an und haut dann einfach ab. Hmm … Das ist wie vor zwei Jahren Da hatte mir auch so ein Typ mit grünem Pullover im ‚Hafenmeister' geholfen und ist dann einfach weggelaufen. Schon merkwürdig. Sag mal Hubert, bevor wir auseinanderlaufen: Du bist doch zu uns gekommen, weil du mir etwas Wichtiges sagen wolltest. Wir sind noch gar nicht dazu gekommen.“

Hubert schlug sich mit der Hand vor die Stirn. „Oh Birte, das hätte ich jetzt glatt vergessen. Dieser Dollhaus hat mich ja gleich angemault und ich bin gar nicht dazu gekommen.“

Hubert berichtete von dem Gespräch mit Morena und der Beichte ihrer Tochter Esmeralda. „Das bedeutet, die Einbrüche in Harburg und jetzt in Stade stehen wahrscheinlich im Zusammenhang. Der Samanto-Konzern möchte um jeden Preis die Unterlagen von deinem Vater zurückhaben. Was auch immer darin stand, der Inhalt muss für Samanto von großer Bedeutung sein. Und dein Vater hat den Einbrecher nun auch noch gesehen. Er würde ihn also wahrscheinlich wiedererkennen und …“

„Und mein Vater ist jetzt in Gefahr. Ich muss sofort mit der Wache Kontakt aufnehmen. Ich brauche Personenschutz im Krankenhaus für meinen Vater.“

Nachdem sich die Polizisten noch in der Nachbarschaft bei Familie Kamp nach Besonderheiten oder Auffälligkeiten in den letzten Tagen ergebnislos erkundigt hatten, fuhren Birte und Fredi mit hoher Geschwindigkeit und eingeschaltetem Blaulicht über die Straße Am Hohenwedel in Richtung des städtischen Krankenhauses. Wenn die Vermutung von Hubert stimmte, dann könnte sich Roland Langphal tatsächlich in Gefahr befinden. Hubert wollte es sich nicht nehmen lassen und fuhr, so schnell er konnte, mit seinem privaten Golf hinterher. Auf der Intensivstation angekommen, konnten sie zunächst noch keine Polizeiuniform erblicken. In der Kürze der Zeit war wohl noch niemand zur Bewachung abgestellt worden. Aus einem Patientenzimmer kam jetzt allerdings der junge Streifenbeamte, der auch beim Einbruch in der Wohnung von Birte als Erster vor Ort war.

„Oh, da sind Sie ja schon. Ich habe hier schon einmal Stellung bezogen. War gar nicht so einfach. Ohne einen Beschluss vorlegen zu können, wollte man mich hier nicht reinlassen. Aber das Zauberwort Gefahr im Verzuge klappt eigentlich immer und ich durfte vor dem Zimmer Ihres Vaters Platz nehmen."

„Da fällt mir aber echt ein Stein vom Herzen, dass Sie so schnell herkommen konnten. Ist Ihnen denn schon etwas aufgefallen und wie heißen Sie überhaupt?"

„Ich bin der Hollo, eigentlich heiße ich Holger Lohse. Aber alle sagen nur Hollo zu mir. Ihrem Vater geht es wohl immer noch nicht so gut. Aber das wird Ihnen besser der Arzt sagen können. Und Auffälligkeiten bisher? Na ja, es war so ein Typ da, südländisch sah er aus. Ich war gerade erst angekommen und hatte mich hier eingerichtet, da kam er aus dem Fahrstuhl und nahm Kurs auf das Zimmer Ihres Vaters. Als er mich dann sah, tat er so, als müsste er telefonieren mit dem Handy, drehte sich um und verschwand wieder. Aber wir haben ein ganz nettes Foto von ihm."

„Wie konnten Sie denn so schnell noch ein Foto machen und wer ist eigentlich *wir*?"

„Na, die Sabine, die Nachtschwester hat das gemacht. Hab mit ihr besprochen, dass sie auf mein Zeichen hin ein Foto von Besuchern machen soll. Die meisten Besucher schauen ja durch die Glasscheibe in das Schwesternzimmer hinein, wenn sie daran vorbeigehen. War auch diesmal so. Sabine tat so, als wenn sie mit ihrem Handy spielen würde und hat dann eine schöne Aufnahme von unserem Unbekannten gemacht."

„Das ist ja interessant. Zeigen Sie uns das Foto doch einmal." Hollo präsentierte Birte sein Handy. Fredi nahm auch die Aufnahme in Augenschein. Ein in der Tat südländisch aussehender junger Mann war auf der Aufnahme gut zu erkennen. Fredi schüttelte allerdings mit dem Kopf als Zeichen dafür, dass dieser Mann ihm nichts sagte.

„Das ist ja super. Ich denke, das wird uns weiterhelfen, auch wenn wir ihn im Moment noch nicht zuordnen können. Wenn der Kerl mit dem Überfall auf meinen Vater etwas zu tun hat, dann werden wir ihn finden."

In diesem Augenblick kam der behandelnde Arzt auf die Station. Er erkannte Birte wieder und verschwand mit ihr ins Arztzimmer.

„Wir müssen abwarten, Frau Langphal. Wie ich Ihnen schon sagte, hat Ihr Vater durch den Sturz gegen den Heizungskörper ein schweres Schädel-Hirntrauma erlitten. Aufgrund der Hirnblutung erfolgte eine Quetschung des Gehirns und wir mussten ihn in ein künstliches Koma versetzen. Uns bleibt nur abzuwarten, bis die Quetschung auf das Gehirn zurückgeht. Haben Sie bitte noch etwas Geduld. Wir sind wirklich ständig für ihn da. Im Augenblick ist die Situation aber stabil."

Diese Nachricht war für Birte nicht wirklich beruhigend. Sie brauchte jetzt aber etwas Schlaf, um sich morgen gemeinsam mit ihren Kollegen um das vermisste Mädchen zu kümmern.

„Hubert. Danke, dass du mit da warst. Aber fahre jetzt bitte auch nach Hause. Du kannst hier auch nichts mehr ausrichten. Ich denke, dass unser junge Kollege Hollo die Situation hier gut im Griff hat. Ich werde jetzt auch mit Fredi erstmal eine Mütze voll Schlaf nehmen. Morgen früh geht es dann bei uns weiter."

39.

Alicia bog in das Stadion von Hannover ein und hatte noch zwei Runden zu absolvieren. Sie hatte einen souveränen Lauf hingelegt und stand kurz vor ihrem größten Triumpf und würde Landesmeisterin werden im Halbmarathon. Ihre ärgsten Gegnerinnen hatte sie schon vor längerer Zeit abschütteln können und sie sah schon das Zielband vor sich. Doch was war das? Ihre Beine wollten nicht mehr. Sie konnte sie nicht mehr bewegen. So sehr sie sich auch abmühte, ihre Füße versagten ihre Dienste. Eine Läuferin nach der anderen überholte sie. Was ist mit mir los?

Tuut …, tuut …, tuuuut. Drei langgezogene Signalzeichen waren zu vernehmen und zeigten an, dass ein Schiff den Hafen verlassen hatte und in Kürze eine Wasserstraße befahren wollte. Alicia vernahm das Hupen zunächst als weit entferntes Geräusch. Allmählich kam sie aber wieder zu sich und realisierte, dass sie nicht an einem Langstreckenlauf teilgenommen hatte, sondern sich in einem Wohnwagen befand. Der Wohnwagen war in der Nähe zur Süderelbe auf einem verlassenen Areal zwischen Neuland und Wischhafen abgestellt worden. Das Hupen des Schiffes kam von einem Versorgungsschiff, das sich gerade auf den Weg nach Helgoland gemacht hatte.

Auf dem Grundstück, rund 100 Meter von der Hauptstraße entfernt, stand früher ein größeres Gebäude und diente als Unterkunft für Arbeiter einer Ziegelei. Das Gebäude selbst war schon vor längerer Zeit abgerissen worden. Lediglich die hohen Büsche und der Baumbestand deuteten darauf hin, dass das Grundstück in der Vergangenheit bebaut gewesen sein musste. Der Mann hatte dem überraschten Grundstückseigentümer vorgeschlagen, für vier Wochen ein Standgeld für das Abstellen des Wohnwagens zu entrichten und der war gerne darauf eingegangen. Er hatte noch darauf hingewiesen, dass es dort keine Ver – und Entsorgungsmöglichkeiten gab, das schien seinem Mieter aber wohl egal zu sein. Er sagte jedenfalls, er wollte einfach nur seine Ruhe haben und würde auch keinen Ärger machen und den Platz gereinigt wieder verlassen.

Wir müssen also in unmittelbarer Nähe zum Wasser sein. Gestern habe ich das ja alles gar nicht mitbekommen. Was will der Kerl nur von mir? Hat kein Wort mit mir gesprochen, als ich wach wurde. Oh, ich möchte einfach nur nach Hause ….

Alicia hatte eine unruhige Nacht in dem feuchten Wohnwagen hinter sich. Wirre Träume, wie jetzt von der Landesmeisterschaft, wechselten sich mit Wachphasen ab. Sie lag mit den Händen auf dem Rücken gefesselt in dem Schlafbereich des Wagens. Die als Fesselung dienenden Kabelbinder waren noch an einem Haken an der Außenwand befestigt, aber das konnte Alicia nur vermuten. Sehen konnte sie es nicht. Vollständig angezogen mit ihrem Jogginganzug und den Laufschuhen hatte der Entführer sie auf das Bett geworden und angebunden. Das Tape hatte er vom Mund abgerissen. Der Mann selbst hatte vorne im Sitzbereich geschlafen. Da der Wohnwagen rundherum verdunkelt war, konnte Alicia beim Wachwerden auch nur erahnen, dass der neue Tag bereits angebrochen war. Lediglich das schummerige Licht an den Rändern der Verdunkelung deutete jedenfalls darauf hin.

Alicia hatte in den Wachphasen nachts immer wieder versucht, sich aus den Kabelbindern herauszuwinden. Aber sie waren einfach zu fest. Sie spürte auch, dass ihre Haut bereits an den Handgelenken durchgescheuert war. Jede Bewegung war mittlerweile schmerzhaft. Ihre Gedanken waren dabei immer wieder bei den Eltern, die sicher auch kein Auge zumachen konnten in der vergangenen Nacht. *Will der Mann Geld von meinen Eltern? Besonders vermögend sind sie aber nicht. Und wenn er mir zu nahe kommt, will ich mich so sehr wehren, wie ich nur kann …*

Alicia lauschte in die Stille des Wohnwagens hinein. War ihr Entführer weggefahren? Hören konnte sie jedenfalls nichts von ihm. Nur einige Möwen schrien in der Nähe. Das Wasser konnte also nicht weit entfernt sein. Vielleicht sollte sie es doch einfach mal probieren …

„Hilfe!! Hiilfe!! Hört mich jemand? Ist denn niemand in der Nähe …?"

„Ich habe doch gesagt, dass du ruhig sein sollst. Sonst muss ich dir wieder deinen Mund zukleben! Und hören kann dich hier sowieso niemand." Der Mann kam aus der Nasszeile des Wohnwagens und hatte wohl seinen Toilettengang erledigt.

„Was wollen Sie denn von mir? Ich habe Ihnen doch gar nichts getan. Lassen Sie mich doch bitte frei und bringen mich wieder nach Hause." Alicia nahm ihre letzte Kraft zusammen und bettelte unter Tränen ihren Entführer an.

„Du dürre Schlampe. Jetzt hör endlich auf, hier herum zu heulen. So eine wie du bringt den Männern nur Unglück. Ich sag dir, wie es weitergeht. Ich muss heute noch arbeiten und danach beschäftige ich mich mit dir. Es gibt dann auch noch ordentlich was zu essen."

Mit diesen Worten hatte der Mann ein neues schwarzes Tape von der Rolle abgerissen und Alicia über den Mund geklebt. Sie versuchte noch, den Mund wegzuziehen, aber vergeblich. Der Mann stand in Unterwäsche vor Alicia und begann, sich nun anzuziehen. Arbeitshose, Sicherheitsschuhe mit Stahlkappen und zum Schluss ein grüner Arbeitspulli mit einer Aufschrift seines Arbeitgebers. Mit einer grünen Jacke in der Hand blickte er nochmals in Richtung von Alicia.

„Bin bald zurück. Und vergiss nicht, es hört dich hier niemand, auch wenn du dein Tape abbekommst." Mit einem bösen Lächeln öffnete der Mann die Wohnwagentür und ließ sie mit lautem Knall wieder zufallen. Alicia hörte noch, wie die Tür von außen verschlossen wurde und der Mann dann sein Fahrzeug startete und sich über einen hörbar holperigen Weg davonmachte. Alicia weinte still vor sich hin und hatte Angst vor dem, was ihr wohl noch bevorstehen sollte. Eine normale Entführung schien es jedenfalls nicht zu sein.

40.

„Hubert! Hubert!! Es klingelt an der Tür. Hörst du das denn nicht?“

Ingeborg weckte ihren Hubert nur ungern. Gerade am Samstag ließen sie sich immer etwas mehr Zeit und standen später auf. Ein Blick auf den Wecker verriet ihr, dass es erst 6.00 Uhr war. Ingeborg rüttelte an ihrem Mann, bis er endlich registrierte, dass es erneut an der Wohnungstür klingelte. „Das kann ja wohl nicht angehen! Wer will denn am frühen Morgen schon etwas von uns?“ Hubert drehte sich aus dem Bett und schlürfte so, wie er war, zum Wohnungseingang. Die wenigen Haare standen ihm kreuz und quer; zumindest den Schlafanzug ordnete er ein wenig, bevor er öffnete.

„Moin Hubert! Sag nicht, dass du verschlafen hast.“ Sein Nachbar zur Linken Heinz Kamp stand putzmunter vor der Tür, bekleidet mit einem Regenanzug, quietschgelben Gummistiefeln und einer albernen Schiebermütze, die auch schon bessere Tage gesehen hatte.

„Wir wollten doch heute Angeln gehen in der Schwinge. Du hast mir schon so viel davon erzählt und wolltest mir endlich zeigen, wie es geht. Sag jetzt nicht, dass du das vergessen hast.“

„Nein, nein. Natürlich habe ich das nicht vergessen. Bin nur gestern etwas später ins Bett gekommen und habe den Wecker dann heute Morgen nicht gehört. Kleinen Augenblick. Bin gleich fertig und komme dann raus zu dir.“

Natürlich hatte Hubert die Verabredung mit seinem Nachbarn nicht mehr auf dem Schirm gehabt. Der konnte zwar unglaubliche Mengen von gebratenem oder geräuchertem Fisch vertilgen, aber hatte keine Ahnung, wie man überhaupt einen Fisch fangen kann. Bei den Aufregungen der letzten Tage hatte er den Termin mit Heinz dann doch verdrängt. Die Angelausrüstung für zwei Personen hatte Hubert schnell zusammengestellt, seine Angelsachen lagen quasi immer parat im Abstellraum. Nur dass er ohne Frühstück und in aller Eile aufbrechen musste, passte ihm so gar nicht. Entsprechend schlecht gelaunt war er, als er Ingeborg von dem geänderten Plan an diesem Vormittag berichtete.

„Aber denk bitte daran, dass wir heute Mittag noch zu Steffen nach Bremervörde fahren wollten. Die haben doch heute noch Schlussverkauf und ich möchte da ein bisschen stöbern. Wir sind schließlich in zwei Wochen zur Goldenen Hochzeit bei meinem Bruder eingeladen und da muss ich unbedingt auch mal ein neues Kleid haben. Und neue Schuhe stehen auch an. Das hast du mir versprochen! Schließlich musst du auch noch neu eingekleidet werden …“ Ingeborg war auch nicht davon begeistert, dass sie den Morgen alleine verbringen musste und erinnerte Hubert lieber nochmals eindringlich an die Fahrt in die nahe gelegene Stadt. Hubert hörte aber schon gar nicht mehr zu.

Mir bleibt auch nichts erspart. Das Wochenende fängt ja echt bescheiden an. „Ja, natürlich. Ingeborg, wie könnte ich das vergessen.“ Mit diesen Worten hatte Hubert auch schon die Haustür geöffnet und er verstaute die Angelausrüstung in seinem Golf. Nachbar Heinz strahlte dabei die ganze Zeit und freute sich auf einen erfolgreichen Fischfang. Die Fahrt in Richtung Schwinge auf der Stader Elbstraße verlief dann eher schweigsam. Hubert war in Gedanken bei seiner jungen Nachbarin Alicia. Auch die Sorge um den Vater seiner ehemaligen Kollegin Birte trieb ihn um, so dass er keine große Lust auf eine Unterhaltung mit seinem Nachbarn verspürte.

„Was ist denn mit Alicia? Gibt es da schon etwas Neues? Das ist ja so furchtbar, auch für die Eltern."

Heinz war gestern Abend noch kurz befragt worden und Hubert berichtete nun doch über den Stand der Ermittlungen, soweit er sie kannte. An der Angelstelle in der Nähe des Schwingesperrwerks angekommen, sorgte sein Nachbar dann doch dafür, dass sich die Laune von Hubert ein wenig besserte.

„Hab mir gedacht, dass du bestimmt noch nichts gefrühstückt hast." Mit diesen Worten drückte er Hubert ein Paket mit belegten Brötchen in die Hand und zückte seine Thermoskanne. Der dampfende Kaffee in den mitgebrachten Porzellanbechern sorgte für eine Stimmungsaufhellung. Bevor Hubert grundlegende Kenntnisse über das Angeln vermitteln wollte, gab er erstmal einen Anglerwitz zum Besten.

„Sitzen zwei Angler an einem Teich. Da kommt ein Trauerzug an den beiden vorbei. Als der Leichenwagen vorbeifährt, steht einer der beiden auf und guckt andächtig zu Boden. Nachdem der Trauerzug vorbeigefahren ist, setzt er sich wieder hin und angelt weiter. Daraufhin sagt sein Angelfreund, dass seine Handlung sehr rührend gewesen sei. Darauf der andere: Na ja, schließlich waren wir auch über 40 Jahre verheiratet."

Heinz fand den Witz wohl umwerfend, er lachte jedenfalls Tränen und konnte sich gar nicht mehr einkriegen. *Na, so gut war der nun auch wieder nicht.* Nachdem sie sich eingerichtet hatten und auch Heinz seinen Köder unfallfrei auf den Haken bekommen hatte, saßen sie eine Weile etwas gedankenverloren beieinander und warteten auf den ersten Biss. Die Kühle des Morgens machte sich nach einiger Zeit bemerkbar und beide Petrijünger wickelten sich noch etwas fester in ihre Jacken ein.

Vom Stader Hafen her näherte sich nach kurzer Zeit langsam ein Bagger, der sich mit deutlich vernehmbarem Getöse in Richtung Schwingemündung vorarbeitete. *Wenn die hier arbeiten und die Schwinge ausspülen, fangen wir wohl heute nichts mehr. Wäre ich doch nur zu Hause geblieben. Der Samstag hätte so schön sein können.* Die Aussicht auf den in Kürze vorbeistampfenden Bagger vermieste die Laune von Hubert schlagartig wieder. Der Bagger war mittlerweile in Höhe der beiden Angler auf der Schwinge angelangt.

„Habe in einem Bericht im Stader Tageblatt gelesen, dass alle zwei Jahre der Stader Hafen und auch die Schwinge ausgebaggert werden, damit sie befahrbar bleiben. Die zunehmende Verschlickung ist in den Seitenarmen der Elbe wohl immer mehr ein Problem. Vor zwei Jahren waren sie auch um die gleiche Zeit hier." Heinz hatte sich offensichtlich gut informiert und ließ Hubert an seinem Wissen teilhaben. Die beiden Angler zogen zunächst einmal ihre Angeln ein, weil der Wellengang dann doch zu sehr störte. Der Bagger mit seinen grünen Aufbauten war nun direkt in Augenhöhe der beiden Angler. Die Mitarbeiter auf dem Schwimmbagger schienen emsig beschäftigt und kontrollierten immer wieder den Erfolg der Spülungen.

„Das sind Holländer, die machen das, glaube ich, überall. Die haben die deutschen Firmen wohl weitgehend vom Markt verdrängt. Sind bestimmt billiger und vielleicht auch schneller." Hubert hörte nur halb zu und warf schon fast trotzig seine Angel wieder aus. Die Pose tanzte ziemlich heftig zwischen den Wellen hin und her. Heinz tat es ihm gleich und beschäftigte sich unentwegt mit dem vorbeifahrenden schwimmenden Gefährt.

„Anna-Leni heißt der Kahn und darunter steht wohl der Name der Firma, ‚Van der Breukelen'. Da muss man gar nicht wissen, dass die aus Holland kommen, der Name verrät das schon."

Hubert schien eine Weile vor sich hin zu sinnieren und kommentierte die Gedanken von Heinz nicht. „Van der Breukelen?" Unvermittelt schrie Hubert den Namen der Firma in Richtung seines Nachbarn, der erschrocken aufblickte und sich keiner Schuld bewusst war.

Was hatte der Vater von Birte noch gesagt, bevor er das Bewusstsein verlor? ‚Fan' ... oder ‚Fander', hatte unser Kollege verstanden. Damit hatte er wohl den Unbekannten gemeint, der ihn gerettet hatte. Und einen grünen Pulli soll der angehabt haben.

Hubert sprang jetzt auf und sah zu den Mitarbeitern hinüber, die auf dem Schwimmbagger ihre Arbeit verrichteten. Sie trugen grüne Arbeitspullis mit der Aufschrift ihres Arbeitgebers, ‚Van der Breukelen'. *Das konnte kein Zufall sein. Sollte einer dieser Mitarbeiter in der Wohnung von Birte gewesen sein? Und warum ist der gleich wieder abgehauen! Was hatte er zu verbergen?*

„Heinz, ich muss zu meinen ehemaligen Kollegen zur Polizeiwache. Das Wichtigste habe ich dir ja gezeigt. Du kommst bestimmt auch alleine klar. Ich hole dich nachher wieder hier ab!"

„Aber Hubert. Was ist denn mit dir? Du kannst mich doch hier nicht alleine lassen. Ich habe doch auch noch Mettbrötchen für uns."

Hubert hörte schon gar nicht mehr auf die Ankündigung einer weiteren Stärkung und stolperte in aller Eile über die Wiese hin zu seinem Golf. In diesem Moment verschwand die Pose von Heinz vollständig unter Wasser. Heinz verspürte den Zug, den der Fisch unter Wasser ausübte und musste aufstehen, um seinen ersten Fangerfolg sicher aus dem Wasser ziehen zu können. Er beförderte den kapitalen Zander, der sich heftig wehrte, zunächst einmal auf die Wiese. Und da ihm Hubert über das Umgehen mit einem lebendigen Fisch noch nichts erzählt hatte, legte er erstmal die Spitze der Angelroute über den japsenden Zander, unschlüssig, was er nun machen sollte. Von Hubert war keine Hilfe mehr zu erwarten. Der Golf hatte die Straße bereits wieder erreicht und fuhr mit hoher Geschwindigkeit Richtung Innenstadt.

41.

„Frau Oberdiek, ich hatte Sie doch beauftragt herauszufinden, wo dieser Benno Martens abgeblieben ist. Und, gibt es etwas Neues über diesen Sportlehrer?"

Raimund Dollhaus hatte für diesen frühen Samstagmorgen die Mitarbeiter seines Kommissariats in sein Büro beordert, damit der Entführungsfall des jungen Mädchens möglichst schnell geklärt werden konnte. Er hatte dazu, ganz originell, die SoKo Alicia gegründet. Fast schon stolz hatte er diese Entscheidung zu Beginn der Besprechung in seinen Räumlichkeiten bekannt gegeben. Er selbst war, wie immer, piekfein mit einem dunkelblauen Anzug gekleidet und hatte eine Krawatte mit maritimem Motiv ausgewählt. Die nagelneuen schwarzen Lackschuhe knarzten etwas, als er fast dozierend hin und her stolzierte. Um sich herum versammelt hatte er Fredi Marx, Birte Langphal und die junge Kommissarin Leni Oberdiek. Optisch hoben sich die drei deutlich von ihrem Chef ab und waren eher leger mit Pulli und Jeans gekleidet. Birte Langphal wirkte dabei ziemlich übernächtigt, die Sorge um ihren Vater hatte sie erneut keinen Schlaf finden lassen. Dicke Augenringe und ein missratenes Makeup zeugten davon, dass sie keine gute Nacht hatte. Fredi Marx war auch etwas abwesend, allerdings aus anderem Grund. Sein Lieblingsverein, der VFL Wolfsburg, hatte heute ein wichtiges Meisterschaftsspiel, das für das Erreichen eines Platzes für einen internationalen Wettbewerb mitentscheidend war. Die Eintrittskarte, die er noch ergattert hatte, konnte er aber wohl entsorgen. Die Arbeit der SoKo würde keine Abwesenheit erlauben. Das war eben das Los eines Kriminalbeamten.

„Ja, ich habe nochmals über den Bereitschaftsdienst der Stadt Hannover den Vorsitzenden des TV Hannover erreichen können. Der wirkte völlig niedergeschlagen, weil sie so leichtsinnig diesen Benno Martens eingestellt und mit der Betreuung der Mädchenabteilung betraut hatten. Er sagte mir auch, dass er die Wohnung, die er über den Sportverein bezogen hatte, verlassen hatte. Wohin, war völlig unklar. Im Meldeamt hat er sich jedenfalls nicht abgemeldet. Also, der ist weiterhin von der Bildfläche verschwunden. Ich mache uns dann erstmal einen Kaffee und für dich Birte, einen schönen Tee." Mit diesen Worten ging Leni in das verwaiste Vorzimmer, Mendi Kistner war am heutigen Tag nicht dabei.

„Und, was sagen denn nun die Eltern? Frau Langphal, Sie waren doch gestern mit Herrn Marx da. Konnten die Eltern Hinweise geben, die uns vielleicht etwas weiterhelfen?"

Birte hob die Augen und versuchte, dem hin und her stolzierenden Dollhaus zu folgen. Mit heiserer Stimme berichtete sie von dem gestrigen Abend. „Die Eltern sind natürlich total verzweifelt und haben keine Erklärung für das Verschwinden ihrer Tochter. Sie hatte sich auch nicht bei ihnen gemeldet. Auch gibt es keine Nachricht von einem möglichen Entführer, wenn es denn eine Entführung war und nicht etwas Schlimmeres. Allerdings hatte Alicia wohl davon gesprochen, dass in den letzten Tagen immer dasselbe Auto in Stadersand am Ufer abgestellt war. In dem Auto saß eine Person, soweit sie das sagen konnte. Gemerkt hatte sie sich aber weiter nichts dazu, warum auch. Die Eltern haben unsere Kontaktdaten. Sie hätten sich gemeldet, wenn sie heute Nacht etwas gehört hätten."

„Also, dann gehen wir heute wie folgt vor …"

„Moin. Gut, dass Sie alle da sind. Ich habe mir doch gedacht, dass heute gearbeitet wird. Ich habe eine wichtige Info für Birte und das kann keinen Aufschub dulden. Es ist Gefahr im Verzug."

Hubert Grothmann stand unvermittelt im Büro von Dollhaus. Die anwesenden Kriminalbeamten sahen erstaunt auf den in Anglerkleidung eintretenden ehemaligen Kollegen. Seine Gummistiefel hinterließen eine deutliche Spur vom Uferschlamm der Schwinge. Auch Leni Oberdiek unterbrach ihre Getränkevorbereitung und schaute neugierig um die Ecke.

„Das darf ja wohl nicht wahr sein. Und täglich grüßt das Murmeltier! Grothmann, was wollen Sie denn schon wieder hier. Sie stören schon wieder unsere Ermittlungsarbeit! Wie kommen Sie überhaupt in das Gebäude? Kann denn jeder hier so einfach hereinspazieren? Und überhaupt: Was heißt denn Gefahr im Verzuge? Der Pensionär selbst befindet sich bald in Gefahr, wenn er so weitermacht!" Dollhaus hatte sich in Rage geredet und hatte einen hochroten Kopf bekommen. Mit den Fingern trommelte er heftig auf seine Schreibtischlampe, die dadurch in bedenkliche Schwingungen geraten war. „Nun erzählen Sie endlich, damit wir Sie schnell wieder loswerden und wir unserer Arbeit nachgehen können!"

Hubert berichtete von dem Angelausflug mit seinem Nachbarn Heinz und ließ auch nicht aus, dass er eigentlich verschlafen hatte und heute noch mit seiner Frau nach Bremervörde zum Shoppen musste. Dollhaus wurde zunehmend ungehalten und das Trommeln auf der Schreibtischlampe geriet derart nachdrücklich, dass die Standfestigkeit nicht mehr lange gewährleistet war. Leni hatte zwischenzeitlich den Kaffee und Tee serviert und auch Hubert mit versorgt, der sich mittlerweile einen Platz an dem Besprechungstisch gesucht hatte.

„Und der Bagger mit dem Namen Anna-Leni ist von der Firma „Van der Breukelen". Die haben grüne Aufbauten und auch die Mitarbeiter, die da rumgeturnt sind, haben solche Pullis mit dieser Aufschrift."

„Ja, und was soll uns das jetzt sagen, Grothmann?"

„Der junge Kollege, der den Vater von Birte nach dem Überfall in der Wohnung vorgefunden hatte, sagte doch, dass er noch etwas sagen konnte, bevor er bewusstlos wurde. ‚Fan' ... oder ‚Fander'. Und einen grünen Pulli hatte er auch erwähnt. Das kann doch kein Zufall sein! In der Wohnung muss ein Mitarbeiter der Baggerfirma gewesen sein, der womöglich Birtes Vater gerettet hat oder zumindest den Täter vertrieben hatte. Aber warum ist er dann abgehauen? Hatte der auch Dreck am Stecken?"

Die Information von Hubert hinterließ nachdenkliche Gesichter bei den anwesenden Kriminalisten. Sie mussten das erst einmal verarbeiten, ein möglicher Zusammenhang war jedenfalls nicht von der Hand zu weisen. Dollhaus hatte jedenfalls jetzt die Schreibtischlampe erlöst und mit dem Trommeln aufgehört. „Ja, Grothmann, das mag in der Tat so sein. Aber wie kommen Sie darauf, dass Gefahr im Verzuge ist?"

„Die Baggerarbeiten werden, glaube ich, in Kürze beendet sein. Mein Nachbar Heinz meinte das jedenfalls. Und dann sind die wieder weg, nach Holland oder sonst wo hin. Wir sollten daher umgehend mit ihnen sprechen, ob einer von ihnen in der Wohnung war."

„Also, mein Bekannter arbeitet beim Wasserwirtschaftsamt. Der weiß vielleicht, wer bei der Baggerfirma hier vor Ort die Ansprechperson ist und wie wir den erreichen können. Soll ich da mal meine Kontakte spielen lassen?" Fredi hatte seinen Kaffee heruntergestürzt und vermittelte den Eindruck, dass er am liebsten sofort telefonieren wollte. Dollhaus überlegte kurz und sah, dass seine Mitarbeiterin Birte Langphal diese Entwicklung erst einmal verdauen musste und schweigend den Tee schlürfte. Der Überfall auf den Vater konnte jetzt möglicherweise aufgeklärt werden, zumindest konnte ein Gespräch mit den Mitarbeitern des Baggers zur Lösung des Falles beitragen.

„Gut, wir sollten dieser neuen Entwicklung Rechnung tragen. Wir teilen dann unsere SoKo zunächst auf. Frau Langphal, Sie sind eigentlich bezüglich des Überfalls auf Ihren Vater persönlich betroffen. Aber ich würde Ihnen die Gespräche mit der Baggerbesatzung überlassen. Und Sie nehmen Herrn Marx mit." Ein dankbarer Blick von Birte Langphal zeigte Dollhaus, dass er die richtige Entscheidung getroffen hatte.

„Und Frau Oberdiek, wir beiden kümmern uns um das entführte Mädchen. Wir fahren nochmals zu den Eltern, ob es da etwas Neues gibt. Danach fahren wir nach Stadersand und hören uns um, ob jemand dieses ominöse Auto in den letzten Tagen gesehen hat. Und zu Ihnen, Grothmann: Vielen Dank für Ihre Info. Aber Sie führen natürlich keine Gespräche, mit wem auch immer, und fahren jetzt zurück zum Angeln und versuchen bitte beim Rausgehen, hier nicht ganz so viel Dreck zu hinterlassen. Und viel Spaß nachher beim Shoppen mit Ingelore."

„Ingeborg."

42.

Die MS Schwingeflair hatte an ihrem Liegeplatz am Unterlauf der Schwinge festgemacht und wurde für die nächste Ausfahrt vorbereitet. Familie Ahndorf als Betreiber des Ausflugsschiffes war damit beschäftigt, Speisereste und schmutziges Geschirr von der letzten Ausfahrt von Bord zu bringen und das Schiff mit Getränken und Leckereien zu bestücken, damit der nächste Ausflug in den Hamburger Hafen erfolgreich starten konnte. Die Fahrten in den Hafen der Weltstadt Hamburg waren seit Jahren der Renner im Angebot der Schwingeflair-Reederei und versprach auch an diesem Samstag wieder ein voller Erfolg zu werden.

„Moin. Dürfen wir Sie mal kurz stören?“

Karsten Ahndorf stand an der Reling seines Schiffes, hatte gerade eine Kiste Cola vom Ufer eingeladen und sah zunächst nur auf glänzende schwarze Lackschuhe, da die Schwingeflair aufgrund des niedrigen Wasserstandes sehr tief lag und er fast in Höhe der Grasnarbe auf das Ufer blickte. Etwas verwundert sah Ahndorf an dem Mann mit der für den Hafenbereich unpassenden Bekleidung hoch. Immerhin hatte die Krawatte des Mannes ein maritimes Motiv vorzuweisen. Der dunkelblaue Anzug wirkte allerdings wie ein Fremdkörper in dem eher hemdsärmeligen Hafenareal.

„Haben Sie in den letzten Tagen hier jemand gesehen, der regelmäßig hier vorbeikam und am Ufer zur Elbe hin geparkt hatte?“

„Wer will das wissen?“ Karsten Ahndorf ließ sich nur ungern von seiner Arbeit abhalten. Es war noch einiges vorzubereiten, damit die nächste Ausfahrt starten konnte. Das Polizeifahrzeug am Straßenrand hatte er natürlich wahrgenommen und konnte sich denken, wer für die Unterbrechung verantwortlich war.

„Kriminalhauptkommissar Dollhaus von der Kripo Stade." Dollhaus hielt ihm seinen Dienstausweis entgegen, vom Schiff aus konnte Ahndorf allerdings keine Einzelheiten erkennen, es hätte auch eine Monatskarte für den KVG-Bus sein können. Ahndorf stellte zunächst seine Colakiste ab und ging über den steilen Steg von Bord, um dann an Land dem schnieken Polizisten gegenüberzustehen.

„Hier ist eigentlich immer was los." Die Begeisterung einer längeren Unterhaltung hielt sich bei dem Schiffseigner spürbar in Grenzen.

„Wir ermitteln in einer Entführungssache und es wäre wirklich wichtig für uns zu wissen, ob hier in den letzten Tagen ein Fahrzeug mehrfach abgestellt wurde und ob Sie uns sagen können, ob Sie den Fahrzeugführer vielleicht sogar gesehen haben."

„Bin nicht immer hier vor Ort. Und wenn, dann habe ich auch zu tun und achte nicht darauf, ob jemand an der Elbe parkt und sich den Schiffsverkehr ansieht. Ich kann Ihnen leider da nicht weiterhelfen."

Für Karsten Ahndorf war damit die Sache erledigt und er wollte sich schon wieder der Beladung deines Ausflugsdampfers zuwenden. Von der Schwingeflair kam in diesem Moment Sybille Ahndorf, die vom Schiff aus die Unterhaltung mitbekommen hatte.

„Also, ich habe in den letzten Tagen einen jungen Mann gesehen, der seinen alten Kombi an der Elbe abgestellt hatte und dann längere Zeit im Auto gesessen hatte. Mir fiel der nur auf, weil der so strohblonde Haare hatte. Da habe ich noch gedacht, dass der die nur gefärbt haben kann. Hat hier dann eine Weile gestanden und ist dann wieder weggefahren."

„Das ist ja interessant. Haben Sie sich vielleicht gemerkt, welche Automarke das war und welche Farbe das Fahrzeug hatte?"

„Nein, das weiß ich echt nicht. Ich kenne mich mit Autos nicht aus. Ich weiß nur, dass es ein dunkles Fahrzeug war. Und ja, es hatte ein Kennzeichen HB, also wohl Bremen. Das fiel mir noch auf."

Leni Oberdiek, die währenddessen auf dem Fahrersitz des Passats gewartet hatte, stieg jetzt aus dem Polizeifahrzeug aus und kam über den kurzen Wiesenweg zum Ufer hin angehastet.

„Chef, wir werden gebraucht. Fredi, als Herr Marx, hat sich gemeldet. Ich glaube, wir haben eine heiße Spur."

*

Das Parkhotel war in unmittelbarer Nähe zum städtischen Veranstaltungszentrum Stadeum gebaut worden und bot insbesondere bei Tagungen und Kongressen die Möglichkeit für die Tagungsteilnehmer, sich nach Abschluss der Veranstaltung in ein Zimmer des 4-Sterne-Hotels zurückzuziehen und sich zu erholen. Der fußläufige Weg in die Innenstadt war nicht weit, so dass auch der Abschluss des Tages feuchtfröhlich in den Kneipen der Altstadt verbracht werden konnte. Das großzügig angelegte Foyer des Hotels war mit einem edlen dunkelbraunen Mahagoniparkett ausgelegt, die massiven dunkelbraunen Ledersessel vermittelten dabei den Eindruck, dass sie nur mit großer Kraftanstrengung bewegt werden konnten. Neben der Rezeption konnten die Gäste sich an der

Bar mit internationalen Getränken und Cocktails versorgen, bevor sie noch einen Abstecher in die Innenstadt machten.

„Hier ist also die Besatzung des holländischen Baggers untergebracht. Nobel, nobel, das muss ich schon sagen." Fredi konnte nicht umhin, sein Erstaunen über die Unterkunft zum Ausdruck bringen, als er gemeinsam mit Birte den Hoteleingang betrat. Fast zeitgleich traten drei Männer aus dem Fahrstuhl des Hotels, zwei davon mit einem auffälligen grünen Arbeitspulli mit der Aufschrift „Van der Breukelen", unverkennbar also die Schiffsbesatzung der Anna-Leni. Fredi war es sehr kurzfristig über seinen Bekannten gelungen, die Schiffsbesatzung ausfindig zu machen.

„Sprechen Sie Deutsch?" Birte hoffte, sich in ihrer Muttersprache verständigen zu können, ihr Englisch war nach der Schulzeit doch ein wenig eingerostet. Und Holländisch konnte sie schon gar nicht.

„Sie müssen Frau Langphal sein? Allerdings sprechen wir Deutsch, sind ja schließlich eine deutsche Besatzung auf dem Bagger. Harry Brokmeier mein Name." Mit diesen Worten schritt er auf die Polizisten zu und drückte ihnen herzhaft die Hand. Beide fühlten sich, als wären sie in einen Schraubstock geraten und mussten sich zurückhalten, um nicht den schmerzhaften Griff mit einem entsprechenden Ausruf zu quittieren.

„Ja, wir sind von der Stader Kripo, Birte Langphal und mein Kollege Friedrich Marx." Fredi Marx lächelte nun doch gequält, weniger wegen des Händedruckes, sondern weil er es nicht mochte, erneut mit seinem richtigen Vornamen vorgestellt zu werden.

„Wir müssen Sie einmal sprechen wegen einer Einbruchsangelegenheit, verbunden mit einer schweren Körperverletzung. Vorab aber doch einmal die Frage: Sie arbeiten für eine holländische Firma und sind durchweg Deutsche. Das ist schon ungewöhnlich, oder?"

„Ja, das mag sein. Wir waren in früheren Jahren auch mit holländischen Kollegen gemischt auf den Baggern unterwegs, aber da gab es immer wieder Reibereien. Und da hat sich die Geschäftsführung dazu entschieden, die beschäftigten deutsche Mitarbeiter auf einem Bagger zusammenzuziehen. Jetzt klappt das auch deutlich besser. Wieso müssen Sie denn mit uns wegen eines Einbruches sprechen? Wie kommen Sie auf uns?"

„Ich schlage vor, wir führen jeweils Einzelgespräche. Dann erfahren Sie von uns weitere Einzelheiten dazu und was wir von Ihnen wissen wollen." Birte hatte im Vorwege bei der Hotelleitung ein Zimmer reserviert und ging jetzt mit dem ersten Mitarbeiter dorthin. Fredi blieb in der Zwischenzeit bei den beiden anderen Mitarbeitern im Foyer.

„Verraten Sie mr Ihren Namen?"

„Lothar Wilhelmi." Wilhelmi kaute nervös auf seiner Unterlippe, die Situation war ihm erkennbar nicht ganz geheuer. Er schien auch der älteste Mitarbeiter der holländischen Firma zu sein. Sein sonnengegerbtes Gesicht mit den tiefen Falten ließen jedenfalls darauf schließen.

„Alter?"

„53."

„Wie lange arbeiten Sie schon für Van der Breukelen?"

„Achtzehn Jahre. Bin gelernter Maschinenschlosser und hatte in Deutschland keine Arbeit mehr gefunden. Da bin ich zu den Holländern rüber. Macht echt Spaß auf dem Bagger, man ist ja auch immer an der frischen Luft." Wilhelmi schien ein wenig aufzutauen, als er anfing, von seiner Arbeit zu erzählen.

„Verraten Sie mir, wo Sie vor drei Tagen, am Mittwoch, nach der Arbeit waren und was Sie da gemacht haben?“

„Vor drei Tagen? Ähh …, also das weiß ich jetzt so spontan nicht mehr. Mittwoch, sagten Sie?“

„Herr Wilhelmi, das ist drei Tage her. Das müssen Sie doch noch wissen. Ich kann Ihnen natürlich auch sagen, weshalb wir von Ihnen diese Auskunft benötigen.“ Birte berichtete in knappen Worten von dem Einbruch und dem Überfall auf ihren Vater in ihrer Wohnung in der Bungenstraße. Birte kam ihm dabei etwas näher und konnte eine deutlich wahrnehmbare Alkoholfahne riechen.

„Wenn Sie uns das nicht sagen können, müssen wir zunächst einmal davon ausgehen, dass Sie kein Alibi haben. Also?“

Wilhelmi rutschte nervös auf dem Stuhl hin und her. „Ich bin verheiratet, müssen Sie wissen …“

„Das ist ja interessant und was wollen Sie mir damit sagen?“ Birte ahnte schon, was gleich kommen würde.

„Wir sind vierzehn Tage unterwegs, das ist eine lange Zeit. Na ja, und da habe ich, da bin ich …“

„Sie waren im Puff!“

Wilhelmi zuckte erschrocken auf. „Nee …, nee … Das würde ich nie machen, aber es gibt da jemanden, also ich habe da jemanden kennengelernt.“

„Gut, Sie haben also eine Bekanntschaft oder Liebschaft, oder wie auch immer. Wenn Sie da gewesen sind, dann brauche ich Namen und Telefonnummer. Dann haben Sie doch Ihr Alibi.“

„Aber meine Frau, ich bin doch verheiratet. Die darf das nie erfahren, sonst bekomme ich Ärger und die schmeißt mich raus.“ Wilhelmi jammerte nur noch mit leiser Stimme und verriet dann aber doch den Namen seiner Freundin.

„Von uns wird sie das nicht erfahren. Aber mit Ihrer Freundin müssen wir uns natürlich schon noch unterhalten."

Der zweite Mitarbeiter der Baggerfirma, der bei Birte im Hotelzimmer erschien, war augenscheinlich der jüngste Kollege.

„Alfred Zobel, 22 Jahre. Gelernt habe ich Kfz-Mechaniker. Aber damit kann man ja mittlerweile die Straße pflastern und deshalb bin ich vor zwei Jahren bei der Baggerfirma eingestiegen."

„Was haben Sie denn letzten Mittwoch gemacht?" Birte wiederholte in wenigen Sätzen den Anlass des Gespräches.

„Bin abends eigentlich immer auf dem Hotelzimmer. Hier kann man das ganz gut aushalten. Und Mittwoch? Ja, Mittwoch war das auch so."

„Das wollte ich ohnehin noch fragen. Warum leistet die Firma es sich eigentlich, die Mitarbeiter hier in diesem noblen Hotel unterzubringen?"

„Ja, das Hotel ist wirklich gut. Die Firma macht das immer so. Gute Unterbringung, die Mitarbeiter sind zufrieden. Dafür sparen sie das beim Gehalt dann wieder ein und zahlen nur den niedrigen Tariflohn, ohne Aufschläge."

„Und Sie sind hier dann immer allein abends auf dem Zimmer? Also kann für den betreffenden Tag keiner bestätigen, dass Sie hier waren?"

„Na ja, nur auf dem Zimmer bin ich nicht. Ich gehe nach der Arbeit meistens noch in die Hökerstraße und hole mir da einen Döner. Die sind echt lecker da. Aber das kann mir im Dönerladen bestimmt keiner bestätigen."

„Haben Sie denn keinen Kontakt zu den anderen Kollegen? Die sitzen doch abends bestimmt nicht nur auf ihren Zimmern herum."

„Bin eigentlich froh, wenn ich abends meine Ruhe habe. Wissen Sie, bei der Arbeit tagsüber darf ich immer nur die Dreckarbeiten machen, die andere nicht wollen. Und dann bin ich ganz froh, wenn ich die dann nach der Arbeit nicht mehr sehen muss. Nur der Frank, der ist ganz o.k."

„Frank?"

„Ja, Frank Winter. Mit dem kann ich ganz gut zusammenarbeiten. Aber der wohnt leider nicht hier im Hotel. Der ist auch mehr so ein Einzelgängertyp und schläft immer in seinem Wohnwagen. Den hat er, glaube ich, in Wischhafen abgestellt."

„Dann müssen wir mit dem auch noch sprechen. Wann waren Sie denn am Mittwoch zum Essen in der Stadt?" Bevor Alfred Zobel antworten konnte, wurde die Tür förmlich aufgerissen und Fredi stürzte herein. Birte guckte leicht genervt ob dieser unerwünschten Unterbrechung der Befragung.

„Birte, komm bitte mit auf den Flur. Habe mich eben mit dem Schiffsführer Brokmeier unterhalten. Da gibt es noch einen …"

„Jaha, Fredi, das habe ich auch gerade erfahren. Einen Frank Winter."

„Und ich habe mir während des Gespräches mit dem Brokmeier mal die Personalbögen angesehen. Frank Winter war mal kurz verheiratet, sein Geburtsname ist Eilert!"

Birte blickte eine Zeitlang etwas ratlos und musste in ihrem Gedächtnis wieder hervorholen, wer Frank Eilert war. Fredi hatte die Akte des ertrunkenen Mädchens in Wischhafen noch vor kurzem wieder in Händen gehabt. Ihm war daher der Name Eilert noch präsent. Nachdenklich folgte sie Fredi auf den Flur des Hotels.

„Birte, das ist der Bruder des Mädchens, das 1996 in der Süderelbe bei Wischhafen ertrunken ist. Wir gingen ja alle davon aus, dass es ein Unglücksfall war oder Suizid. Du kannst dich bestimmt noch erinnern, das Mädchen war magersüchtig!“

„Ja, stimmt, ich erinnere mich. Und der Bruder hatte es wohl nicht so leicht in der Familie, bekam für alles die Schuld. Auch für die Krankheit seiner Schwester. Das war in den Gesprächen mit der Familie deutlich geworden. Der ist dann doch zur Bundeswehr gegangen, oder?“

„Ja, das mag sein, Birte. Hat dann aber bald bei der Baggerfirma angeheuert und weißt du, wer zur Mannschaft des Baggers gehörte, die vor zwei Jahren hier auch gebaggert hatte? Just zu der Zeit, als die arme Beatrice Holdorf so grausam ermordet wurde?“

„Frank Eilert! Die arme Beatrice Holdorf ist doch erwürgt worden und hatte dann so ein Tape vor dem Mund, nachdem ihr der Mörder den Mund mit Essen vollgestopft hatte. Das arme Mädchen war doch auch magersüchtig. “

„Bingo.“

„Und jetzt die arme Alicia Stormann. Ist zwar nicht magersüchtig, aber auch total dünn. Dann hat der Typ, dieser Frank Winter oder Eilert, vielleicht eine Abscheu oder einen grundtiefen Hass gegen magere Mädchen entwickelt?“

„Birte, das könnte sein. Dann suchen wir bei der Baggerfirma vielleicht nicht nur denjenigen, der beim Überfall auf deinen Vater bei dir mit in der Wohnung war, warum auch immer, sondern denjenigen, der Alicia Stormann entführt hat. Ich habe mir jedenfalls die Beschreibung des Standortes des Wohnwagens bei Wischhafen von dem Brokmeier geben lassen.“

„Dann lass uns sofort losfahren nach Wischhafen. Und Fredi, verständige zwischendurch auch unseren Chef Dollhaus, sonst ist er wieder sauer, dass er nicht rechtzeitig informiert wurde."

Beide stürmten aus dem Hotel und ließen die Baggerbesatzung im Foyer mit fragenden Blicken zurück. Alfred Zobel hatte im Hotelzimmer die recht aufgeregte Unterhaltung der beiden Polizisten auf dem Flur mitbekommen. Er zückte sein Handy.

„Hallo Frank. Hier ist Alfred. Wollte dir nur sagen, dass du in Kürze Besuch bekommst."

43.

Der Polizeiwagen verließ mit quietschenden Reifen und eingeschaltetem Blaulicht den Parkplatz des Stadeums und fuhr in Richtung der Ortschaft Schölisch, um von dort dann über die Moorstraße Kehdingen zu erreichen. Fredi ließ es sich nicht nehmen, den Passat zu steuern und meisterte die kurvige Strecke mit einer erstaunlichen Sicherheit. Birte musste sich mehrmals festhalten. Nicht nur in den Kurven, sondern insbesondere aufgrund des welligen Untergrundes und des insgesamt schlechten Straßenzustandes war sie gezwungen, sich am Haltegriff festzuhalten. Die Straße durch das Moor in Richtung Wischhafen war schon seit Jahren vernachlässigt und nicht mehr ertüchtigt worden.

„Ist kürzer und geht schneller. Der Kömschnellweg, so wird die Straße hier genannt, fährt sich leider nicht ganz so komfortabel." Fredi verstand den Seitenblick von Birte auch ohne weitere Anmerkung, als sie erneut aufgrund einer tiefen Bodenwelle durchgeschleudert wurden.

„Ist schon o.k. Fredi. Nur gut, dass ich nicht schwanger bin. Sonst würde ich hier im Moor entbinden. Konntest du deine Eintrittskarte für deinen VFL eigentlich noch irgendwie loswerden?" Daran hatte Fredi aufgrund der Hektik am Vormittag gar nicht mehr gedacht. Die Karte hatte er in seiner Geldbörse mit dabei; sie war mittlerweile schon nutzlos geworden. Eine leichte Rötung in seinem Gesicht zeigte, dass das entgangene Bundesligaspiel seines Vereins an ihm etwas nagte.

„Übrigens ist der Sportlehrer, den wir zwischenzeitlich wieder in Verdacht hatten, aufgetaucht. Der arbeitet jetzt in einer Kneipe in München. Bleibt nur zu hoffen, dass er nie wieder als Sportlehrer oder Übungsleiter arbeiten darf. Den mochtest du doch ganz gerne Birte, oder?" Fredi konnte sich den Seitenhieb nicht verkneifen.

„Nee, lass mal stecken. Der steht doch nur auf kleine Mädchen. Hoffentlich sind wir jetzt auf der richtigen Spur und können Alicia rechtzeitig finden. Wenn er nur nicht das Gleiche macht, wie mit der armen Beatrice vor zwei Jahren."

„Ich gebe ja schon Gas, Birte." Fredi fuhr dabei mit hohem Tempo auf die Kreuzung in Ritschermoor zu und ignorierte das Stoppschild. Blaulicht und Martinshorn hätten hoffentlich mögliche andere Verkehrsteilnehmer rechtzeitig gewarnt. In Neuland bog Fredi dann auf den Obstmarschenweg und nahm Kurs auf Wischhafen. Die Fahrt verlangsamte er dabei deutlich, sie mussten in Kürze den gesuchten Wohnwagen sehen können. Blaulicht und Martinshorn waren mittlerweile ausgeschaltet, um den Entführer nicht vorzeitig zu warnen.

„Hattest du eigentlich vorhin Dollhaus erreichen können?" Birte wollte noch sichergehen, dass ihr Chef auch wirklich über den anstehenden Einsatz informiert war.

„Ich hatte Leni erreicht. Die wirkte etwas genervt. Sie sagte, Dollhaus müsste noch seine neuen Lackschuhe vom Dreck befreien, dann würden sie nachkommen. Irgendwie typisch …"

Bei der Ausfahrt aus Neuland sahen sie auf der rechten Seite in einem Abstand von ungefähr 100 Metern zum Obstmarschenweg einen älteren Wohnwagen auf einem kleinen, etwas verwilderten, Grundstück stehen. Mit weiterhin langsamer Fahrt rollte das Polizeifahrzeug auf die Abzweigung zu und bog auf einen mit Gras bewachsenen Wirtschaftsweg ein. Beide Polizisten vergewisserten sich, dass ihre Dienstpistolen notfalls griffbereit waren. Auf dem Grundstück regte sich nichts, auch aus dem Wohnwagen war kein Lebenszeichen zu vernehmen. Auf der rechten Seite schräg hinter dem Wohnwagen war die Kühlerhaube eines Kombis zu sehen. Fredi rollte mit Schleichgeschwindigkeit auf die linke Seite des Wohnwagens und stellte den Motor ab. Beide Polizisten stiegen aus und ließen die Türen geöffnet, um keine unnötigen Geräusche zu verursachen. Mit Zeichen verständigten sie sich, dass Birte auf der linken Seite des Wohnwagens bleiben und langsam hinten um den Wohnwagen herumschleichen wollte. Sie versuchte, einen Blick in das Innere des Wohnwagens zu werfen. Aber vergeblich, die Verdunkelung war heruntergezogen. Birte versuchte nun, sich um den hinteren Teil des Wagens herumzutasten. Ihr Blick war dabei auch immer wieder auf den Boden gerichtet, um nicht im hohen Gras einen Zweig zu übersehen, der durch ein Knacken ihre Anwesenheit verraten hätte. Fredi ging derweil mit gezückter Dienstpistole vorne um den Wohnanhänger herum. Auch sein Versuch, durch die große Frontscheibe etwas zu entdecken, scheiterte. Die Verdunkelungen waren vollständig heruntergelassen. Auf der rechten Seite des Wohnwagens angekommen, schenkte er dem Kombi zunächst keine größere Aufmerksamkeit. An der Tür angekommen, legte er seinen Kopf an die Öffnung in der Hoffnung, Geräusche aus dem Inneren zu vernehmen. Nichts. Urplötzlich wurde die Tür aufgerissen und Fredi stürzte, von dem heftigen Stoß überrascht, in das halbhohe Gras und musste zusätzlich einen schmerzhaften Tritt von dem herausspringenden Mann in die Magengegend hinnehmen. Die Dienstpistole von Fredi landete bei dem Sturz ebenfalls im Grün. Der Mann hatte eine Sporttasche in der Hand und hastete zu seinem Fahrzeug. Er riss die Fahrertür auf und warf seine Tasche auf den Rücksitz. Auf dem Beifahrersitz saß Alicia, die mit vor dem Körper zusammengebundenen Händen und einem Tape auf dem Mund die gewaltsame Aktion ihres Entführers beobachten musste. Ihre geweiteten Augen ließen ihre Angst vor dem, was auf sie zukommen könnte, erahnen. Der Mann startete das Fahrzeug und fuhr mit durchdrehenden Reifen an, um den Platz möglichst schnell zu verlassen. Birte war jetzt mit gezogener Dienstwaffe von hinten um den Wohnwagen herumgekommen und wollte auf das flüchtende Fahrzeug zielen. Ihre Sicht wurde jedoch von Fredi versperrt, der jetzt mit schmerzverzerrtem Gesicht aufgestanden war und gebückt dem flüchtenden Entführer hinterher sah.

„Verdammt Fredi. Was ist passiert? Ach egal, wir müssen hinterher. War das Alicia auf dem Beifahrersitz?"

„So eine Scheiße, der hat mich umgehauen. Ja, ich glaube, das war sie." Mit diesen Worten hatte Fredi seine Dienstpistole wieder aufgenommen und beide Polizisten stürmten wieder zu ihrem Fahrzeug. Sie mussten allerdings zweimal vor – und zurücksetzen, bevor Fredi auf dem engen Platz den Passat wenden konnte. Als sie dann den Wirtschaftsweg zurückfahren konnten, sahen sie noch, wie der Kombi den Obstmarschenweg bereits erreicht hatte und nach links auf die Bundesstraße einbog. Als sie die Hälfte des unebenen Weges absolviert hatten, bog vom Obstmarschenweg her ein weiteres Polizeifahrzeug auf den Wirtschaftsweg ab und kam Fredi und Birte entgegen. Mit Dollhaus am Steuer und Leni Oberdiek als Beifahrerin standen sich nun die beiden Polizeifahrzeuge gegenüber. Eine Vorbeifahrt war auf dem schmalen Weges nicht möglich.

„Machen Sie Platz, Mensch. Wir müssen da hinterher!“ Fredi drehte die Seitenscheibe herunter und konnte nicht umhin, er schrie förmlich seinen Vorgesetzten an, weil er die Gefahr sah, dass der Entführer mit Alicia entwischte.

„Was heißt denn hier, Mensch? Wie reden Sie eigentlich mit mir? Und wen wollen Sie denn eigentlich verfolgen?“ Dollhaus hatte auch während der Fahrt seine schnieke dunkelblaue Anzugjacke anbehalten, stieg aus seinem Fahrzeug aus uns und baute sich vor Fredi Marx auf. Birte schilderte in wenigen Worten, dass der Flüchtende mit dem entführten Mädchen soeben auf die Bundesstraße gebogen und im Begriff war, erfolgreich zu verschwinden. In diesem Moment stieg auch Leni aus dem Auto aus und rannte zur Bundesstraße hin.

„Wo will die denn schon wieder hin? Unsere Leni ist immer für eine Überraschung gut und macht eigentlich nie das, was sie soll.“ Fredi hatte sich wieder etwas beruhigt und musste fast schon schmunzeln über die junge Kollegin.

„Die sind Richtung Bremervörde abgehauen. Wenn ich das richtig gesehen habe, hatten die ein Bremer Kennzeichen. Vielleicht will der Entführer zunächst nach Bremervörde und sich dann nach Bremen absetzen.“ Leni kam nach kurzer Zeit wieder angehetzt.

„Das ist richtig. Das Fahrzeug hat ein Kennzeichen, beginnend mit HB. Danke Leni. Das hilft uns weiter. Wir müssen unverzüglich die Verfolgung aufnehmen. Herr Dollhaus, nun fahren Sie bitte endlich zurück.“ Birte musste sich beherrschen, um nicht auch noch ihren Vorgesetzten anzuschnauzen.

„Ich würde vorschlagen, dass Sie jetzt erst einmal zurücksetzen. Frau Oberdiek und ich werden jetzt zunächst den Wohnwagen auf Spuren hin durchsuchen. Das könnte schließlich auch ein Tatort sein. Sie können dann die Verfolgung aufnehmen und vielleicht schon einmal die Kollegen in Bremen verständigen."

Birte und Fredi resignierten und wussten, dass eine weitere Diskussion mit ihrem Chef zwecklos war. Wertvolle Zeit verstrich, weil Fredi zunächst rückwärts setzte und Dollhaus mit seinem Fahrzeug vorbei lassen musste. Erst danach konnte die Verfolgung aufgenommen werden. Das Martinshorn war weithin zu hören. Die Hoffnung, das Fluchtfahrzeug noch einholen zu können, war allerdings gering.

44.

Es war wie immer, wenn Hubert Grothmann mit seiner Ingeborg beim Einkaufen war. Hubert war schon längst fertig und hatte sich mit einem neuen Anzug und einer neuen Krawatte versorgt. Das lästige Stöbern durch die Geschäfte, wie jetzt bei Steffen in Bremervörde, brachte er so schnell es ging hinter sich. Sein neues Outfit hatte er praktisch im ersten Zugriff gefunden. Hubert stand mit seiner Einkaufstüte schon auf dem Gehweg vor dem Kaufhaus, während seine Ingeborg erst so richtig loslegen wollte. Kleid, Modeschmuck und Schuhe standen auf ihrem Wunschzettel, das würde noch dauern. Hubert hatte sich mit einer Bratwurst vom Stand gegenüber versorgt, machte es sich auf einer Parkbank bequem und hatte nun die Muße, den Verkehr auf der B 71, der unaufhörlich durch Bremervörde rollte, zu beobachten. Selbst jetzt am frühen Samstagnachmittag war noch ein reges Treiben auf dieser Bundesstraße, die quer durch das Städtchen führte. Eine leichte Müdigkeit stellte sich bei ihm ein, hatte der Tag doch mit der Angeltour, die er völlig vergessen hatte, schon etwas hektisch begonnen. Die Sonne schien ihm ins Gesicht und seine Augen klappten schon mal zu. Auf seine Ingeborg würde er wohl noch ein Weilchen warten müssen. Mit einem abfälligen Blick sah er auf seine Einkaufstüte und war sich sicher, dass er noch keinen neuen Anzug gebraucht hätte. Er war ein Modemuffel.

Der Verkehr auf der B 71 ließ es kaum zu, die Straße zu überqueren. Eine ältere Dame mit ihrem schwarzen Pudel versuchte es trotzdem und musste sich ein lautes Hupkonzert von Fahrzeuglenkern anhören, die unvermittelt abbremsen mussten, damit sie die andere Straßenseite unfallfrei erreichen konnte. Hubert wurde durch dieses akustische Konzert der verärgerten Autofahrer wieder etwas munterer und konnte sehen, dass der Strom der Fahrzeuge kurzzeitig zum Stoppen kam.

Dann das! Hubert traute seinen Augen nicht. Direkt vor ihm kam ein dunkler Kombi zum Stehen. Und auf dem Beifahrersitz? Das war doch Alicia, die ihn in diesem Moment mit verweinten Augen anblickte. Mit ihren zerzausten Haaren sah sie aus, als wenn sie sich schon tagelang nicht mehr gekämmt hätte. Ein schwarzes Tapeband auf dem Mund zeigte deutlich, dass sie sich nicht freiwillig in diesem Fahrzeug befand. Der Fahrzeugführer hatte strohblondes Haar, so viel konnte Hubert noch sehen, bevor sich das Fahrzeug wieder in Bewegung setzte.

„So, Hubert, jetzt bin ich auch da. Hast bestimmt gedacht, ich komme gar nicht mehr, oder?" Ingeborg kam schwer bepackt aus dem Kaufhaus. In beiden Händen hielt sie prallvoll gefüllte Einkaufstüten und hielt nun auf ihren Mann zu, der nach vorne gebeugt auf einer Parkbank saß. Hubert sprang in diesem Moment auf und rannte los. Seinen Golf hatte er direkt um die Ecke in einer Nebenstraße geparkt, mit der Fahrzeugschnauze in Richtung der Bundesstraße.

„Hubert, nun lass dir doch Zeit. Wir wollten doch noch einen Kaffee trinken, und ein Kuchen ist ja vielleicht auch noch drin."

Hubert war schon in der Seitenstraße angelangt und schwang sich in seinen Volkswagen. Mit aufheulendem Motor setzte er sich in Bewegung, bog rechts ab und quetschte sich in den Fahrzeugstrom auf der B 71. Der dunkle Kombi hatte schon einen kleinen Vorsprung, war aber noch in Sichtweite. Ingeborgs erstaunten Blick konnte er nicht mehr registrieren. Und was sie ihm hinterher rief, nachdem sie ihre Taschen fallen gelassen hatte, konnte er ohnehin nicht hören, es war wohl auch besser so.

Hubert sah, dass der Kombi Richtung Bremen abgebogen war. Er folgte dem Fahrzeug und musste feststellen, dass die meisten Autos, die vor ihm fuhren, die gleiche Richtung einschlugen, so dass zwischen ihm und dem Fahrzeug, in dem sich Alicia befand, drei Autos befanden. Als Hubert mit seinem 90-PS-Golf das Ortsschild passierte, gelang es ihm auf freier Strecke, zwei Fahrzeuge vor ihm mit einem waghalsigen Manöver zu überholen. Er konnte knapp vor einem entgegenkommenden Mercedes wieder einscheren.

Ich darf Alicia nicht aus den Augen verlieren. Was will der Kerl nur mit ihr machen? In Bevern, der nächsten Ortschaft, bog das direkt vor Hubert fahrende Fahrzeug ab, so dass er jetzt den Kombi unmittelbar vor sich hatte. Der strohblonde Typ vor ihm musste auch bemerkt haben, dass er verfolgt wurde. Er fuhr jedenfalls mit hoher Geschwindigkeit durch den nächsten Ort Selsingen. Zweimal nacheinander blitzte es auf. Hubert und der verfolgte Fahrer würden bald ein hübsches Foto erhalten, aber das war Hubert jetzt egal.

In Zeven dann rangierte ein großer LKW vom Hof eines großen Logistikunternehmens auf die B 71 und nahm Kurs auf die mit hoher Geschwindigkeit heranrauschenden Amateur-Rennfahrer. Die Fahrbahn war dadurch für einen kurzen Moment vollständig blockiert. Der Fahrer sah die herannahenden Fahrzeuge und stoppte ab, für eine weitere Reaktion oder gar ein Zurücksetzen war es allerdings zu spät. Der Kombi legte eine Vollbremsung hin, die Reifen qualmten jedenfalls heftig. Hubert überlegte kurz und wollte sich diese Gelegenheit nicht entgehen lassen. Er reduzierte auch deutlich seine Geschwindigkeit, setzte sich aber nach links auf die Überholspur und fuhr in Höhe der Fahrertür in die linke Seite des Kombis. Mit einem lauten Scheppern verformte er dabei sowohl die Fahrertür als auch seinen rechten Kotflügel. Nach dem Zusammenprall wurde der Kombi auf den Seitenstreifen gedrückt, während Huberts Golf auf der Fahrbahn stehen blieb. Der LKW-Fahrer verfolgte entsetzt vom Fahrersitz aus diesen Zusammenprall und kletterte sofort aus dem Fahrerhaus. Hubert hatte sich glücklicherweise noch angeschnallt, bevor er sich an die Verfolgung machte. So konnte er unverletzt aussteigen und sah, dass der Kopf des Fahrers vom Kombi auf dem Lenkrad lag. Die Fahrertür, die völlig verbeult war, ließ sich mit einiger Kraftanstrengung öffnen. Der blonde Mann war nicht angeschnallt und hatte eine blutende Kopfwunde. Er schien zwar bei Besinnung zu sein, ließ sich aber von Hubert widerstandslos aus dem Fahrzeug ziehen. Hubert legte ihn neben dem Fahrzeug ab.

„Sind Sie eigentlich völlig verrückt geworden? Was fällt Ihnen denn ein, hier Autoscooter zu spielen?" Der LKW-Fahrer, ein Zweimeterhüne, baute sich vor Hubert auf und musste seiner Entrüstung erst einmal Luft verschaffen.

„Passen Sie bitte auf diesen Typen auf. Der hat das Mädchen da entführt." Hubert zeigte auf Alicia, die das Ganze offensichtlich auch unverletzt überstanden hatte. Der Entführer hatte sie fest im Beifahrersitz angebunden, das war in diesem Moment wohl ihr Glück gewesen.

„Ach, so ein Perverser ist das also. Kein Problem, der läuft mir nicht weg." Der Zweimetermann stellte sich direkt vor dem blonden Mann auf, der leise vor sich hin stöhnte. Hubert war schon bei Alicia und band sie los. Nachdem er sie auch von dem schwarzen Tape befreit hatte, fiel Alicia ihrem

Nachbarn in die Arme. Sie konnte das Ganze noch gar nicht richtig fassen, war aber glücklich, dass der Albtraum zu Ende war.

Polizeisirenen waren in der Ferne zu vernehmen, Hilfe nahte also bereits. Hubert warf jetzt einen Blick auf die völlig demolierte rechte Vorderseite seines Golf. Die Standpauke seiner Ingeborg konnte er sich schon ausmalen. In Bremervörde stehen gelassen und nun auch noch den Wagen geschrottet. Aber der dankbare Blick von Alicia zeigte ihm, dass er alles richtig gemacht hatte.

45.

Im Verhörraum der Polizeiinspektion Stade hatten Birte Langphal und Fredi Marx ihre Unterlagen für die Befragung an zwei nebeneinanderstehenden Tischen ausgebreitet. Sie bereiteten sich auf das Verhör mit Frank Winter vor, der mit einer deutlich sichtbaren Beule am Kopf vom wachhabenden Polizisten jetzt hereingeführt wurde. Frank Winter nahm an einem einzelnen, schmucklosen Tisch in einem Abstand von zwei Metern zu den Kommissaren Platz. Mendi Kistner ließ es sich auch einem Sonntag nicht nehmen und führte das Protokoll. Sie saß an einem Einzeltisch, quer zu dem Verdächtigen und den Polizisten. Sie war wie immer top gestylt. Aber darauf achtete heute niemand. Dollhaus hatte von der Teilnahme an der Befragung abgesehen, er war in Gedanken schon bei der anberaumten Pressekonferenz, zu der er gegen 13.00 Uhr eingeladen hatte. Erfolgsmeldungen waren natürlich Chefsache. Die Rolle vom ehemaligen Kollegen Hubert Grothmann bei der Ergreifung des Entführers wollte er auf jeden Fall möglichst klein halten.

Das Aufnahmegerät wurde von Fredi Marx eingeschaltet. Mendi Kistner protokollierte zwar auch, aber letztlich nur zur Sicherheit, falls die Technik versagen sollte. Zunächst wurden die Personalien aufgenommen. Frank Winter war seit zweieinhalb Jahren bei der Baggerfirma beschäftigt. Seit dem letzten Jahr war er nach kurzer Ehezeit geschieden. Birte begann mit den ersten Fragen.

„Herr Winter, oder soll ich besser Eilert sagen? Verraten Sie uns zunächst einmal, wo Sie mit Alicia hinwollten. Was hatten Sie mit ihr vor?“ Frank Winter starrte nur stumm vor sich hin, die Augen gesenkt. Nach einer gefühlten Ewigkeit versuchte Birte einen anderen Weg.

„Sie sind es doch bestimmt auch gewesen, der bei mir in der Wohnung war? Was wollten Sie denn da?“

„Da war so ein Türke, der war plötzlich aus seinem Wagen raus und ist außen an dem Fallrohr hochgeklettert. Ich habe kurz überlegt, ob ich das auch schaffe, hab' dann lieber den Hauseingang genommen und bin dann hinterher.“

„Und warum waren Sie überhaupt da? Wenn wir die Spuren richtig ausgewertet haben, dann haben Sie meinem Vater geholfen und den Einbrecher vertrieben. Dafür möchte ich mich bei Ihnen bedanken. Bei allem, was Ihnen vorgeworfen wird, wird der Richter das sicher auch zu würdigen wissen.“

„Sie haben so eine Ähnlichkeit mit meiner Frau und ich wollte Sie einfach noch einmal sehen, bevor ich wieder aus dieser Gegend verschwinde. Ich war total verknallt in meine Frau, müssen Sie wissen, bis sie anfing, auf Diät zu gehen und immer mehr abnahm. Ich sagte ihr immer wieder, sie soll das nachlassen, aber vergeblich. Sie war dann bald so dürr. Das konnte ich einfach nicht mehr mit ansehen. Und da habe ich mich scheiden lassen.“

„Sie haben also eine Abneigung oder sogar einen Hass gegen dünne Frauen entwickelt. Hat das auch mit Ihrer Schwester zu tun? Wie war das damals?“ Fredi hakte jetzt nach, er hatte die Unterlagen zum Tod von Bärbel Eilert nochmals gründlich studiert.

„Ja, damals fing das alles an. Ich mochte meine Schwester eigentlich sehr. Aber als sie dann krank wurde, da habe ich von meinem Vater immer wieder die Schuld daran bekommen. Und mit meiner Mutter konnte ich auch nicht darüber reden. Die hat ja dann immer mit unserem Nachbarn rumgemacht. Ich wollte dann einfach nur weg von hier und bin zur Bundeswehr. Aber da gefiel es mir nicht. Und dann bin ich eben zu dieser Baggerfirma."

„Und wie war das vor zwei Jahren? Sie waren doch mit der Baggerfirma hier vor Ort?" Fredi hatte Frank Winter nun aus der Reserve gelockt. Er begann zu reden, schilderte die zufällige Begegnung mit Beatrice Holdorf in der Hökerstraße. In diesem Moment war die unglückliche Jugend und die Abneigung gegen dünne Mädchen hochgekommen.

„Und warum haben Sie dem armen Mädchen Essen in den Mund gefüllt und den Mund mit einem Tape verschlossen, nachdem Sie das Mädchen bereits umgebracht hatten?" Birte wollte das Geständnis hören, nachdem er sein Schweigen gebrochen hatte. Die Augen von Frank Winter weiteten sich, er sah über die Köpfe der Kommissare ins Leere. Wut und Wahn vereinten sich in seinem Gesichtsausdruck.

„Warum sind Mädchen so? Die sollen vernünftig essen, dann richten sie auch kein Unheil an. Da hab' ich dem Mädchen, als es vorbei war, ordentlich was zu essen gegeben. Und damit es drin bleibt, hab' ich da ein Tape draufgeklebt."

„Waren Sie vor zwei Jahren auch im ‚Hafenmeister' und haben mir geholfen, als mich so ein betrunkener junger Mann angebaggert hat?"

„Ja, Sie haben mir damals schon gefallen. Aber der Wirt hatte Sie ja als Kommissarin begrüßt und da wollte ich mich nicht zu erkennen geben. Sonst wäre ich da wohl schon aufgeflogen."

„Und deshalb sind Sie auch aus meiner Wohnung weggelaufen, als Sie den Einbrecher mit meiner Bratpfanne vertrieben hatten. Jetzt nochmals zu meiner ersten Frage. Warum wollten Sie gestern losfahren? Sie hatten doch offensichtlich schon alles für die Abfahrt vorbereitet, als wir kamen."

„Ich hatte einen Tipp vom Kollegen Alfred bekommen. Und da habe ich meine Sachen gepackt und das Mädchen eingeladen. Eigentlich hatte ich vor, es da an der Süderelbe zu Ende bringen …"

46.

„Hubert, möchtest du einen Kaffee? Ich mache mir gerade einen Tee." Birte rief aus der Küche ihrer Wohnung in der Bungenstraße ins Wohnzimmer hinein, wo es sich Hubert Grothmann auf dem Sofa schon gemütlich gemacht hatte. „Wenn du ein Bier für mich hättest, das wäre auch schön. Ich bin ja mit dem Fahrrad da. Ein, zwei Bier kann ich mir sicher erlauben. Mein schöner Golf ist ja leider im Moment nicht fahrbereit und steht in der Werkstatt."

„Ach ja, stimmt. Daran hatte ich ja gar nicht mehr gedacht. Was hat eigentlich deine Ingeborg dazu gesagt?" Birte hantierte noch in der Küche herum, das Geräusch einer geöffneten Bierflasche ließ vermuten, dass sie sich gleich zu Hubert gesellen würde.

„Na ja. Du kannst es dir vielleicht vorstellen. Ich habe sie vollbepackt in Bremervörde stehen lassen. Sie wusste natürlich nicht, weshalb ich so kommentarlos weggefahren bin. Dann ist sie mit dem Taxi nach Hause. Und als ich vom Streifenwagen zu Hause abgesetzt wurde und auch noch beichten musste, dass unser Auto kaputt ist, da habe ich natürlich erstmal einen Einlauf bekommen. Als ich dann aber berichten konnte, dass ich Alicia gerettet habe, war die Welt wieder in Ordnung. Heute Abend wird sie bestimmt beim Klönabend mit ihren ehemaligen Kolleginnen von meinen Heldentaten erzählen." Der Tee, den Birte sich machen wollte ließ noch etwas auf sich warten. Hubert begann deshalb, die Einrichtung der Wohnung seiner ehemaligen Kollegin zu begutachten.

„Ich kann mir vorstellen, dass bei der Polizei jetzt ein wenig Erleichterung eingekehrt ist, nachdem Alicia wieder wohlbehalten zu den Eltern zurückkehren konnte und damit auch der Mord an der armen Beatrice Holdorf geklärt werden konnte."

„Ja, das stimmt Hubert. Nur, dass unser Chef bei der Pressekonferenz dein Mitwirken so völlig unter Tisch fallen ließ, das war nicht in Ordnung."

„Ach, vergiss es. Und die Akten über das Ertrinken der Schwester von Frank Eilert könnt ihr wohl auch endgültig schließen, auch wenn die genauen Umstände wohl nie ganz geklärt werden können. Übrigens schön, dass es deinem Vater wieder besser geht. Wie ist eigentlich der aktuelle Stand bei ihm?"

„Oh, du glaubst nicht, welch ein Stein mir vom Herzen gefallen ist. Er konnte aus dem künstlichen Koma geweckt werden und wird wohl wieder vollständig gesund werden. Nur mit dem Sprechen klappt es noch nicht so."

„Ich habe gehört, dass Ihr den Einbrecher geschnappt habt, der hier in der Wohnung war und wohl auch den Einbruch in Harburg verübt hat." „Ja, wie schon der Frank Winter, oder Eilert, sagte: Es war ein Türke, der hier von außen eingestiegen ist. Serkan Yilmaz heißt er. Das Foto im Krankenhaus hat ihn überführt. Wir haben ihn direkt bei der Arbeit im Operettenhaus in Hamburg festnehmen lassen. Aber aus dem ist nichts weiter heraus zu bekommen. Der schweigt wie ein Grab."

„Dann wisst Ihr also noch nicht genau, welche Unterlagen er nun eigentlich bei deinem Vater gesucht hat. Morena sagte ja, da müssten Namen und Geldbeträge draufstehen. War für deinen Vater wohl wichtig für einen großen Bericht in der Harburger Rundschau. Vielleicht sind die Unterlagen ja auch gar nicht in der Wohnung?"

„Hubert, sag mal, wie siehst du denn aus?“ Birte kam in diesem Moment aus der Küche mit einem Tablett, auf dem sich neben ihrem Tee und einer Flasche Bier auch einige geschmierte Schnittchen befanden. Hubert war in der Zwischenzeit durch die Wohnung gewandert und hatte sich einen weißen Hut mit einer schwarzen Krempe aufgesetzt, der an der Wand gegenüber dem Sofa hing und seine Neugier geweckt hatte. „Das ist ja ein witziger Hut. Ist das deiner?“

„Nee. Den hat mein Papa als Andenken aus Südamerika mitgebracht. Nennt sich Panamahut. Der ist für ihn ein wichtiges Souvenir und musste unbedingt aus Harburg hierher mit umziehen.“ Hubert suchte den richtigen Sitz auf seinem Schädel und drehte den Hut mal nach rechts und mal nach links. Irgendwie schien er ihm nicht so richtig zu passen. „Dein Vater hat wohl keinen dicken Kopf, oder?“

Birte musste lachen, als sie die hilflosen Versuche ihres alten Kollegen sah. Man spürte, dass die Belastungen der letzten Zeit von ihr abgefallen waren. „Einen Dickkopf schon, aber keinen dicken Kopf. Das kann man nicht sagen.“

Hubert begann jetzt, das Schweißband im Inneren des Hutes zu untersuchen. „Irgendetwas drückt hier.“ Mit einem Knistern zog er unversehens einen zusammengefalteten DIN A 4-Bogen hervor, der im Schweißband versteckt war und wohl die Ursache für die Probleme beim Aufsetzen des Hutes war. Hubert und Birte beugten sich beide über das Blatt Papier, das nun auseinandergefaltet auf dem Stubentisch lag. Im linken oberen Bereich war mit einer erhabenen Schrift eingedruckt: Samanto AG Hamburg, Toni Mangold, Akquise-Manger.

Darunter folgten handschriftlich aufgeführt Namen spanischer oder portugiesischer Herkunft, Angaben über Termine und Beträge, entweder in Dollar oder als Eurobeträge. Toni Mangold war gründlich gewesen und hatte die Bestechungs- und Schmiergelder sauber aufgelistet.

*

Zehn Tage später gab es eine der größten Razzien der letzten Jahre im Rahmen der internationalen Zusammenarbeit der Polizeibehörden bei der Samanto AG. Die Polizei stürmte mit großem Aufgebot in das Büro des Chief Sales Managers Werner Lambrecht und beschlagnahmte Unterlagen sowie Rechner. Zeitgleich wurden bei der internationalen Aktion der Polizeibehörden auch die Akquise-Manager in Asien und Südamerika aufgesucht und teilweise vorläufig festgenommen. Auch bei diesen leitenden Mitarbeitern wurden Unterlagen konfisziert und zum Bundeskriminalamt versandt, das die Gesamtkoordination dieser Maßnahmen übernommen hatte.

Serkan Yilmaz war in der Zwischenzeit geständig, nachdem man ihn mit dem Auffinden der Papiere und deren Inhalt konfrontiert hatte. Er bestätigte auch den von Toni Mangold erteilten Auftrag hierzu. Mangold seinerseits war auch schnell geständig und gab die unlauteren Geschäftspraktiken der Akquise-Manager zu Protokoll, in der Hoffnung, ein milderes Urteil erreichen zu können. Die herausragenden Umsatzzahlen der Samanto AG, insbesondere im asiatischen und südamerikanischen Raum, waren Ergebnis eines planmäßigen Schmiergeld- und Bestechungsskandals. Der CEO der Samanto AG war in diese kriminellen Machenschaften nicht eingeweiht, musste sich aber vorhalten lassen, zu wenig Kontrolle ausgeübt zu haben und trat wenige Tage später zurück.

Die Samanto AG befand sich in ihrer größten Krise und benötigte Jahre, sich davon zu erholen.

Hauptkommissar Peter Bergkamp aus der Abteilung für Wirtschaftskriminalität war ein williger Helfer der kriminellen Aktivitäten und versorgte den CSO Lambrecht mit wichtigen Informationen aus dem Polizeiapparat. Gegen ihn wurde ein Disziplinarverfahren eingeleitet, das mit der Entfernung aus dem Dienst und der Aberkennung der Versorgungsbezüge endete.

47.

2006

Staub wirbelte auf, als Marcel mit seinem Mercedes Kombi von der Glückstädter Straße abbog und über den kurzen Schotterweg auf das Sperrwerk zusteuerte. Angelo war, wie üblich, als Erster da und wartete bereits auf die Ankunft seines alten Schulfreundes. Wie jedes Jahr hatten sie sich wieder an dieser Stelle verabredet, um beim Angeln über alte Zeiten zu quatschen. Nach dem Angeln warteten dann sicher noch einige Bierchen in „Drei Eichen" auf sie. Diese Treffen hatte schon Tradition und wurden nie abgesagt. Angelo arbeitete mittlerweile in Hannover als Immobilienmakler, Marcel verdiente in Stade bei einer Versicherung sein Geld.

„Meine übliche Frage, Marcel: Hast du die Metten dabei? Du weißt doch, dass ich so etwas immer vergesse."

„Logo, du kennst mich doch. Ich bin immer perfekt ausgerüstet."

Das Wetter im Frühsommer meinte es mit den beiden Anglerfreunden auch wieder gut. Die Sonne schien jetzt am späten Samstagmorgen bereits ausgiebig, eine leichte Brise brachte eine willkommene Abkühlung. Die Fußball-WM im eigenen Land hatte gerade begonnen und würde später als Fußballmärchen in die Geschichte eingehen. Die Angeln der ehemaligen Schulkollegen waren schnell und routiniert vorbereitet und ausgeworfen. Jetzt hatten die beiden Zeit, um über alte Geschichten zu sinnieren.

„Weißt du noch, Angelo, dass du in die Mathelehrerin Rudolph total verknallt warst und ihr immer in den Ausschnitt geschaut hast?"

„Hör bloß auf! Aber eine scharfe Braut war das schon. Und wenn ich da nach oben zum Sperrwerksheini gucke, dann denke ich immer an den alten Meinke. Der ist doch mit dem Stuhl nach hinten umgekippt, als wir bei ihm waren wegen der Wasserleiche." Beide blickten jetzt nach oben zum Sperrwerkswärter, der mit einem müden Gesicht die beiden Angler bedachte. Meinke war längst in Rente, den Namen des neuen Wärters kannten sie nicht.

So reihte sich eine alte Geschichte an die nächste. Das Angeln war eigentlich nur Nebensache. Eine einsame Möwe umkurvte kreischend die Angler und hatte wohl auch die Hoffnung auf eine Stärkung noch nicht aufgegeben. „Hey, was ist das denn?" Die Angelroute von Angelo bog sich stark durch, als er langsam den ersten ersehnten Fang nach oben zog.

„Wow. Herzlichen Glückwunsch. So einen tollen Fang macht man nicht alle Tage, Angelo." Ein alter Wagenheber, total verrostet, landete am Ufer der Süderelbe. Der Wagenheber war mit einem völlig verschlickten kurzen Seil verbunden. Die jungen Anglerfreunde ahnten nicht, dass sie den Wagenheber gefunden hatten, den sich Bärbel Eilert von ihrem Vater genommen hatte, um sich dann, mit dem Seil um das Handgelenk verbunden, in die Süderelbe zu stürzen. Achtlos warfen die Angler den verrosteten Wagenheber ins Ufergebüsch, genau an die Stelle, an der sie vor zehn Jahren das junge Mädchen gefunden hatten.

Die einsame Möwe kreischte noch einmal ärgerlich und drehte dann ab, um an anderer Stelle auf Nahrungssuche zu gehen.

ENDE